Eylül Vurgunu

ISBN: 978-605-151-262-4
Sertifika No: 12451

Hayat Yayınları	: 644
Edebiyat	: 83
Kitabın Adı	: Eylül Vurgunu
Yazarı	: Safiye Çetinkaya
Yayın Editörü	: Erol Şahnacı
Kapak ve İç Tasarım	: Hayat Yayınları
Baskı Yeri & Tarihi	: Ankara, 2018
Baskı & Cilt	: Ertem Basım

Başkent Organize Sanayi Bölgesi
22. Cadde No: 8
Malıköy - Temelli / Ankara
Tel: (0312) 385 18 14
Sertifika No: 16031

Hayat Yayın Grubu

Nişancı Mahallesi Davutağa Caddesi No: 26/1
34050 Eyüp - İstanbul
el: 0212 613 11 00 GSM: 0530 290 99 78 Faks: 0212 613 11 55
www.hayatyayinlari.com - hayat@hayatyayinlari.com
twitter.com/hayatyayinlari - facebook.com/hayatyayinlari

SAFİYE ÇETİNKAYA

Eylül Vurgunu

Hayat

Teşekkür

Bu eseri hazırlarken İslami konularda bana yardım eden Sultan UĞUR ve Güler TOK Hocalarıma, okumasıyla fikir veren ve kelimeleri yeniden kontrol eden Merve KILIÇ Hanımefendi'ye, bazı bölümleri bilgisayara aktarmada yardım eden Mehmet Ali TOK'a, yine beni bu eseri yazmam için teşvik eden ve bu konuda desteklerini esirgemeyen validem ve babama teşekkürlerimi ve minnetlerimi sunuyorum.

Keza diğer kitaplarımda olduğu gibi, bu eserin ortaya çıktığı süreçte de geçen zamanı çocuklarımdan ve eşimden emanet olarak aldığımın altını çizmem vicdan borcumdur. Anlayışlarından dolayı onlara teşekkür ediyorum.

Safiye ÇETİNKAYA

Gözden her zaman yaş düşmez.

Bazen de insan düşer.

Ve bazen gözlerden önce sözler ağlar...

Hakan telefonu kapatınca, Esin sanki sesini duyamadığı kızının yokluğunda kaybolmak istercesine sessizce koltuğun kenarına oturdu. Ağlamak istiyordu ama bugüne kadar defalarca oğlu bu sahnelere tanıklık ettiği için biraz da ondan utanarak söz yaşlarını içine hapsetti.

Esin'in yine gözlerinden önce sözleri ağlıyordu. Boğazına düğümlenen sözleri... Hakan ne diyeceğini bilemez bir şekilde annesinin yanına oturup elini tuttu.

"Anneciğim lütfen artık üzülme! Görüyorsun işte, Sümeyye bize karşı hep aynı tavırda ve değişmeyecek de! O bizi hiç sevemeyecek! Bunu kabul edersen daha az üzülürsün."

"Neyi kabul edeceğim oğlum? O benim kızım. Onun sizden bir farkı yok ki. Evladın uzakta olanıyla, yakında olanı arasında fark olmaz. Ben üçünüzü de ayırt etmeden seviyorum."

Hakan defalarca annesinden aynı cümleleri duymuştu. Annesinin duygularını anlamak için kadın olmak veya anne olmaya gerek yoktu. Çünkü çocukluğundan beri annesindeki hüznün en yakın tanığıydı. Annesine ne dese onun yüreğindeki yangını söndüremeyeceğini biliyordu. Kolay değildi on yıldır bir evlattan uzak kalmak.

Annesinin daha fazla üzülmesini istemeyen Hakan; "Haklısın anne. Biz seni anlıyoruz da maalesef Sümeyye anlamıyor. Belki onun da anne olması ve senin yaşadıklarını yaşaması lazım seni anlaması için."

"Öyle deme Hakan. Benim yaşadıklarımı kimsenin yaşamasını istemem. Hele de yürek parçamın! Ah bir gelse buralara, bir sarılsam ona. Bu ayrılık yetti artık, canıma tak dedi. Eğer gelmezse bu defa ben gideceğim."

"Akşam bir konuşalım da olmazsa seni gönderirim anne." demesi Hakan'dan annesine gelen büyük bir müjdeydi sanki. Aslında o da biliyordu, kalkıp da Almanya'ya gidemeyeceğini.

Hakan az önce eve geldiğinde halası da evdeydi. O gittikten sonra Sümeyye'yi aramışlardı. Sümeyye onlarla konuşmak istemediğinden dolayı annesinin bu kadar kötü olacağını düşünmeyen Hakan, defalarca annesine halasıyla ne konuştuklarını sordu. Çünkü Sümeyye'nin onlarla konuşmak istememesine ilk defa şahit olmuyorlardı. Demek ki annesinin bu kadar derinden üzülmesi için başka bir şey olmalıydı. Halası annesine bir şeyler söylemeliydi! Acaba babasıyla ilgili bir şey mi demişti? Esin, oğlunun tüm ısrarına rağmen görümcesiyle konuştuklarını söylemedi. Çünkü oğlunun babasına karşı daha çok tepkili olmasını istemiyordu. Sustu; Hakan onun susuşunu çözmeye çalıştı. Esin, o gün âdeta kapalı bir kutu oldu.

"Keşke gözümden binlerce yaş düşseydi de, sen düşmeseydin!" dedi içli içli. Gözünden düşen sevdiğine, gözyaşı akıttı. Akan yaşlarla birlikte onun da yüreğinden çıkıp gitmesini istedi. Görümcesinin söyledikleri yetmiyormuş gibi, bir de Sümeyye'nin telefona bakmaması acısını katmerledi.

Hakan'ın odasına geçmesiyle Esin de mutfağa geçip bugüne kadar yüzlerce kez baktığı, çoğu siyah beyaz eski fotoğrafları tekrardan incelemeye koyuldu. Bazılarının yanlarına iliştirdiği notlardaki hüzün hâlâ aynı sıcaklığıyla yüreğini deldi okudukça.

Hani o gelincik tarlasındaki çekilen son fotoğraf vardı ya, onu aldı eline. Sümeyye'nin coşkuyla koşuşunu seyretti bir kez daha. Her zaman evin her tarafında bulunabilen ve şimdi de en yakın mutfak rafında duran, kendinden yapışkanlı, küçük not kâğıtlarından birini aldı ve üzerine;

"Olur da gelmezsen;

Bil ki ben seni hep bekleyeceğim.

Ölür de karşılaşamazsak;

Bil ki seni çok sevdim, hep seveceğim.

Canım kızım..."

Yazdı ve fotoğrafın kenarına yapıştırdı. Baktı, ağladı. Ağladıkça özlemi daha da arttı. Fotoğraflar mutlu günlerin yalan olan tanıkları olmuştu sanki.

O günlere gitti tekrardan...

* * *

Tahammül önce zehir gibi görünür.

Fakat tabiatına kök salınca bal kesilir.

Esin, İngiltere'de "İngiliz Dili ve Edebiyatı" bölümünde son sınıf öğrencisiyken Haluk da ailesinin üçüncü kuşağı olarak babasının ilaç üretim fabrikasının başına geçmek için İngiltere'de ihtisas yapıyordu tanıştıklarında.

İki ailenin büyüklerinin de birbirlerini önceden tanıyor olmaları sayesinde evliliğe giden süreçleri çok çabuk oldu.

Haluk, babasının MLİ ilaç sanayi üretim ve pazarlama fabrikasının başına yönetici olarak geçtiğinde, Esin de ilk çocuğu Hakan'a hamileydi. Gerek o günün Türkiye şartları, gerekse zenginlik içinde sefa sürmenin rahatlığından Esin hiç çalışmayı düşünmemişti.

Günlerini; gündüzleri kalabalık arkadaş guruplarıyla boğaz turlarına katılmak, sanatsal resim galerilerine gitmek, opera resitallerini takip etmekle; gecelerini de eşli çay partilerine katılmakla geçiren ailenin mutlulukları Hakan doğunca ikiye katlanmıştı. Ya da en azından Esin öyle zannediyordu.

Kısa zaman sonra Esin'in, arkadaşlarından Haluk'un başka kadınlarla barlarda dolaştığını duyması, evde ciddi tartışmalara sebep olmaya başlamıştı. Fakat her defasında kocasının onu aldatmadığına dair ettiği yeminler Esin'in yine ona güven duymasına neden oluyordu. Çünkü o da öyle olmasını istiyordu.

Esin için oldukça hareketli ve hızlı geçen yedi yılın ardından şimdi ikinci çocuğuna altı aylık hamileydi.

Hani insan zengin olup da iman etmedikten sonra o zenginlik kendisi için sadece dünya aldatmacasından ibaret olur ya; dünya ve ahiret umurunda olmaz ve sadece kendi nefsine hizmet eder ya; Haluk ile Esin'in hayatı da aynen öyleydi.

Ne bir sokak ötede evlerine yakacak alamadığı için zatürreden ölen çocuklarının ağıtını yakan babanın sesini duyuyorlar, ne de kendilerinin beğenmeyip çöpe attıkları yiyeceklerle karınlarını doyuran insanları gözleri görüyordu. Yılda birkaç kez değiştirilen arabalar ve eşyalar arasında mutlu olduklarını zannederek yaşıyorlardı.

Yine bir aldatma tartışmasında Esin kendini kaybetti. Hamileliğin verdiği duygusallıkla uzun bir ağlama krizine girdi Esin. Bu defa iş ciddiydi ve Haluk'un yeminlerine inanmıyordu. Çünkü en yakın arkadaşıyla kocasının bir otel odasına girişlerini kendi gözleriyle görmüştü.

Ağlama krizinin arasında birden bağırarak;

"Ben evde oturup sana çocuk doğuracağım; gençliğimi, güzelliğimi kaybedeceğim, sen de başkalarıyla gönül eğlendireceksin ha! Görürsün sen! Ben de bu çocuğu aldıracağım ve bundan sonra kendi hayatımı yaşayacağım." dediğinde Haluk'un o her zamanki umursamaz tavrıyla karşılaştı.

"Aldır. Bana ne! Ben zaten ikinci bir çocuk istemiyorum." dedi.

Doğruydu. Haluk ilk günden beri bu yeni gelecek olan bebeği istememişti. Soyunu sürdürecek bir oğlu varken yeni bir bebeğin haberi bile onu kasvete boğmuştu. Esin o gece kararını verdi. Sabah hemen bir doktor bulup karnındaki bebeğinden kurtulacaktı.

Biraz sorup soruşturduktan sonra altı aylık, canlı, sağlıklı bir bebeğin canını alacak bir doktordan iki gün sonrası için randevu aldı. Aslında çok da korkuyordu. Bu korkusu Allah'ın verdiği bir cana, sırf kendi isteği uğruna kıyma korkusu değildi. Zaten Esin'in o güne kadar haram-helal, günah-sevap bilinci yoktu. Yaşıyordu sadece. Emanet olan bir bedenle sanki gerçek sahibi oymuş gibi nefes alıp vermekti onunkisi...

Tek korkusu, bebek alınırken canının acıyacağı düşüncesiydi. Haluk'a olan öfkesinden o iki gün gözünde iki yıl kadar büyüdü.

İlk günü atlatıp ikinci günün sıkıntısı doruk yaptığı anda, eski bir arkadaşının onu ziyarete gelmesiyle ve giderken koltuğun kenarında unuttuğu bir kitapla hayatının değişeceğini nereden bilebilirdi ki...

Kitap okumayı çok sevdiğinden, arkadaşının unuttuğu kitaba can sıkıntısını gidermek için bir göz atmak istemişti. Herkesin ilk yaradılış mayasındaki olan iman, şimdi Esin'de de şaha kalkıyordu. Özellikle kitabın bir bölümünden çok etkilenmişti. Daha sonraları yüzlerce kez okuduğu o bölümü ezberleyerek arkadaşlarına ve öğrencilerine söyleyecekti.

Bir kitabın içindeki yazılar bir insanın adım adım İslami şuurla yaşamak için yaklaşımına tanıklık ediyordu şimdi...

* * *

"Aşkın hikâyesini durmaksızın
feryat eden bülbüle değil,
sessiz sedasız
can veren
pervanelere sor."

ŞEHADETE YÜRÜYEN KADIN...

Biz kadınların örnek alması gereken bir şahsiyettir Sümeyye annemiz. Peygamberimize bağlılığını, inandığı dinin İslam olduğunu şehadetiyle kanıtlayan müthiş bir şahsiyet...

Çöl kumlarına yazılan destansı bir inanç örneğidir onun sergilediği... Son mübarek dinin, son mübarek Peygamberin ilk şehidi... Hazreti Sümeyye annemiz. Resulullah (s.a.v)'e sevgisini canıyla kanıtlayan, Allah'ın ve Habibi'nin nasıl sevileceğini gösteren İslam tarihinin ilk şehidi, şehitlerin annesi... Öyle bir anne ki; evladının gözü önünde acımasızca işkenceler karşısında şehit edilerek, şehadetini imanına şahit kılmıştır. Peygamber Efendimiz'e iman eden yedinci hanımefendidir. O, Allah Resulü'nün "Cennet sizi hasretle bekliyor!" diye buyurduğu büyük sahabe Ammar bin Yasir'in (r.a) annesidir.

Sümeyye binti Habbat (r.a), Mahzumoğullarından Ebu Huzeyfe ibni Muğıre'nin cariyesi idi. Hizmetiyle ve güzel ahlakıyla kendini sevdirmişti. Bir süre sonra genç Yasir, efendisi Ebu Huzeyfe'ye çok beğendiği Sümeyye ile evlenme isteğini açar. Ebu Huzeyfe bu isteği hemen kabul eder ve Sümeyye ile evlendirir. Çünkü böyle evlilikler, kölelerin efendilerine olan bağlılığını arttıran bir sebep olarak görülmekte ve hizmetlerinin devamının garantisi sayılmaktadır.

Böyle bir ortamda bir araya gelen Sümeyye ve Yasir'in tek tesellisi, birbirlerine verdikleri destek ve sevgileriydi. Bütün gün süren hizmetlerinin yorgunluğunu, Ebu Huzeyfe'nin evinin bitişiğindeki küçücük bir odada atıyorlardı.

Resulullah (s.a.v)'in; "Sabrediniz, Ey Yasir ailesi... Allah'ın size vaat ettiği yer cennettir!" diye buyurduğu bu eşsiz iki insanın Ammar ve Abdullah isminde iki erkek evlatları dünyaya geldi. Bu güzide aile, tahammülü güç dünya koşullarında, mütevazı bir hayat sürmüş ve evlatlarına en güzel terbiyeyi vermişlerdi... Öyle ki, evlatları vesilesiyle iman saadetine ermiş ve Cennet'te şehitler mertebesine ulaşmışlardı. Her zaman anne baba evladı eğitmez ya; an olur evlat da anne ve babasını eğitir. Onlarınki de öyle olmuştu.

Birbirine çok bağlı olan Sümeyye ve Yasir'in mutluluğu, çocukları Ammar'ın dünyaya gelmesiyle bir kat daha artmıştı. Bu duruma Ebu Huzeyfe de çok sevinmişti. Bu sevinçle Sümeyye'yi azat etti ve ona hürriyetini verdi. Fakat Sümeyye buna sevinemedi. Zira temelde mülkiyet yine efendinindi. Sümeyye ve Yasir bu sebeple yine mahzundular.

Derken, zekâsıyla dikkat çeken Ammar gençlik çağına geldi. Artık her şeyi daha iyi anlıyordu. Anne ve babasının yaşadığı ikinci sınıf insan olma burukluğunu idrak edebiliyordu. Böylece yaşadığı ortamı, sosyal kuralları sorguluyor; büyük yanlışlar olduğunu görebiliyordu. Nihayet kâinatın Efendisi'nin İslam'a daveti başlamıştı. Bu davet; adalet, eşitlik ve hürriyet çağrısıydı. Aralarından bir peygamber, insanları kendi ürettikleri ilahları terk etmeye, yalnızca Âlemlerin Rabbi'ne teslim olmaya davet ediyordu.

Ammar'ın kulağına gelenler, aslında hep özlediği müjdeleri fısıldıyordu. Resulullah'la karşılaşmak, O'nu dinlemek istiyordu. Bir gün Allah Resulü A.S.'ın henüz az sayıdaki ashabıyla Erkâm'ın evinde gizlice toplandığını öğrendi. Ammar evin kapısına geldiğinde iki gençle karşılaştı. Bunlar Habeşli köle Bilal ile Süheyb b. Sinan idi. Üçü birlikte içeri girdiler. Resulullah'ın okuduğu ayetler, gerçeğe susamış kalplerinde çoktan yer etmişti bile.

"Ya Ammar! Bunları mutlaka annene ve babana oku!" emrini verdi.

Kâinatın Efendisi emir verir de yerine getirilmez mi... Hz. Ammar (r.a) Sure-i Tekvir'in ilk on beş ayetini annesi Sümeyye'ye ve babası Yasir'e okudu.

"Güneş katlanıp dürüldüğünde, yıldızlar (kararıp) döküldüğünde,

Dağlar (sallanıp) yürütüldüğünde, gebe develer salıverildiğinde

Vahşi hayvanlar toplanıp bir araya getirildiğinde,

Denizler kaynatıldığında, ruhlar (bedenlerle) birleştirildiğinde,

Diri diri toprağa gömülen kıza, hangi günah sebebiyle

Öldürüldüğü sorulduğunda,

(Amellerin yazılı olduğu) defterler açıldığında

Gökyüzü sıyrılıp alındığında,

Cehennem tutuşturulduğunda ve cennet yaklaştırıldığında

Kişi neler getirmiş olduğunu öğrenecektir." (Tekvir 1/15)

Hz. Sümeyye sanki hasretle bu mesajı bekler gibiydi. Ayeti kerimeleri işitir işitmez bütün azaları titredi, ruhunda muazzam bir muhabbet ve İslam'a karşı durdurulamaz bir sevgi güneşi parladı. Diri diri gömülen kızın hesabını sorulacağı bir gün anlatılıyordu. Tüm haksızlıkların intikamının alınacağı, büyük farz edilen her şeyin Cenabı Zülcelâl Hazretlerinin bir eseri olduğu ve Allah'ın bunların hesabını soracağından bahsediliyordu.

O, okumamıştı, yazmamıştı ama kalbi "Doğru olan bu, tereddüt etme!" diye O'na fısıldadı. Kapılıverdi Kur'an'ın rüzgârına ve "La İlahe İllallah Muhammedür Resulullah!" anahtar kelime dilinden çıkarak kalbine indi. Sonra da tüm hücrelerine kök saldı. Ruhu bu adalete müştaktır. Bunca zamandır aradığı haberdir bu. Putu, sembolü, ruhban tabakası, esrarengiz gizleri filan yoktur. Herkesin kullukta eşit olduğu, görünmeyen ama her şeyi gören İlah'tan başka hiçbir şeye tapılmayan bir din...

Sümeyye artık aradığını bulmuştu. Ondan sonra uğradığı işkenceler ona ne yapabilir ki? Varsın efendisinin amcaoğlu, İslam düşmanlarının en azgını Ebu Cehil, onu kızgın çöllerde sürüklesin! Güneşin tepede olduğu vakitte başına ve bedenine demirden zırhlar giydirsin! Ne yapacaksa yapsın. O artık Yaradan'a teslim olmuş... Peygamber (s.a.v)'in müjdesi her türlü işkenceye değer: "Sabredin Ey Yasir ailesi! Siz cennetle müjdelendiniz!" Zulmün iman karşısındaki acziyeti: Yasir ailesi... Hiç kimsenin değer vermediği garip ve yoksul insanlar... Nasıl bu kadar inatçı olabiliyorlar? Bu yarı aç yaşamış zavallılar, kendilerine teklif edilen nimetleri umursamayıp işkencelerden yılmıyorlar. Nasıl oluyor bu!

Ebu Cehil çılgına dönüyor. Her gün yeni bir ümitle geliyor işkence yerine. Bazen fiziksel işkenceyi de unutturacak ağır sözler söylüyor; geçmişteki iyiliklerini başa kakıyor, nankörlükle suçluyor. "Acaba bir zayıf nokta bulur muyum, imanında tereddüde düşürür müyüm?" diye her yolu deniyor. Yasir (r.a) yorgun ve bitkin... Yaşlı vücudu bu ağır yüke daha fazla dayanamıyor. Peygamberimiz aliyhüsselati vesselam yanlarına gelince:

"Yâ Resûlallah! Vakit hep böyle mi geçecek?" diye soruyor. Şefkat Peygamberinin yüreği sızlıyor. Ellerini açıp dua ediyor: "Allahım, Yasir ailesine rahmet, merhamet ve mağfiretini ihsan et!"

Hz. Sümeyye kocası Yasir'in şehadetini gözü yaşlı izliyor. O başardı. Son nefesine kadar imanda sebatkâr davrandı. Peki ya kendisi; o da bunu başarabilecek mi? Efendileri Ebu Huzeyfe, sadık adamı Yasir'in şehadetinden dolayı canı sıkkın bir şekilde işkence mahallini terk ediyor. Hizmetkârına laf geçirememek, imanından vazgeçirememek canını çok fena sıkmış olmalı ki asık suratla çekip gidiyor. Amcası Ebu Cehil'e: "Sümeyye'nin işini de sana bırakıyorum." derken belki de onun her türlü vahşete başvurmasına rağmen nasıl acizliğe düştüğünü görmekten kaçıyor. Ebu Cehil ise kin bürümüş gözlerini Sümeyye'ye dikerken sanki iman etmesine mani olamadığı bütün Müslümanların hıncını Sümeyye'den çıkarmak istiyor. Onun ve oğlu Ammar'ın canını nasıl acıtabilirim diye düşünüyor. Büyük bir yara almış kibrini nasıl tamir edebileceğini, imanından dönmektense ölmeyi tercih edenlere karşı ne yapabileceğini düşünüyor. Sonra aklına nefsinin çirkinliğini sergileyeceği o iğrenç fikir geliyor. Hz. Sümeyye'nin el ve ayaklarını dört taraftan dört ayrı deveye bağlatıp bütün hıncıyla astırıyor. Canım Sümeyye'nin önce sağ kolu mafsalından kopuyor. Acılar içindeki mümineye, şeytan ruhlu Ebu Cehil putlarına tekrardan taparsa onu serbest bırakacağını söylüyor. Ama Sümeyye olmak zor, yürek ister, herkesin harcı değildir. Onca acıya rağmen Hz. Sümeyye kelime-i şehadet getiriyor. Ebu Cehil çılgına dönüyor.

Uzaktan Allah'ın elçisinin geldiği görünüyor. Hüzün ve merhamet dolu bakışlarını Yasir ailesinin üzerinde dolaştırıyor. Onun o şefkat dolu bakışları Sümeyye'nin yüzünü aydınlatmaya yetiyor. Onca ağır işkence altındayken bile gülümsüyor Sümeyye. Gözlerinden süzülen duygu yüklü inci taneleriyle âdeta Peygamberine nazlanıyor: "Şahitsin değil mi Ey Peygamberim? Bize yaptıklarını görüyorsun değil mi? Rabbimiz bizim hakkımızı bir bir alacak o zalimlerden, öyle değil mi?" der gibi bakıyor. Sümeyye'nin yüzündeki bu aydınlanma ve teslimiyet, kahretmeye yetmiştir Ebu Cehil'i... Rakibi ve düşmanı, Hz. Muhammed'in böyle sevilmesine karşı kalbi öyle bir hasetle dolmuştu ki... O öfkeyle kıvılcımlanan aklına birden yeni bir şeytani fikir geldi. Namusunu ve iffetini çok iyi bilmesine rağmen, Sümeyye'ye iftira etmeyi ve böylece onu en hassas noktasından vurmayı tasarlamıştı: "Sen güzelliğine âşık olduğun için Muhammed'e iman ettin!" dedi, yılışık bir edayla. Hz. Sümeyye her şeye dayanmıştı ama bu çirkin iftiraya dayanamamıştı. Peygamber muhabbetini anlamaktan aciz bu zavallıya söyleyecek makul bir laf bulamamış, ağzına geleni saymıştı. Ebu Cehil, hizmetkârdan işittiği hakaretlerle âdeta kudurdu! Bir köle kadın kendisinde bu cesareti nasıl bulabiliyordu? Elindeki mızrağı Sümeyye'nin kalbine saplayarak onu susturmaktan başka bir çare bulamadı. Aklı sıra Sümeyye'yi cezalandırdı. Kendi acizliğinde boğularak...

Aslında bu yaptığıyla sadece Sümeyye'nin acılarına son vermiş ve ruhunun cennete kanatlanmasına vesile olmuştu. Bir cesaret destanına şahit oluyordu çöller. İmanın, zavallı yoksul ve garip bir aileyi nasıl yücelttiğine, imanlarında sabit ve sabırlı kıldığına... Kibirlilerin sahte maskeleri düşüyordu bir bir. Güçleri bir garip hizmetkâra bile yetmiyordu! İman gücü, Sümeyye'leri kahramanlaştırıyordu. Kahramanlar defterine bu sefer bir hanımın adı yazılıyordu altın harflerle. Dedik ya; Sümeyye olmak kolay değil. Gözünün önünde kocasını öldüren acımasızlardan korkmamak. Evladının işkence görmesine direnmek, direnmek, direnmek... Onca işkenceden sonra bile sinmemek ve zalimin yüzüne karşı korkmadan gerçeği haykırmak...

Evet... Kızgın Mekke kumlarının üzerine yatırılıp işkence edilen... El ve ayaklarına dört deve bağlanan ve develer dört ayrı istikamete doğru sürülerek kolları ve bacakları un ufak edilen... Lat, Menat ve Uzza putlarına imana zorlanan kadın Sümeyye... Allah ve Resulü'ne olan imanından canı pahasına vazgeçmeyen Sümeyye... Ölümü sevgiliye kavuşmak istercesine severek karşılayan... Dünya ve dünyadaki nimetleri bir çırpıda reddeden Sümeyye... Küfür nizamının yıkılışını kanı ile çabuklaştıran Sümeyye... Ve bütün müminlerin annesi olma şerefine nail olan o güzel anne Sümeyye...

Hz. Sümeyye her çağda İslam kadınının haysiyet ve şerefinin nişanesi olarak hatırlandı ve hatırlanacak. Ne mutlu onun yolunda gidenlere...

Ebu Cehil'ler, Ebu Leheb'ler yine iş başındalar. Bu kez Sümeyye'nin kızlarına musallat oldular.

Dün Sümeyye'ler bedel ödediler. Bugün de kızları bedel ödüyorlar. Günümüzün Ebu Cehil'leri onları bir bir katlediyorlar! Sümeyye'nin kızları yerlerde sürükleniyor. Otobüslerle toplanıp dağ başına atılıyorlar. İdam ile yargılanıyorlar. Hapsediliyorlar. Pompalı tüfeklerle katlediliyorlar. Zorla örtüleri açılıyor. Fakat Sümeyye'nin oğulları ortalıkta gözükmüyorlar nedense! Neredesiniz Ey Sümeyye'nin oğulları? Nerelere kayboldunuz? Nazar mı değdi sizlere? Hangi delikte Allah'ın vaadini bekliyorsunuz? Çıksanıza ortaya! Korkmayın! İman edin artık, gösterin davaya olan sahiplenmenizi.

Allah her şeyden daha büyük ve güçlüdür. Çıkın ortaya artık! Çıkın! İman tazeleyin ve Sümeyye'nin oğullarına yaraşır bir biçimde zulme karşı durun! Yılmayın... Ürkmeyin... Dağılmayın... Eğer Allah'a inanıyorsanız, siz üstünsünüzdür. Korkaklık ederek zalimleri üstün hâle getirmeyin! Zalimler sizden kaçacak kadar zayıflar!

Size sesleniyorum anne ve babalar; okul önlerinde kızlarını döverek başlarını açtıran anne ve babalar... Kızlarını eve hapsedip günde üç öğün dayak atan anne ve babalar... Kızların namusuna tebelleş olan cebi dolu kodamanlar... "Ben sana yardım ederim." diyerek sahte bir nikâh ile kız çocukların namusuna tebelleş olan ve üç gün sonra da kapı dışarı eden dini bütün(!) adamlar... Kızlarının davasına sahip çıkmayan anne ve babalar, kardeşlerinin başörtüsüyle okula alınmayışına göz yuman ağabeyler, ablalar... Allah'ın emrine uymayarak çağın modernitesine ayak uydurmak için daha doğmamış bebeklerini öldüren anneler... Söyler misiniz, siz kimsiniz? Sizler kimin oğulları ve kızlarısınız? Sümeyye'nin mi, yoksa Ebu Cehil'in mi?

Yoo! Sizler asla Sümeyye'nin kızları ve oğulları olamazsınız! Asla! Asla! O, asla haramzade çocuklar edinmedi. Sümeyye'nin kızlarına zulmedenler; sizler, olsa olsa Ebu Cehil'in çocukları olabilirsiniz. Yanılıyor muyum acaba? Hadi "Hayır bizler Ebu Cehil'in oğulları ve kızları değiliz." deyin. Diyemezsiniz... Aslınızı inkâr edemezsiniz... Ebu Cehil'in izinde olmaktan vazgeçemezsiniz...

Ey Sümeyye'nin elleri öpülesi kızları! Sizlere de yalvarıyorum! Siz de sahip olduğunuz iffet, namus ve şerefinize halel getirmeyin. Yüce Yaratıcı'nın razı olduğu bir hayat sürmezseniz, her şeyi boş vererek yaşarsanız, yarın mahşer âleminde Hz. Sümeyye'nin yüzüne nasıl bakacaksınız? Allah'ın yarattığı fıtrat üzere yaşayın ve kendinize sahip çıkın. Eğer kendinize sahip çıkmazsanız, bu Sümeyye annenin davasına ihanet olur.

Hz. Sümeyye sadece duyduğu on beş ayetle iman etti ve imanını şehadetiyle tamamladı. Ya sizler... Sizlerin elinde tamamlanmış bir Kur'an var. Kaç defa okudunuz, şuurlu bir Müslüman olmak için? Kendinize hiç sordunuz mu; "Ben Allah'a inanıyor muyum?" diye. "İnanıyorum!" diyebildiyseniz, bu inanmanın özde mi yoksa sözde mi olduğunun ayırımına varabildiniz mi?

...

Hani Hz. Sümeyye ayetleri ilk duyduğunda, aradığını bulmuşluğun sevinciyle öylece kalakalmıştı ya! Şimdi Esin de aynı kalakalmışlığı yaşıyordu. Onunkisi ayetten etkilenmekten çok Hz. Sümeyye'nin hayatı ve şehadetiydi. Gözlerini bir noktaya mimleyerek; "Bir kadına neden bu kadar işkence edilir ki? İnsanlar inandığı gibi yaşamakta özgür değiller mi? Bu Ebu Cehil denilen adam da kim ki, kendinde bir kadına eziyet etme cüretini buluyor? Ya Hz. Sümeyye niye bu kadar işkenceye direnmiş ki? Değer mi inancı uğruna ölmeye? Bu din bu kadar güzel mi ki de, insanlar inançları için öldürülmüş, ölmüş? Ah hiçbir şeyden haberim yok. Her şey anlatıldığı gibiyse, ben kimin soyundan geliyorum? Hz. Sümeyye'nin davasına sahip çıkanlardan değilim herhâlde. Diri diri kız çocuklarını mı gömmüşler? Ne büyük bir vahşet..." diye kendi kendine söylendi. Okuduklarının öyle çok etkisindeydi ki; sabah o da karnındaki altı aylık bebeğini öldüreceğini unutarak Cahiliye Dönemi'nde öldürülen kız çocuklarına üzüldü.

Esin, yaşadığı ortam ve yetiştirilme tarzından dolayı İslamiyet'i baskı dini olarak gören biriydi. Birden, büyük bir sıkıntı bastı. Sanki kulaklarıyla yanakları alev alev yanıyordu. Saatine baktı. Gecenin bir yarısı olmasına rağmen içindeki dürtüye yenilerek kitabı unutup giden arkadaşı Arzu'yu aradı. Hemen konuya girmek istercesine;

"Arzu, seni bu saatte rahatsız ettiğim için üzgünüm. Bende unuttuğun kitabına senden izin almadan şöyle bir göz attım."

"İzin alman gerekmiyor ki Esin. İstersen kitap senin olabilir. Ben zaten okuyup bitirdim."

Esin ile Arzu'nun arkadaşlıkları lise yıllarına dayanıyordu ve birbirlerini çok iyi tanıyorlardı. Bu tanımanın verdiği şaşkınlıkla;

"Arzu, kızma ama sana bir şey söyleyeceğim. Senin bu tarz kitaplar okuman beni çok şaşırttı." dedi. Aslında Arzu onun ne demek istediğini gayet iyi anlamıştı. Ama anlamazlıktan gelerek, "Neden?" diye sordu.

"Hani sen, ben... Biliyorsun işte! Biz rasyonalist kişilerizdir. Bu tip ütopyacı yaşamı özendiren yazılara kanmayız. Ya da ben senin de öyle olduğunu zannediyordum."

"Doğru söylüyorsun Esin. Ben gerçekçiyimdir ve gerçekliğine inandığım şeyleri sonuna kadar savunurum."

"Arzu, sen benim ne demek istediğimi gayet iyi anladın. Sen böyle gerçek olmayan şeylere inanmazdın. Şimdi sana ne oldu?"

Arzu tüm içtenliğiyle; "Arkadaşım sen benim neye inanıp inanmadığımı sorgulamak için gecenin bir yarısı aramazdın. Belli ki senin de bugüne kadar doğru diye inandıklarını sorgulama duygun oluşmuş. Senin de içinde bir şeyler yolunda gitmiyor değil mi? Madem biz ütopyalardan uzak, tam gerçekliği olan şeylere inanırız; işte sana gerçek..."

"Nasıl yani? Sen şimdi bu kitapta yazılanlara inanıyor musun? Eskiden bunların safsata olduğunu söylerdin."

"Evet, insan bilmediğinin düşmanıdır ya! Ben de o zamanlarda İslamiyet diye gerçek ve son dinin olduğunu bilmiyordum. Bilmeyince inanmıyorsun. İnanmayınca da karalamak çok kolay oluyor."

"Arzu, sen böyle mutlu olamazsın ki..."

"Tam tersi arkadaşım. İnan bana şimdi daha çok mutluyum."

Telefonda derin bir sessizlik oldu. Arzu, Esin'in de susuşundaki arayışa tercüman olmak ve kendinin yeni yaşantısını özetlemek istercesine;

"Esin sen beni çok uzun yıllardır tanırsın. Hayatımın ne kadar inişli çıkışlı olduğunu da bilirsin. Görüntüde çok mutlu bir kadın modeli sergiledim hep. Fakat yıllardır sınır tanımaz bir mutluluk arayışım oldu. Bu mutluluğu zaman zaman alkolde bulduğumu sandım. Mutlaka sen de duymuşsundur; bazen uyuşturucu bile kullandığım oldu. Ne eşimle mutlu olabildim ne de onsuz. Özgürlüğümü kısıtladıklarını düşündüğüm için çocuklarıma bile annelik yapmadım. Ama geldiğim nokta ortada. Serkeş bir yaşantının içinde bunaldıkça bunaldım. Mutluluk ararken modernizmin kurbanı olarak çok mutsuz bir hâle gelmiştim. Ta ki İslamiyet'in güzelliklerini öğrenene kadar! Biliyorum, senin tarafından bakılınca imkânsız gibi görünüyor; inançsız Arzu'nun inanınca huzur bulması! Fakat artık benim kimseden yaşadığım mucizeyi gizleyecek hâlim yok. Kısacası Esin, ben artık Müslüman oldum."

Esin duyduklarına gerçekten şaşırdı. Ne diyeceğini pek bilemeyerek;

"İyi de Arzu, zaten Müslüman değil miydik?"

"Değildik. Yani seni bilmem ama ben kendi adıma söyleyeyim; Müslüman değilmişim. Kimliğimizin din hanesinde 'İslam' yazdı diye, İslam'ın hükümlerini hayatına nakşetmedikten sonra Müslüman olunmuyor. İşin en garip yanı da; cumhuriyetin yeni kuşağı olan bizlere modernlik adına, dini çok kötü ve baskıcı gösterdikleri için ne Müslüman ne Hıristiyan ne de Yahudi olduk. Bütün bunların arasında dinsiz bir toplum olup çıktık. Bizim millet olarak en büyük hatamız; fikirde Müslüman ama yaşantıda gâvur olmamız oldu. İnan bana Esinim, insanın her an sığınabileceği çok kudretli bir Yaratıcısının olduğunu bilmesi ve sadece O'na sığınması çok muhteşem ve huzur verici bir duygu."

"Arzu, ben Tanrıya bir şey demiyorum. Ama İslam çok baskıcı ve kadını eziyor, yok sayıyor. Sen bunu nasıl kabullendin?"

"Bak canım! Biraz araştırınca gerçekleri sen de göreceksin. İslam baskı dini değil, tam tersi özgürlük, özgüven, samimiyet ve mutluluk dinidir. Tıpkı senin o kitapta okuduğun gibi, İslamiyet'ten önce kadına hiç değer verilmezdi. Kadının söz hakkı yoktu ve mal gibi alınıp satılırdı. Kız çocukları canlı canlı gömülürdü. Ama İslamiyet gelince kadının ayaklarının altına cenneti koydu. Bu değeri kadına hiçbir din vermedi. Çünkü İslamiyet'te hür, köle, zengin, fakir, kadın, erkek herkes eşittir. Kızların namus ve açlık nedeniyle öldürülmeleri yasaklanmıştır. Daha doğrusu bir insanın başka birinin canına sırf kendi isteği doğrultusunda kıyması büyük günahtır ve cezası vardır. İslam insanı insana kul, köle olmaktan çıkarmıştır. Söyle bana; sen hiç hayatında insana bu kadar değer veren bir din gördün mü?"

***

Kuyuya atılan Yusuf olmak da var!

Kuyuda Yusuf olmamak da var!

KUYU...

Nefes almakta zorlandı. Kuyu çok dardı, sağına, soluna dönemedi. Ellerini kuyunun ağzına doğru uzattı ve toprağı avuçladı. Sabahın çiğ kokusuyla doluydu toprak, ıslaktı. Bir kere sıçrayabilse belki de çıkacaktı ama sıçrayamadı. Sanki dizlerinden aşağısı yokmuş gibi hissediyordu.

Düşündü; ne zaman ve nasıl o kuyunun içine girdiğini... Ama aklına bir şey gelmedi. Düşünmeyi bırakıp çıkmak için çareler aramaya başladı. Çare ne mümkün!

Kuyunun sıcaklığı sanki zifiri karanlık bir gece gibi bütün vücudunu sarıyordu. Birkaç kez "İmdat!" diye bağırdı. Ortalık o kadar sessizdi ki, gecikmeli olarak tekrar geri dönen kendisinin yankı sesinden başka bir ses duyulmuyordu.

Çöl ortasında bir kuyuda mı kalmıştı acaba? Neresiydi burası? Neden kimseler yoktu ortalıkta ?

Korku ve sessizlik eşlik ederken yalnızlığına, öylece beklemeye başladı Esin. Zamanı hiç bu kadar uzun yaşamamıştı. Birileri gelseydi ya, kurtarsaydı ya onu! Ne de çok arkadaşları vardı ama neredeydi şimdi onlar?

Esin'in bekleyişi sürdükçe korkusu da arttı. Tam umutlarını yitirdiği anda bir ayak sesi iliști kulağına. Kafasını kaldırıp baktığında, kuyunun ağzında beliren silueti gördü. Korkuyla karışık bir sevinç kapladı içini.

Dört, beş yaşlarında, sarı saçlı, çok güzel bir kız çocuğu ona bakıyordu. Küçük bir çocuk onu kurtarabilir miydi? Denemekte fayda var diyerek;

"Hey küçük, tutsana elimi! Buradan çıkmama yardım et."

"Sana neden yardım edeyim ki?" dedi küçük.

"Eğer sen benim elimden tutup bu kuyudan çıkmama yardım etmezsen, burada öleceğim."

"O zaman girmeseydin oraya..."

"Bana bak küçük! Ben kendi isteğimle girmedim buraya. Nasıl oldu bilmiyorum ama buradayım işte. Etrafta da hâlimi anlayacak, sesimi duyacak senden başka kimse yok. Tut işte elimi, yardım et bana."

"Benim de hâlimi anlayacak kimse yok. Şimdi ben senin elini tutup kuyudan çıkmana yardım etsem, çıkınca bu defa sen benim elimi bırakırsan?"

"Ne demek şimdi bu? Ben senin elini neden bırakmayacakmışım ki?"

"Ben senin elini neden tutacakmışım ki?"

"Çocuk, sen benim hâlimi görmüyor musun? Ölüyorum burada."

"Ben de ölüyorum. Beni sen öldürüyorsun!"

Esin'in bedeni gibi yüreği de sıkıştı. Çocuğun şu an için ona anlamsız gelen sözleriyle, sanki kuyu talimatı almış ve uygularcasına daha bir daraldı. Diri diri toprağa gömüldüğünü hissetti. Daha genç olmasının ve ölümü kendine yakıştıramamasının gururuyla ağlamaya başladı. Toprak boğazına kadar yığıldı. Korkudan dili dolaşıyordu. "Ölürken bir şeyler demek lazımdı." diye geçirdi içinden.

Anneannesinin vefat ettiği gün, kendisi de oradaydı ve Esin o zamanlarda genç bir kızdı. Komşu kadının sekerat anında anneannesine telkin edici sözler söylediğini hatırladı. Evet, ölürken onlar söylenecekti ama neydi o sözler?

Esin'in ağlaması arttı. Bağırmak, çığlık atmak istiyordu. Son bir çırpınıştı. Ama sesi çıkmıyor, dili dönmüyordu. Toprağın bedenini sıkıştırmasının verdiği ağırlığı kalbi taşıyamıyordu. Ölüyordu artık. Kendini bilinçsizce ölüme bıraktı...

Son saniyede bir el, Esin'in parmak uçlarından yakalayıverdi. Beyaz, minicik bir el, onu bir hamlede yakaladı ve onu çok kolay şekilde yukarı çıkarıverdi.

Esin kuyunun hemen kenarına nefes nefese yığıldı kaldı. Ölüm korkusunun baskısı üzerinde çok yoğun olduğundan küçük kızla konuşacak hâli kalmamıştı. Gözlerini açtığında masmavi gökyüzünü tekrar görüyor olmak, yaşadığının delili olan o mukaddes nefesle ciğerlerinin her hücresini dolduruyor olmak onda tarifi imkânsız bir mutluluk uyandırdı. Kısa bir an sonra başını yana çevirdi, çocuğu görmek için. Ama küçük kız ondan oldukça uzaklaşmıştı. Bir yere gidiyor gibiydi. Teşekkür etmek ve onu tanımak için seslenmeye yeltendi fakat sesinin düğümü hâlâ çözülmemişti. Öylece baktı.

Küçük kızın adımları yavaşladı ve yönünü Esin'e döndü. Manidar bir bakışı vardı. Çok uzakta olmasına rağmen, bakışındaki hüzün Esin'in içini delip geçti. Çocuk boynunu bükerek;

"Ölmek çok korkutucu, değil mi anne? Ben de çok korkuyorum!" dedi ve gözden uzaklaştı.

Esin sıçrayarak kan ter içinde uyandığında, göğsünde kuyunun içinde yaşadığı o sıkışmış hissi hâlâ vardı. Kulaklarından beynine süzülen ses tekrardan yankılandı.

"Ölmek çok korkutucu, değil mi anne? Ben de çok korkuyorum! Beni sen öldürüyorsun..."

O bakıştaki hüzün, o sesteki gerçeklik, gecenin karanlığında hitaba ermez bir yağmur olup gözlerinden fışkırdı. Ellerini karnına götürdü ve küçük tekmeler atarak "Ben buradayım, varım, canlıyım anne!" diyen yavrusunun varlığını hissetti. Oysaki ne zamandır o tekmeleri hissediyordu. Ama her defasında sevinç yerine öfke duyuyordu karnındaki cana. Şimdi ise mutlulukla kaplıydı içi.

"Kızım olacak herhâlde. O, beni ölüm kuyularından çıkarırken "Ya sonra sen benim elimi bırakırsan!" dedi. Bense sabah onu aldırmaya gidecektim. "Diri diri toprağa gömülen kıza, hangi günah sebebiyle öldürüldüğü sorulduğunda..." diye yazıyordu kitapta. Karnımdakinin hiçbir suçu yok ki... Aman Allah'ım ben ne yapıyorum? Allah'ım, varlığına inanıyorum. Bana yardım et. İçinde bulunduğum bu ruh hâlime bir yön ver. Ben bilemedim çok yanlışlar yaptım. Ama Sen bağışlayansın, sığınılacak tek kapısın. Ben bilemedim, bilemedim. Allah'ım bana yardım et..."

Dualar arzdan arşa yükseliyordu...

Son tartışmalarından sonra Haluk, karısının bebeği aldırdığı günlerdeki ruh hâlini görmek istemediği için dört gündür eve gelmiyor ve annesinde kaldığını söylüyordu. Fakat o akşam Esin'in sakinlemiş ve bebekten de kurtulmuş olduğunu düşündüğü için eve geldi. Bebeğe dair hiçbir şey konuşmadılar. Haluk'un Almanya'da kurmayı planladığı yeni fabrikadan bahsettiler biraz. Konuşmuş olmak için konuşma...

Günler tüm yoğunluğuyla geçiyordu. Haluk için iş yoğunluğu, Esin için çok başka bir telaşın yoğunluğuydu vardı artık. Her geçen ay karnının biraz daha büyümesi bebeğin yaşadığının habercisi olurken o da yeni öğrendiklerini hayatına geçirmenin mutluluğunu yudumluyordu.

Bebeğin yaşadığı gerçekliğini öğrendiğinde Haluk'un suratı düştü. Ama artık gerek iş işten geçtiği için, gerekse karısının sıcak davranışlarından dolayı Esin'e bir şey demedi. Çünkü Esin yeni yaşantısının getirisiyle eşinin yaptığı bazı hareketlere kızmak yerine, ilgi ve sabırlı davranması, evliliklerini renklendirmeye başlamıştı.

Gerçekten Allah Esin'e karnındaki bebeği sebep kılarak daha önceki yaşadığı bunalım kuyularından çıkarmıştı. Zaten Esin başından beri Haluk'u büyük bir aşkla seviyordu. Şu aldatmaları da olmasa evlilikleri tadına doyulmaz pekmez olacaktı.

Esin'in çocukluğundan öğrendiği ve çok sık yaptığı en güzel alışkanlığı; o anki duygu yoğunluğunu anlatan, yaşadıklarını özetleyen, anlamlı, kısa cümleleri yazarak Haluk'un göreceği yerlere iliştirmesiydi.

Genellikle ondan önce kalkıp onun başucuna, bornozuna, banyo aynasına, elbise dolabına, çalışma odasındaki daktilosunun üzerine iliştiriyordu. Bazen fabrikaya gittiğinde masanın kenarına Haluk'a çaktırmadan koyuveriyordu. Bu sanki aralarında gizli bir diyalogdu ve birbirlerine bağlılıklarını daha da arttırıyordu.

Haluk karısının bu yönünü çok seviyordu. Esin'i masallardan bildiğimiz Şehrazat'a benzetiyordu.

Hani masal bu ya: 8 yy.'da yaşayan İran hanedanı Şehriyar, kadınlara olan güvensizliğinden evlendiği kadınları hemen öldürtürmüş. Evlenme sırası vezirin kızı olan Şehrazat'a gelmiş. Zekâsıyla ünlenen Şehrazat'ın evlendiği gün anlattığı hikâye kralın çok hoşuna gitmiş ve bir gün sonraki hikâyeyi merak ettiği için Şehrazat'ı o gece öldürtmemiş. Diğer gün ve daha sonraki günler olmak üzere bin bir gece bu durum sürüp gitmiş. Bu zaman zarfında da üç çocukları olmuş ve çok da mutlularmış. Masalın sonunda Şehriyar, güzelliğine ve zekâsına hayran olduğu karısıyla ölene kadar birlikte yaşamaya karar vermiş...

Haluk da tıpkı bu masalda olduğu gibi Esin'in zekâsına ve güzelliğine hayrandı ve hiç beklenmedik anlarda karısının yazdığı küçük notlarla sanki kimselerin bilmediği, sadece ikisinin eşlik ettiği bir duygu seline kapılıyorlardı. Öyle zamanlar oluyordu ki, kalabalık toplantılarda, yemeklerde Esin kocasının canının bir şeylere sıkıldığını fark ettiğinde ya da daha da mutlu olmasını istediğinde kimseye fark ettirmeden yazdığı notları Haluk'un eline sıkıştırıveriyordu. Notu okuyan Haluk'un yüzüne bir tebessüm yayılıyor ve Esin'in gözlerine uzun uzun bakıyordu.

Bazen Haluk'un arkadaşları, yıllar geçmesine rağmen hâlâ karısına nasıl böyle âşık olduğunu ve Esin'in arkadaşları da kocasını nasıl bu denli kendine âşık ettiğini merak edip soruyorlardı. Haluk, çok özel bir karısının olduğunu ve dünyada onun kadar ince düşünen bir başka kadın daha olmayacağını söylerdi hep...

Esin'in bu güzel alışkanlığı, İslamiyet'e göre yaşamaya başladıktan sonra notlarına bazen ayet ve hadis de yazarak daha sık yapmaya başladı. Çünkü İslamiyet eşlerin birbirine olan bağlılıklarını, ilk yaratılan insan olan

Adem (a.s) zamanından beri istiyordu. Eşler arasındaki sevgi, yaratılış sırasında Adem ve Havva'ya ilkâ edilen yüksek bir duygudur, bir iç motivasyondur. İnsanı harekete, eyleme, özveriye fedakârlığa, feragate hazırlar. Zaten gerçek sevgi, vermekle belli olur. Sevmeden verilmez, vermeden sevilmez.

Sevginin mecazi olanı hakikate götüren bir köprüdür. İnsanoğlu karşı cinse duyduğu sevgiyle sevgi motifini tanır ve geliştirir ve o sayede ilahî aşka temrin yapar... "Sevmek bu kadar güzelse, kim bilir sevgiyi yaratan ne çok güzeldir!" diyerek yönünü Yaratıcı'ya dönmesini bilir.

Dikene katlanmadan gonca gibi açmak ve kokmak nasıl mümkün değilse, bedel ödemeden sevilmek de mümkün değildir. Allah'ın el-Vedûd isminin mazharı biz insanlarda tecelli eder. Yani sevgi olmadan hayatın zorluklarına katlanmak mümkün değildir.

Eşler arasındaki merhamet ve yumuşak davranış sorunlarda daha çabuk çözüme ulaştırır. Çünkü hilm kılıcı öfke kılıcından daima daha keskin ve daha sonuç alıcıdır. İslamiyet, evliliklerde kabalık, katı yüreklilik ve sertlikten uzak durmayı, hata ve kusurları affedici ve bağışlayıcı olmayı; eğer hatalarda Allah'a isyan boyutu varsa karşısındakine af için dua etmeyi öngörür.

Aile bir taraftan insan neslinin devamını, diğer taraftan medeniyetin tesisini sağlayan mükemmel bir düzendir. Eğer kadın ve erkek cinsleri farklı şekillerde yaratılmasa ve birlikte olduklarında duydukları sükûn, sükûnet ve sevgi kendilerine verilmeseydi insan nesli hayvanlarda olduğu gibi yine üreyebilirdi. Ama medeniyet oluşmazdı. Çünkü medeniyeti sağlayan insan neslinin birliktelikten duyduğu huzur, sevgi ve rahmettir.

Eşler arasındaki hukukun aslını birbirleriyle iyi geçim teşkil eder. İslam dini kadınlara iyi muamelede bulunmayı emretmiştir. Kocaların kadınlarına lütufkâr davranması, yumuşaklıkla muamele etmesi ve kadınında eşinin istekleri doğrultusunda davranması, eşlerin arasındaki sevgi ve muhabbet bağlarını arttır.

Peygamber Efendimiz (s.a.v)'in Veda Hutbesi'nde:

"Ey insanlar, kadınların haklarına riayet ediniz. Onlara şefkat ve sevgi ile muamele ediniz. Onlar hakkında Allah'tan korkunuz! Kadınlar size Allah'ın emanetidir. Onları Allah adına söz vererek aldınız ve onlar da size emr-i ilahî ile helal oldu. Sizin kadınlar üzerinde haklarınız olduğu gibi onların da sizin üzerinizde hakları vardır." diyordu.

Aile yuvasının sağlam, uzun ömürlü ve mesut olmasında en az erkek kadar kadının da payı büyüktür. Kadına, erkekten çok farklı hususiyetler ihsan edilmiştir. Hamile kalması, çocuğunu doğurması, emzirip doyurması, büyütüp yetiştirmesi ve terbiye edip hayırlı bir insan yetiştirmesi; kısacası ana olması, onun sahip olduğu faziletlerin başında gelir. Kadın yuvasını sevmeli, kanaatkâr olmalı, israftan kaçınmalı, kocasına karşı daima saygılı olmalı, yapacağı bütün işlerinde onunla istişare etmeli, hakkında iyilikten başka söz söylememeli, ilahî hükümlere aykırı olmayan meşru bütün hâllerde kocasına mutlak surette itaat etmelidir.

Allah her iki cinsi birbirine uygun bir ahenkle yaratmış; psikolojik ve fizyolojik açıdan tam uyumlu kılmıştır. Erkek ve kadınların yapıları gibi sayıları da birbiriyle dengeli ve uyumludur. Fıtrata beşer eliyle bir müdahale olmazsa hiçbir bölgede bu denge bozulmamakta, sadece erkeklerin ya da sadece kızların doğduğu görülmemektedir. Bu işleyiş, bir tesadüf eseri değil, akıllara durgunluk veren mükemmel kudretin planıdır. Yaratıcı kudret bu düzeni kadın ve erkeğin birbirinin ihtiyaçlarını karşılayarak birbirlerinden sükûnet bulma amacıyla yapmıştır. Sevgi sayesinde insanlar birbirine akmakta, kadın erkeğe, erkek kadına ilgi duymaktadır.

Esin de artık ailenin ne demek olduğunu iyi bildiği için, o bilinçle Haluk'a muamele ediyordu. Eşlerine karşı bakımsız ve düzensiz kıyafetlerle dolaşan kadınları ve yakın arkadaşlarını gözlemledi. Herhangi bir düğün veya eğlencede alabildiğince güzel giyinerek arzu endam eden hem cinslerinin evlerinde eşlerini pijamayla ve özensiz bir şekilde karşıladıkları hâllerine üzülüyordu. Eşlerinin kalbi başka kadınlara kayınca da lanet okuyuşlarına ve hem kendilerine hem de eşlerine dünyayı zindan edişlerini düşündü. O, öyle bir eş olmamalıydı.

Kadın nezih bir varlıksa eğer her şeyden önce temiz olmalıydı. Yuvaya ışık saçmalıydı. Zarafet akıtmalıydı. Eşine, yavrularına, yuvasına âşık bir kadın çok şeyi başarabilen kadındı. Kişinin bu en özel alanı ancak dürüstlük ve saygıyla güzelleşebilirdi. Yuva, cennetten bir köşe olmalıydı. Adem ile Havva'nın da ikinci cennetleri mutlu beraberlikleri olmamış mıydı? Dünya hayatındaki cenneti yaratan Allah bunu eşler arasındaki muhabbete gizlemişti.

Esin kendine kural edindi; "Bir kadın erkeğine vefalı olmalıdır, asla nankör olmamalıdır. Yeri geldiğinde teşekkür etmesini bilmelidir. Eşine ve çocuklarına candan, samimi ve şefkatli olmalıdır. Eşinin yanında daima güzel görünümlü ve hoş kokmalıdır." Bu kurallar üzerine hareket ediyordu artık Esin.

***

Vahyi evlerden ellere alanlara,
satırlardan sadırlara aktaranlara

ve mushaftan hayata okuyup taşıyanlara selam olsun...

1975 Şubat'ının soğuğunda, yolların kardan kapandığı ve elektriklerin kesik olduğu bir gecede, İstanbul'un Üsküdar semtinde, lüks bir evde, Ladin ailesinin ikinci çocuğu olarak dünyaya gözlerini açmıştı Sümeyye.

Esin ikinci çocuğu ama ilk kızı olan Sümeyye'yi kucağına aldığında, Haluk'a karşı olan kızgınlığını çoktan unutmuştu. Tıpkı kendisi gibi bakan bir çift mavi göz bir anda onun bütün dünyası olmuştu. Sanki Sümeyye'de yıllardır Esin'e uğramayan sükûnetin izleri vardı.

Haluk'un "Kızımın adı Melisa olacak." demesine, tüm içtenliği ve doğallığıyla karşı çıkan Esin;

"Ben kızımın adının Sümeyye olmasını istiyorum. Oğlumuz Hakan'ın adını sen koymuştun. Kızımızın adını da ben koymak istiyorum." demişti. Haluk şaşırarak;

"Ne demek Sümeyye? Ben kızımın modern bir isim taşımasını istiyorum." diyerek karşı çıkmıştı.

Dedeler ve ninelerinde olaya müdahil olmalarıyla neredeyse küçük kıza bir hafta isim konulamamıştı. Fakat sonunda kazanan Esin olmuştu. Aslında daha önceleri olsa Esin de çok şaşalı, dikkat çekici bir isim koymak isterdi kızına. Ama şimdi Esin bir pamuk Sümeyye annesi olmak istiyordu. Ak, pak, tertemiz, inancı uğruna zalimler karşısında çelik gibi duran Hz. Sümeyye'ydi şimdi onun idolü.

"Ben çağımızın Ebu Cehil'lerin, Ebu Lehep'lerin soyundan olmayacağım, onların yolundan gitmeyeceğim. Muhammedî bir şuurla yaşayacağım ve inşallah çocuklarımı da öyle yetiştireceğim." diyerek çıktığı yolun başı, imtihan içinde imtihanlarla doluydu.

Mümin olmak da imtihan içindeki imtihanlara sabretmekten geçmiyor muydu? Esin de sabredecekti. Mükâfatını sadece Rab'den bekleyerek sabredecekti.

Güzelliği bozulmasın ve göğüsleri sarkmasın diye çağın bebek mamalarının cazibesine kapılarak Hakan'ı hiç emzirmemişti. Allah o göğüsleri sadece güzellik için değil, bebeklerin doğal beslenme kaynakları olarak verdiğine göre Sümeyye de şimdi annesinin sütüyle beslenecekti.

Esin kızını her emzirdiğinde hem çok mutlu oluyor hem de Hakan'a yaptığı haksızlıktan dolayı vicdan azabı çekiyordu. Kendisinin cahiliyesinde yaşadıkları gerdanlık misali boynuna dolanıyordu. Bu öyle bir gerdanlık ki; her bir parçası ateşten! Yandıkça, düşündükçe otuz yıllık bir kaybın telafisi derdine düşüyordu.

Hz. Sümeyye'nin hayatını öğrenmesiyle başlayan ve ardından gördüğü rüya ile anlam bulan hayatı, Sümeyye'nin doğumundan sonra farklı bir boyuta taşınıyordu. Her geçen gün daha da bitimsiz bir merak ve istekle doluyordu. Sürekli öğrenmek ve yenilenmek istiyordu. Esin'in yürek ipi elinde olan Yaradan'dan başka kimse bilmiyordu hâlini. Kur'an'ı kendine rehber edindiğinden beri, her bir sayfasında farklı müjdelerle karşılaşmak onun ufkunu kocamanlaştırıyordu. Hayatın anlamsız gelgitlerinde, tüm renklerin matlaştığı anlarda Kur'an ile nefes alıyordu. Karanfil kokulu seherler birbiri ardınca akıp giderken Esin kozmik bir bakış açısından farklı âlemlere gidiyordu. Hiçbir ayrıntı gözünden kaçmıyordu.

Tarihi olayları, yaşanmış hadiseleri, ibret almak için, önemli olduğu için hepsini bilmek istiyordu. Sonsuza açık olan ufku renkliydi. Ancak kimselerin bilmediği, anlamadığı bir yönü ortaya çıktı. Kalabalıklar içinde yalnızdı Esin. Etrafında çok insan olsa da artık dünyevi cazibeler onu bağlamıyor, menfaat dostlukları onu doyurmuyordu. İçinde yaşadığı yeni iklimleri kimseyle paylaşamıyordu. Duygularını en çok da Haluk'un bilmesini istiyordu. Ama maalesef Haluk onu dinleyecek kadar bile zaman ayırmıyordu. Hep "İş ve para!" diyordu. Tarif edilmez yalnızlığın anaforundan kurtulmanın en güzel yolu ilimdi onun için.

Okuyor, okuyordu. Hakan okula başladığı için bir yaşındaki Sümeyye'yi de yanına alarak Kur'an öğreten bir kursa öğrenci oldu. Sümeyye çok sakin mizaçlı, uysal bir çocuk olduğu için kalabalığın arasında, annesinin dizinin dibinde oturuyor, dinliyor, ortamı seyrediyor ve yeni çıkan tavşanımsı iki dişiyle çubuk krakerini yiyordu.

Haluk'un işlerinin çok yoğun olması nedeni ile Esin'deki değişikliği çok geç fark etti. Aslında bir şeyler hissediyordu. Eskiye göre gözleri daha ışıl ışıl olan cap canlı bir kadın, coşkulu bir anne havası vardı karısında. Ama Haluk bunun yeni gelen bebekten kaynaklandığını zannediyordu. Ta ki karısını pardösülü ve başı kapalı görene kadar! İslam'ın tüm kurallarına göre yaşamaya karar vermişti Esin. Tıpkı Arzu'nun dediği gibi araştırmış, okumuş ve öğrenmişti, huzurun İslam'da olduğunu...

O gün alışverişe ilk defa Müslüman bir kadın gibi çıktı. Eve döndüğünde ise Haluk bir evrakını unuttuğu için eve gelmiş ve çalışma odasını karıştırmakla meşguldü. Haluk eve gelenin karısı olduğunu bildiği için evrakı sormak amacıyla odanın kapısına yöneldi ve koridorda yüz yüze geldiler. Esin sakin bir edayla:

"Hoş geldin canım. Evde olduğunu bilmiyordum." dedi. Haluk'un sanki dili tutuldu, beynindeki öfke patlaması bütün vücudunu alev alev yaktı. Çok modern ve İngiliz kültürü eğitimi aldı diye evlendiği karısı şimdi karşısına çağ dışı (Haluk'a göre) bir kıyafetle çıkıyordu. Aradığı evrakı bile unuttu öfkesinin ateşinden.

"Esin, bu bir şaka mı?" diye sesini yükselterek sordu.

"Ne şaka mı canım?"

"Esin adamı çıldırtma! Bu ne hâl? Nereden buldun bu kıyafeti? Niye giydin?"

"Kıyafeti mağazadan aldım. Niye giydiğime de gelince de; Allah biz kadınların böyle giyinmesini emrediyor."

"Ne demek Allah böyle emrediyor? Çağ değişti artık Esin. Sen de o yobazların giydiği gibi mi giyineceksin? Ben seninle ileri görüşlü, kültürlü birisin diye evlenmiştim."

"Canım Allah'ın emrine göre giyindim diye şimdi kültürsüz mü oldum? Saçımı örten örtü beynimi örtmüyor ki. Ben hâlâ ileri görüşlü biriyim."

"Sümeyye'nin doğumundan sonra iki çocukla uğraşmak kolay olmadı senin için. Kendini eve kapattın annelik duygusuyla. Bunu da anlıyorum. Belli ki bir bunalım geçiriyorsun. İşlerimin yoğunluğundan ben de seninle ilgilenemedim. Ama bana olan kızgınlığını göstermek için böyle giyinmene gerek yok. Çıkart üzerindeki o berbat kıyafeti ve beraber bir psikiyatriste gidelim."

"Haluk, benim sana karşı bir öfkem, kırgınlığım yok. Doktorluk bir işim de yok. Tam tersi hasta bir zihniyetten yeni kurtuldum. Tamam, ikimiz de çok hatalar yaptık ama benim böyle giyinmem sana olan tepkimden değil."

"Peki, neden o zaman?"

"Ben sadece Allah benden böyle giyinmemi istediği için giyindim."

"Ne yani şimdi Allah seninle mi konuştu? Sana böyle giyin mi dedi?"

"Tövbe Yarabbim! Haluk bu ne biçim soru? Allah Kur'an'da biz kadınlar için, Nur Suresi'nin 31. ayetinde diyor ki..."

Haluk karısının konuşmasına tahammül edemedi.

"Kes Esin. Kes diyorum sana. Sen de çok iyi biliyordun. Kur'an; çaresiz, meczup insanların bir sığınağıdır. Sen çaresiz biri değilsin. Hele meczup hiç değilsin. Eskiden bu saçmalıklara inanmazdın. Şimdi ne oldu sana? Benim bilmediğim kimlerle oturup kalkıyorsun? Kim senin beynini eski Arap bedevilerinin yaşantısıyla yıkadı?"

Esin kocasının sesinin daha da yükselmesinden biraz korktu. Anlık bir duraksama yaşadıktan sonra aklına yine Hz. Sümeyye geldi. Zalimin zulmü karşısında canı pahasına dimdik duruşunu hatırladı. Şimdi onun karşısındaki insan da Ebu Cehil gibi düşünen, yaşayan ve aynı zamanda çok sevdiği kocasıydı. "Bilmiyor. Bilse böyle davranmaz." diye geçirdi içinden. Tebessümlü bir yüzle, yumuşak bir ses tonuyla tekrar durumunu anlatmaya yeltendi.

"Bak canım! Kur'an belli bir döneme ve belli bir halka hitap etmek için gönderilmedi. 14 asır öncesi indirilen Allah kelamı, kıyamete kadar tüm insanlara yol göstersin, karanlıklardan çıkmaları için ışık olması için gönderildi. Yani İslam sadece Arapların dini değil. Senin, benim, Kürt, Türk, Laz, Çerkez herkesin dini. Ben de bugüne kadar dinimi bilmiyordum. Bilmediğim için de yaşamıyordum. Fakat şimdi örgendim. Artık Müslüman gibi yaşamak istiyorum."

"Daha önce aklın neredeydi? Benimle evlenmeden önce öğrenseydin ya dinini..."

Kocasının bu son sözleri Esin'i daha da üzdü.

"Tanıştığımızda şimdiki gibi dinimi yaşayan biri olsaydım benimle evlenmeyecek miydin? Bunu mu demek istiyorsun?"

Haluk elini yumruk yapıp sert bir şekilde duvara vurdu.

"Esin cinnet geçirmemek için kendimi zor zapt ediyorum. Beni hiç mi düşünmedin böyle giyinirken? Kariyerimin zirvesine geliyorum ve sen karşıma bu şekilde çıkıyorsun. Ben seni arkadaş toplantılarımıza nasıl götürürüm?"

"Canım zamanla arkadaşlar da alışırlar yeni hâlime."

"Arkadaşları geçtim de, benim nerelerle bağlantılı olduğumu unutuyorsun herhâlde. Benimle evli olduğun müddetçe bu şekilde dolaşamazsın. O kıyafet hemen çıkacak ve kendine çeki düzen vereceksin. Ben eski Esin'i istiyorum. O kadar!.." dedi ve almak için geldiği evrakı bile almadan hışımla çıkış kapısına gitti.

Esin yatsı namazını kıldıktan sonra çocukları uyuttu. Saatin epey ilerlemiş olmasına rağmen hâlâ Haluk'un eve gelmemesinden kendisine ne çok kızdığını anladı. Sabaha kadar dua edip bekledi ama Haluk gelmedi. Aslında bu sessizlik akşama olacak olan fırtınanın habercisiydi.

Akşam sanki sözleşmişler gibi Esin'in anne ve babası ile Haluk'un anne ve babası beş dakika arayla zile bastılar. Belki kendilerince görülecek olan hesaplarını görmeye gelmişlerdi. Yemeğin ardından Esin'in babası sözü açtı.

"Kızım son zamanlarda görüşemedik. Duyduğum kadarıyla sıkıntılı bir dönem geçiriyormuşsun. Bize dertlerini anlatır mısın?"

Onların beraber gelmelerinden Esin böyle bir konuşmanın yapılacağını zaten anlamıştı. Yemek boyunca da bu konuşma için çok tedirgin oldu. Tedirginliğinin tek nedeni de; büyüklerinin yeni yaşantısını asla anlamayacakları korkusuydu. Çünkü bugüne kadar ne kendi ailesinde ne de Haluk'un ailesinde İslami bir yaşam tarzına tanıklık etmemişti.

İslamiyet onlar için sanki başka bir dünyada yaşanılan gerici diniydi. Esin anne ve babasının hiç namaz kıldığını, oruç tuttuğunu görmemişti. Dahası evlerinde bu konular hiç konuşulmazdı. Kocası için ise durum çok daha başkaydı.

Haluk'un anneannesi İstanbul'un köklü ailelerinden Ermeni asıllı Nalçiyan ailesinin tek kızıydı. Türk asıllı eczacı Mithat Efendi ile evlendikten sonra Haluk'un annesini doğurmuştu. Gerçi Esin Haluk'la evlendikten sonra onların ailesinde hiç Ermeni yaşantısını görmemişti. Ama geçmişten gelen bazı esintiler ve semboller o evde hâlâ hissediliyordu. Haluk da iki dinin arasında, geniş bir yelpazede kaldığından ne Hristiyan gibi ne de Müslüman gibi yaşıyordu.

İki aile kültür, fikir, ideoloji ve yaşam tarzları bakımdan birbirlerinin kopyası olduğundan bugüne kadar aralarında hiç anlaşmazlık yaşanmamıştı.

Bir yıl öncesine kadar Esin ile Haluk arasında da inanç yönünden bir sıkıntı olmamıştı. İnançsızlık girdabında savurgan mutluluk arayışlarıyla, yapay maskelerle evlilik sürdürüyorlardı. Onlar açısından her şey yolunda giderken şimdi içlerinden biri gerçek mutluluğun peşindeydi. Onlara çok yabancı gelen bir mutluluk anlayışıydı bu.

Hani bütün uyuyanları uyandırmak için bir uyanığın olması yeterlidir ya! O uyanık Esin'di. "Kral çıplak!" diyordu. Bütün krallar çıplaktı ama insanlar uyumaya devam ettikleri müddetçe ya da işlerine öyle geldiği için kralları giyinmiş görüyorlardı. Gerçek o ki; Esin kendini Müslüman zannedenlerden gerçek Müslümanlığa sığınmıştı.

Esin konuşmanın nerelere gidebileceğini iyi bildiği için onları da inkârın pençesinden kurtarabilmek adına iyi hamleler yapmak istedi.

"Babacım benim hiçbir sıkıntım yok. Sanırım siz Haluk'la konuştunuz. Giyimimden dolayı aramızda bir anlaşmazlık olmuştu. Hatta benim hasta olduğum kanısına vararak beni doktora götürmek istedi ama ben gayet iyiyim. Benim iyi olduğum konusunda içiniz müsterih olsun."

Bu defa annesi söze devam etti.

"Kızım, iyiyim diyorsun ama garip hareketler sergiliyorsun. Başını örtmüşsün. Sana hiç yakışıyor mu bu hâller? Biz seni en iyi okullara gönderdik, modern şartlarda yetiştirdik."

"Anne ben sizin benim için yaptıklarınızı inkâr ediyor değilim ki! Allah'ın emrettiği şekilde yaşıyor olmam sizi ve benim için verdiğiniz emeği yok saydığım anlamına gelmiyor. Ben büyüklerim olarak sizleri, eşimi, çocuklarımı çok seviyorum. Her zaman için bana verdiğiniz değerin karşılığını ödeyemeyeceğimi biliyorum. Biz büyük bir aileyiz. Sadece, ben artık İslamiyet'in kurallarına göre yaşamak istiyorum."

Esin'in konuşmasının ardından birkaç saniyelik sessizlik odayı doldurdu. Esin'in kendi anne babasının bu işi halletmesini beklercesine kayınvalide ve kayınpeder söze karışmadan bekliyorlardı. Esin'in babası kızının karakterini çok iyi biliyordu. İnandığı bir şeyden onu geri döndürmenin neredeyse imkânsız olacağını; hele de kızı böyle sakin bir hâlde konuşuyorsa kendileri ne deseler, ne etseler Esin'in aynı şekilde hareket edip onları bile ikna edeceğini biliyordu. Oysaki kızına bir kere bile bağırmayan baba şimdi tam bir öfke patlamasının eşiğindeydi. Karşısında oturan dünürleri olmasa kalkıp kızını hırpalayacak kadar hiddetlenmişti.

"Kızım sen iyice saçmalıyorsun. Bizim de babalarımızdan, atalarımızdan öğrendiğimiz bir inancımız var. Bizi inançsızmışız gibi görerek sen kendine yeni bir din icat ediyorsun."

"Baba yeni bir din icat ettiğim falan yok. Allah'ın Kur'an-ı Kerim'de bizlere nasıl yaşamamız gerektiğini söylediği gibi yaşamaya çalışıyorum ben."

"Az önce annen de dedi. Biz seni modern yetiştirdik. Sen yüz yıllar ötesinde kalan bir yaşam tarzıyla nasıl yaşayacaksın?"

"Batsın artık bu modernlik! Hepinizin dilinde aynı kelime! Modern olmak; Allah'a, Peygamberine ve Kitabına inanmamakla eş değer oldu. Eğer Allah'a inanıyorsan, İslam'a göre yaşıyorsan çağ dışı oluyorsun. Acaba hiç düşündünüz mü; inançları gereği gibi giyinen, yaşayan insanlar modern olamaz mı? Bilim, teknoloji, kültürü insanlığa veren kim acaba? Sizin tabiriniz tıpkı kendisini doğuran, yetiştiren annesini, çocuğun annesi olarak görmemesi gibi bir şey oluyor.

Biz insanları var eden bir Yaratıcı var. Toplum içinde daha adaletli, sağlıklı ve düzgün yaşamamız için gerekli olan tüm kuralları da Yüce Kitabında söylüyor. O kitabı da bize anlatması, öğretmesi için bir elçi tayin ediyor. Şimdi bütün bu gerçekliği inkâr edince modern mi olmuş oluyoruz? Sizi bilmem ama ben kendi adıma söyleyeyim: Ben çok modern bir insanım. Çağın bütün imkân ve olanaklarından benim için faydalı olan ne varsa alır kullanırım. Ama aynı zamanda da Allah ve Peygamberine inanıyorum. Bundan sonraki yaşamımı da Kur'an ahlakıyla yaşamak istiyorum. İnsanın evi, eşyaları, arabası, yaşamı modern olabilir. Ama inancın moderni olmaz. Din bin dört yüz yıl önce ne ise bugün de aynıdır. Hükümler o zaman ne ise şimdi de aynı."

Esin bundan sonraki yaşamını özetlemiş olmanın mutluluğunu yaşamak için derin bir nefes aldı. Artık tümüyle yönünü belirlemiş ve bunu da aile büyüklerine anlatmanın hazzını maalesef çok kısa yaşadı. Çünkü babası Esin'in aklına hiç getirmediği o malum konuyu hatırlattı.

"Sen kendince bunları planlarken kocanın durumunu hiç düşündün mü?"

"Babacığım, şu an Haluk benim yeni giyim tarzımdan biraz tedirgin. Ama bu meselenin çok kısa zaman içinde hallolacağına inanıyorum. Yani o da, arkadaşlarım da beni böyle kabul edecektir."

"Nasıl da bu kadar çocukça düşünebiliyorsun? Hâlâ Haluk'un üyeliğini tehlikeye soktuğunun farkına varamamışsın." dediğinde, Esin babasını daha iyi duymak istermiş gibi, hafiften gözlerini kısarak ona doğru meyilleşti. Son cümleyi anlamlaştırmaya çalışıyordu ki, ilk defa kayınpederin sesi duyuldu.

"Haluk'un üç yıl öncesi locaya katıldığını unuttun galiba. O günlerde bu duruma sen de çok sevinmiştin." dedi ve dalga geçer gibi Esin'e bakarak güldü.

Esin duyduklarının ne anlama geldiğini şimdi anlıyordu. Nasıl da unutmuştu; kocasının mason locasının en kalifiye üyesi olduğunu! Haluk'un "Nenim nerelerle bağlantılı olduğumu unutuyorsun." dediğindeki anlamsız olan o cümle şimdi yerini bulup oturdu.

Bir anda bakışları canlılığını yitirdi ve bir noktaya sabitlendi. Kafasını önüne eğdi ve gayriihtiyarı alt dudağının içinin etlerini ısırmaya başladı.

Bu masonluğa üyelik onun hiç hesabında olmayan bir şeydi. Acaba ailesinin bütünlüğünü sağlayarak hep beraber Muhammedî şuurla yaşayabilecekler miydi? Bunu zaman gösterecekti...

O gece çok dua etti. Haluk'un gelmeyeceği belliydi. Ama yine de gelince okusun diye ona özel notunu yazıp komidinin üzerine koydu.

"Bu aralar anlaşılamamanın hüznünü biriktiriyorum içimde.

Büyüyünce mutluluk olacağına inandığım bir hüzün...

Tut ellerimden de çabuk büyüsün, mutluluk olsun.

Seni seviyorum..."

***

Sessiz konuşuyorum artık

Sadece anlayabilenlerin dilinden...

Günler hiç kolay geçmiyordu. Hakan ergenliğe doğru giderken, Sümeyye de sarı saçlı, sevimli bir kız çocuğu oluyordu.

Çevresinde Arzu'nun haricinde eski arkadaşlarından kimsenin kalmaması aslında Esin'i üzmüyor, tam tersi mutlu ediyordu. Onu yeni yaşam tarzıyla kabul etmeyenlerin canpare dost olmayacağını anlamıştı. Bütün "Tanıştığımıza memnun oldum, sen en iyi arkadaşımsın, sensiz olmaz!" diyenlerden uzağa gitti.

Öğrenciliği bitirip öğreticiliğe başladığı için yirmi kadar öğrencisi, ilimle donanmış beş hoca arkadaşı ve bir de Arzu ona yetiyordu. Aslında eskiye göre daha kalabalık ve samimi bir çevresi olmuştu.

İki yıl gibi bir zamanda Esin'in bu kadar çok bilgiyle dolması, öğrenmeye olan açlığı Arzu'yu bile çok şaşırtıyordu.

Kendi ailesi ve Haluk'un ailesi, yeni bir din icat ettiğini düşündükleri Esin'den, giyiminden utandıkları için çok sık gidip gelmiyorlardı birbirlerine. Hatta bir defasında kayınvalidesi Beyoğlu'nda bir bijuteri mağazasında, ithal takı beğenirken, tesadüfî içeri giren gelinini tanımamazlıktan gelip koşar adım mağazadan çıkarak kalabalığın arasına karıştı. Kendi ailesi içinde durum aynıydı. Annesi eskisi gibi kendi toplantılarına onu çağırmıyordu artık.

Bütün olanların arasında sadece eşinin söylediklerine ve yaptıklarına üzülüyordu Esin. Haluk hiç bıkmadan, onun değişmesini, eskisi gibi olmasını söylemekten hiç geri durmadı.

Bir yerlere sıkıştırılan sevgi dolu notların itelemesiyle yumuşatılan bir evlilik sürülüyordu. Birlikte partilere, konkenlere gidilmemesine iki de bir söylense de artık Halu da alışmıştı bazı şeylere. Aslında kapılarını kapatıp içeri girdiklerinde, evlerinde mutlulardı. Esin ev hayatında kocasına karşı olan tüm sorumluluğunu en güzel şekilde yerine getiriyordu. Hatta biraz da abartarak yapıyordu. Zaten nezaketi, ince düşüncesi, temizliği, giyimindeki nazeninlik her zaman Haluk'un hoşuna gidiyordu. Ama güzelliğinden, alımından gurur duyduğu karısını her daim yanında taşımak istiyordu. Dikkat ediniz, tesettürlü Esin'i demiyorum. Ondan önceki Esin'i taşımak istiyordu. Tabi bütün bunları isterken kendisi de başka kadınlarla birlikte olmaya devam ediyordu. Eskiye göre daha dikkatli olduğu ve onu tanımayan insanların yaşadığı şehirlerdeki, ülkelerdeki kadınlarla birlikte olduğu için Esin aldatıldığının farkına varmıyordu. Haluk bu konuda çok profesyonel bir oyuncu olmuştu. Öyle ki, yeni bir ev açıp başka bir kadınla yaşamaya başlasa, bunu Esin'in anlaması imkânsızdı. Nitekim, öyle de oldu...

Haluk'un davranışlarına üzülse de onun değişeceği ve kendisini anlayacağının umudunu hiç kaybetmedi Esin. Çünkü yıllar öncesi nasıl da vazgeçilmez bir tutkuyla âşıksa kocasına, şimdi de aynıydı.

Onsuz bir hayatı aklının ucundan bile geçirmedi hiç. Tam bir bütünlük içinde olabilmek için, her fırsatta İslamiyet'i ona anlattı. Ama Haluk'un kulaklarının duymadığını, gözlerinin görmediğini ve kalbinin mühürlü olduğunu çok sonraları anlayacaktı. Fakat gün bugündü işte; evliliğini ayakta tutmak için çırpınıştı bu. Tek taraflı anlayış, sevgi bir evliliği nereye kadar götürebilir ki? Bunu hep beraber göreceğiz...

O gün akşam üzeri Haluk eve çok sinirli olarak geldi. Esin sebebini henüz bilmediği bu gerginliği, tüm sakinliği ve sevimliliğiyle atlatmak için çabalasa da Haluk her şeyi bahane edip bağırmaya başladı.

Dolaptan aldığı su şişesini kafasına dikip içtikten sonra yere fırlattı ve konuyu yine onun örtünmesine getirdi.

"Kur'an, namaz diyerek kafayı yedin. Bak, hemen şimdi o başörtüyü çıkartacaksın ve benimle birlikte plaja geleceksin. Beraber eskisi gibi denize gireceğiz."

Esin kırılan şişenin parçalarını yerden toplarken ağlamaya başladı. Kocasının anlattıklarını anlamamış ve hâlâ onun değiştiğini kabul etmemiş olmasına çok üzüldü.

Nasıl olur da bir erkek karısının yabancı birçok erkeğin gözü önünde çıplak denize girmesini ister ki? Eskiden bunu yapıyorlardı. Ama Esin artık bunun haram olduğunu biliyordu ve bunu defalarca kocasına anlatmıştı...

Cam parçaları elini kesti. Ama yüreğinin acısından elinin acısını hissetmedi. Topladığı parçaları çöpe atmak için doğrulduğunda Haluk'un alkol koktuğunu anladı. Onun alkol almış olmasına sevinse mi, üzülse mi bilemedi. Ama az önceki söylediklerini ayık kafayla söylemediğini anlamış olmak, onun da daha sakin konuşmasına sebep oldu.

"Haluk, canım, belki biraz haklı olabilirsin. Benim değişmem sana ağır geldi, bunu anlıyorum. Fakat ben namaz kılıyorum, saçımı örtüyorum diye sana olan sevgimde azalma olmadı ki. Aksine seni daha çok seviyorum. Ben seninle tabi ki de yüzmeye giderim. Ama bunu halka açık bir plajda yapamam."

Haluk mutfak sandalyesine sendeleyerek oturdu. Kırmızıya dönmüş gözlerini kocaman açarak:

"Neden yapamıyorsun? Çünkü senin tesettürün bunu engelliyor."

"Hayır Haluk, yanılıyorsun. Başörtülü insanlarda yüzmeye, gezmeye, tatile, sinemaya, tiyatroya gider. Doktor da olur, hâkim de. Yani başörtüsü buna engel teşkil etmez. Hayatın haram olmayan her alanında yer alırlar. Sen beni helal dairesi içindeki bir yere yüzmeye götür, ben de gelirim." dedi.

Haluk beyninin de iyice uyuşmuş olmasının etkisiyle karısının ne demek istediğini anlamadı. Anlasa da zaten kalkıp yüzmeye gidecek hâli bile yoktu. Esin'in kesilen parmağına bakışlarını sabitledi. Karısının kanayan parmağını peçeteyle sarması onda tuhaf bir duygu oluşturdu. Sanki bir an kalkıp sımsıkı sarılacak gibi bir hâli vardı. Dakikalarca onu seyretti.

Esin bir müddet sonra onun sandalye üzerinde uyumakla uyumamak arasında salındığını sezince;

"Canım çok yorgun gözüküyorsun. Gel hadi biraz uzan." diyerek kaldırmak için koluna girdi. Beraber yatak odasına gittiler. Boş bir çuval gibi karyolanın üzerine yığılan ve hemen uyumaya geçen Haluk'un ceketini son anda zor çıkartabildi Esin.

Uzunca bir müddet, yatağın başucunda eşini seyretti. Onu ne de çok seviyordu. Pencereden sızan yelle üşümesin diye çarşafı üzerine çekerken, acıyan eliyle onun ellerini tuttu. Haluk'u ilk gördüğünde de dikkatini çeken ilk şey elleri olmuştu. Bakımlı, uzun parmakları alışıla geldik tip erkeklerde pek hoş durmasa da Haluk'a çok yakışıyordu. Bu eller hep eczane ilaçları kokardı. Esin'de hijyen duygusu uyandırıyordu o koku. Seviyordu onu ve kokusunu...

O akşamın yemeğini hazırlamak için mutfağa girdi. Kocasının sevdiği; tavuk çorbasını, fırında güveci, yaprak sarmayı, pilavı, havuçlu lahana salatasını elleriyle yaptı.

Yemek hazırlama faslı bitince duşa girdi. Duştan çıkınca kocasının en sevdiği kıyafeti giyerek yine onun sevdiği kokuyu sürdü.

Hakan ve Sümeyye'yi de çağırarak, beraber yatak odasına girdiler. Çocukları sıkı sıkı tembihledi; "Babanızın yanına sokulun ve onu öperek uyandırın." diye...

Çocuklar karyolaya atladılar. Hakan biraz çekingen olsa da Sümeyye babasına olan düşkünlüğünden nazlanarak:

"Babacığım uyan artık. Uyan hadi. Ben seni çok özlüyorum, seninle oynamak istiyorum." diyerek yanaklarından öptü.

Haluk sıçrayarak gözlerini açtı. Nerede olduğunu algılamak istercesine gözlerini odada gezdirdi. Göz kapaklarını kırparak yabancıya bakar gibi çocuklara ve Esin'e baktı. Sanki bir an hiçbirini tanıyamadı. Belki de çok uzak bir yerlerdeki bir evde ve başka bir kadının yanında uyanmak istediği içindi bu şaşkınlığı!!!

Uyumadan önceki olanları hatırlayınca, yine karısının bantlı olan parmağına odaklandı. Esin'in:

"Canım senin sevdiğin yemekleri hazırladım. Hadi kalk da beraber sofraya geçelim." demesiyle Haluk yatakta doğruldu.

"Benim halletmem gereken işlerim vardı bugün. Hemen çıkmam lazım." diyerek yüzünü yıkamak için hızlıca banyoya geçti. Havlunun kenarına ona özel iliştirilmiş notu gördü.

"Koku insanları birbirlerine bağlayan en önemli etkenmiş.

Ben seni ve kokunu çok seviyorum.

Sen de hep benim kokumla kal, e mi..."

Yazıyordu. Havluyla yüzünü kurulayınca, kendisinin karısında en sevdiği kokuyu havluya da sıktığını anladı. Çünkü havlu Esin kokuyordu. Derin derin soludu, duraksadı. Acaba bu akşam dışarı çıkmasa mıydı? Aslında dışarıda işi falan da yoktu. Ama öğleyin gittiği toplantıda Esin ile ilgili söylenenler aklına gelince dişlerini sıktı. Onu cezalandırması gerekiyordu. Şimdi yumuşamanın sırası değildi. Kendisini salonda bekleyenlere aldırmadan tekrar yatak odasına geçti. Yeni bir gömlek almak için elbise dolabını açtığında, ona ait olan bölümde yine o küçük notlardan biri vardı.

"Sana gitme demeyeceğim.

Ama gidersen ellerim üşür,

Yüreğim üşür, gözyaşlarım üşür,

Sensizliğinde sana hasret kaldığım uykularım üşür.

Belki sen tüm dünya için bir kişi olabilirsin

Ama bizim için zaten bir dünyasın.

Sen bizim dünyamızı bizden alarak gitmek istiyorsan

Git...

Sana gitme demeyeceğim.

Ama bil ki gittiğinde;

Sensizliğin dünyasında üşüyen bir kadın ve iki çocuk olacak..."

Haluk, bunun bir inat değil de, Allah'a itaatin bir gereği olduğunu hâlâ anlayamamış olmanın etkisiyle "Ah Esin... Şu inadını bir bıraksan..." diye kendi kendine söylendi. Eline aldığı gömleği yerine koydu ve tam da olması gerektiği yere, salona girdi.

***

Aramızdaki fark buydu.

Sen ateşin yaktığını bilirdin.

Ben ateşte yanmayı...

Almanya'da yeni kurmaya çalıştığı fabrika nedeniyle Haluk ayın çoğu günlerini yurtdışında geçirdiğinden çocuklar neredeyse babalarıyla yemek yemeyi unutmuşlardı.

O akşam uzun zamandan sonra evde bir bayram havası vardı. Annelerinin mutluluğu Hakan ve Sümeyye'ye de yansımış olacak ki, bunu kendi çocukça sevinçleriyle gösteriyorlardı. Haluk ise kendini ortamın güzelliğine bir bıraksa, mutluluktan payına düşeni alacaktı. Ama tabağındaki yemekle oyalanırken toplantıda söylenenleri düşünmesi, ortamın ona yüklediği rolü oynamasını engelledi. Toplantıda söylenenler balyoz darbesi etkisi yapıyordu beyninde.

"Ama olmaz ki. Bu durum bizim prensiplerimize aykırı. Locaya katılırken eşinizin azılı bir mason düşmanı olduğunu bilmiyor muydunuz?"

"Eşim mason düşmanı değildir. Bugüne kadar kuruluşunuza zarar verecek bir şey yapmadı."

"Daha ne yapmasını bekliyorsunuz? Görüş ve düşüncelerimize aykırı bir yaşam sürdürüyor. Locayı istemeyen yerlere gidip geliyor. Yakında sizin de aklınızı çelecek. Eğer bizimle birlikte olmak ve imkânlarımızdan faydalanmaya devam etmek istiyorsanız sizin buna 'dur' demeniz gerekiyor. Fabrikanızın durumu ortada! Yeni ve dünya çapında bir işe imza atacaksınız bizimle. Bütün çabalarımızı göz ardı ederseniz, bağlantılarımız biter..."

Söylenen daha onlarca cümle beynini rahat bırakmadı Haluk'un. Karısını loca başkanına savunamamak ve işini ilerletmek için onlara bağımlı olmak içini acıttı.

Yemeğin ardından Hakan ders çalışmak için odasına geçti. Sümeyye sıraladığı sandalyelerin üzerine bebeklerini oturtup onlarla evcilik oynamaya başladı. Esin ise taze kahve kokulu fincandan birini Haluk'a uzattı.

"Çaydan önce, yemek üstü bir kahve içelim dedim." Eşinin yanına oturdu ve usulca ona sokularak;

"İşlerin nasıl gidiyor canım?"

Haluk içindekileri ona söyleyip söylememekte biraz kararsızlık yaşadı. Ama "Olanları onun da bilmesi gerekiyor. Hem böylelikle belki değişir, eski yaşantımıza döneriz. Ne de olsa işlerimin bozulmasını istemez." diye düşünerek:

"İşlerim iyi gidecekti fakat şimdi senin yüzünden kötü gidiyor."

Esin duyduğu sözlerle müthiş bir şaşkınlık yaşadı ve yüz ifadesi değişti. Korkak ve alınganca;

"Aa! Benim yüzümden neden kötü olsun işlerin? Ben senin çalışanın ya da ortağın değilim ki işlerini bozayım. Benimle ilgili mesele nedir Haluk? Söyler misin?"

"Bugün locada toplantımız vardı. Seni konuştular. Giyiminden, gidip geldiğin yerlerden! Her şeyi biliyorlar."

Esin öğleden sonraki gerginliğin ve alkolün sebebini şimdi anlıyordu.

"Canım, sen onların karın hakkında konuşmalarına niye izin veriyorsun? Hem benim yaşam tarzımdan onlara ne?"

"Senin bilmediğin şeyler var."

"Söyle o zaman. Ben de bileyim."

"Esin, ben Almanya'da ki fabrikayı onların sayesinde kuruyorum. Üç bin metre kare araziyi ücretsiz onlar temin etti bana. Ayrıca yurt dışı bağlantılarımı sağlıyorlar ve ilaç ihraç edeceğim hazır pazar oluşturuyorlar."

"Çok meblağlı paraların döndüğü bu ortamda kimse kimseye karşılıksız iyilik yapmaz. Onlar sana neden bu iyiliği yapıyor? Karşılığında sen ne vereceksin?"

"Uzak doğu ve Afrika ülkelerinde yeni yapılanmaya çalıştıkları için oralarda dağıtacakları ilaçları ve hastane gereçlerini ben üreteceğim. Onlarda distribütörlüğünü yapacak."

"Yani bunu ücretsiz yapacaksın!"

"Tam öyle sayılmaz. Onlar bana ham maddeyi temin edecekler, ben de ilaçları üreteceğim."

"Onlar fabrikanın yerini veriyorlar, ham maddeyi veriyorlar, sen de üretip ellerine vereceksin. Bu işte bir gariplik yok mu?"

"Bu üç yıllık bir anlaşma Esin. Bu üç yıl içinde pazarlanan ilaçların adı duyulacak. Sonra da dünya çapındaki ortak pazarlarda adımız duyulacağı için ilaç üretimimiz ve pazarlamamız kolay olacak."

"Buradaki fabrikada ürettiğin ilaç ve malzemelerin dağıtımında ve satışında bugüne kadar hiç sorun yaşamamıştın. Mithat babanın ve kayınpederimin zamanında da, şimdi sende de yurt dışı bağlantılarınızda sorun yaşamıyordunuz. Kazancımız da çok şükür iyi! Almanya'da ki fabrikayı kendin de kurabilirdin. Neden onlara ihtiyaç duydun ki?"

"Esin dünya çok hızlı globalleşiyor. İnsanlar çoğalıyor ve albenisi çok olan ilaçlar üretmek lazım."

"İyi de ben de onu diyorum zaten. Sen bunun eğitimini aldın. Ailenden gelen bir alt yapı ve kaynak birikimin var. Ayrıca sağlam ortakların ve seninle yıllardır çalışan iyi farmakologların var. Yani yeni yatırımları onların yardımı olmadan yapabilirdin."

"Senin için söylemesi kolay. Yeni bir ilacın tam kapasite üretimine geçilebilmesi için önce denekler üzerinde kullanılması ve olumlu sonuçların alınması lazım. Bu araştırma süreci de nerden baksan sekiz ile on yıl sürüyor. Hem her zaman gönüllü denek bulmak kolay değil. Onlar Afrika ve uzak doğu ülkelerinde kurdukları hastanelere, ecza depolarına, çalıştıkları yardım kuruluşları aracılığıyla ilaçları dağıtacaklar. Bir yıl boyunca hangi ilacın daha faydalı olduğunu oradaki kullanan insanlar üzerinden gözlemleyebileceğiz."

"Bir nevi fakir insanları kobay olarak kullanacaksınız! Onlar yardımseverlik gösterisi altında insanların sağlıklarıyla oynayacaklar, sen de bundan nemalanacaksın ha! Tabi oradaki insanların ilaca, işe, aşa ihtiyaçları olduğu için, tıpkı misyonerlerin yaptığı gibi, onları çok düşünüyormuş havasıyla hem onların sağlıklarını tehlikeye atacaksın, hem de kendinize köle edeceksiniz. Modern kölelik bunun adı. Haluk bu giriştiğin iş çok günah! Gel yol yakınken vazgeç."

"Başlama yine din derslerine. Neresi günah bunun? Sen Afrika'dakilerin hiç ilaç kullanmadığını mı sanıyorsun?"

"Tabi ki kullanıyorlardır. Sen ve senin gibi yapanların ürettikleri ilaçları kullanıyorlardır elbet. Ne yazık ki bunu da onları daha çok sömürgeleştirmek isteyen insanlar götürüp verecek onlara. Onlarda "Batı insanı bizleri seviyor, yardım ediyor, ilacımıza kadar ayağımıza getirip veriyor..." diye sevinecekler. Nerden bilecekler ki kendilerinin kobay olduğunu... Allah aşkına Haluk, iyi düşün. O ilaçları önce bizim kızımız ve oğlumuzda kullanır mıydın?"

Esin'in bu son sorusuyla odada derin bir sessizlik oldu. Haluk'un sıkıldığında hep yaptığı gibi kendini dışarı atmak ister bir hâli vardı. Tam yerinde hareketlenince Esin elini tuttu.

"O çocukların bizim çocuklarımızdan hiçbir farkları yok. Bunlar çok tehlikeli işler. Canım sen insanların sağlıklarıyla oynamazsın. Merhametlisin, babasın, benim canımsın. Gel ayrıl locadan, gitme bir daha onların yanına, gitme. Bir defa da beni dinle lütfen..."

"Ne ayrılması Esin ya! Unutuyorsun galiba, beni oraya senin baban üye etti."

"Babam çıkıp çatıdan kendini atsa sen de mi atacaksın? Hem babamı bahane etme. Biz İngiltere'de tanıştığımız dönemde sen zaten sürekli mason toplantılarına katılıyordun. Babama da defalarca demedin mi: 'Beni de biraderlere üyeliğe kabul ettir.' diye. Onu bunu bahane etmene gerek yok. İstesen ayrılırsın. Ama sen bütün işlerini onlarla ayarlamışşın."

"Bunun üç yıl sonra bitecek olan bir anlaşma olduğunu söyledim sana."

"Üç yılın sonunda seni bırakacaklarını mı sanıyorsun? Kendilerine bağımlı yapacaklar ve sen hep onlar için ilaç üreteceksin."

"Bunun ne zararı var ki? Ben kazancıma bakarım."

"Haluk görmüyor musun? Müslüman bir ülkede benim inancıma karışacak kadar ileri gidenler, yarın senin ürettiğin ilacı dağıttıkları fakir ülke insanlarının ilim, inanç yönünden de fakir olan yüreklerine, beyinlerine tesir edecekler. Önce barış, sevgi, eğitim diyecekler, sonra da modern tanrıya inanın, ışığın gücüne teslim olun diyecekler. İnanmakla inanmamak arasında olan, iman yoksunu birçok insanları tek bir Allah inancından ve son dine bağlanmaktan uzaklaştıracaklar. Locanın bünyesindeki kendileri gibi olan inançsızlar çoğaldıkça, ritüellerinde dul kadın keselerini dolduracaklar. Bu aslında dünyaya gizli bir şekilde hâkim olma savaşı. Bizleri inançlarımızdan uzaklaştırmak için yüzyıllardır uğraşıyorlar. Bırakın da Afrika'nın insanları kendi hâllerinde kalsın."

"Esin amma da abarttın!"

"Hiç de abartmıyorum. Ben çocukluğumda onların yapbozlarıyla büyüdüm. Tam on yıl İngiltere'de onların okullarında eğitim aldım. Mason olan çok arkadaşım vardı. O zamanlarda kadın locası daha kurulmamıştı. Kurulsaydı belki ben de üye olurdum. Örgütlenmelerini, gizli ayinlerini, on beş günde bir olan toplantılarında neler yapıldığını, ritüellerini, ne amaca hizmet ettiklerini ve sembollerini bilmiyor muyum sanıyorsun? İçlerinde bulunduğum için ve babamdan da onların yaşamlarını çok iyi biliyorum. Rabbime sonsuz şükürler olsun ki bana hidayet nasip etti ve İslam'la tanıştırdı. Onların ne derece tehlikeli olduklarını aslında sen de iyi biliyorsun. Dünya barışı derler ama çıkarlarına uymayan her barışı sinsice savaşa çevirirler. Etme be gülüm... Ayrıl onlardan. Biz böyle mutlu değil miyiz sanki?"

"Bu işte çok para var Esin."

"Daha çok kazanıp da kazandığın parayı Allah yolunda harcamadıktan sonra ne işe yarar o para? Kefenin cebi yok ki... Ne yapacaksın onca kazancı?"

"Çatır çatır yiyeceğim."

"Ama canım, sen de gireceksin toprağın altına, sağlığıyla oynadığın o insanlar da girecek ve hesap vereceksin yaptıklarından. O zaman 'Ben bilmiyordum.' diyemeyeceksin. Tamam, önce bilmiyorduk. Ama şimdi ben biliyorum ve sana da hep anlatıyorum. Rabbim yarın huzuru mahşerde 'Madem hiç akletmedin, karının söylediklerini de mi duymadın?' derse ne diyeceksin?"

Haluk'un içi daraldı. Esin'in söylediklerinin gerçekliğini o da biliyordu. Fakat bir taraftan da kendisine vaat edilen dolar meblağsı aklının bir köşesinde nefsine zülüm etmeye devam ediyordu: "Bilmem kaç milyon dolar, eğlence, özgürlük, evrensellik vs. Bütün bunlardan varlığına bile inanmadığın Allah için sırf karın uyardı diye vazgeçemezsin!" diyordu. Düşünceler arasında canı sıkılırken ağzına gelen ilk cümleyi söyleyiverdi

"Eğer öyle bir hesap günü olacaksa ve senin inandığın o Tanrı bana böyle bir soru sorarsa, ben de ona: 'Bu benim hayatım, istediğim gibi yaşarım. Madem beni çok düşünüyordun; az konuşan ve benim istediğim gibi olan bir kadın verseydin ya!' derim ona."

"Vay! Esin'den sıkılmışız ha! Susmasını istiyormuşuz... Çok kırıcı oldun Haluk."

"Asıl kırıcı ve inatçı olan sensin. Bana söylediğin şu sözlere bak. Allah, din, günah... Bu ne böyle? On yıldır ne de mutlu yaşıyorduk. Yediğimiz önümüzde, yemediğimiz ardımızda. Geziyor, eğleniyorduk. Avrupa seyahatlerine gidiyorduk, partilere, çaylı toplantılara katılıyorduk. Beraber çok şeyler yapıyorduk. Şimdi tutturdun bir Müslümanlık gidiyorsun."

"Neden beraber bir şeyler yapamıyoruz? Çünkü sen benim giyimimden utanıyorsun. Helal dairesinde benimle yaşamak istemiyorsun. Bak kendin söyledin. On yıl boyunca ben sana ayak uydurmuşum. Ben sana on yıl demiyorum sadece bir yıl sen bana ayak uydur, sonra oturup tekrar konuşalım; hangimizin yolundan gideceğimizi. Ne dersin?"

"Esin benim bağnaz bir dinin kurallarına göre yaşayarak geçireceğim fazladan bir günüm bile yok. Ben hayattan alacağım tada bakarım. Bu tattan beni engelleyecek hiçbir şeyi de istemiyorum."

"Bağnaz bir din dediğin İslamiyet hakkında hiçbir şey bilmiyorsun ki. Yüreğini açarak bir kere öğrenmek istesen ah... Aslında hayattan senin alacağın o tatlar engellenmiyor. Tam tersi Allah o tatları en güzel şekilde almanı istiyor. Bir düşünsen, idrak etsen, sen de gerçek mutluluğu bulacaksın."

"Esin yeter! Senin inandığın din, benim kazancıma fakirleri de ortak ediyor. Benim paramı sokağa atmaya hiç niyetim yok. Bu konuyu uzatmayalım artık. Çocuklarımızın iyi bir geleceğinin olmasını ve benimle mutlu olmak istiyorsan, sen de kendine çeki düzen vereceksin. Yarından itibaren eskisi gibi olacaksın. Beyninde neye inanırsan inan. Ama benim işlerimi sekteye uğratacak konuşmalardan, giyimden ve dinci insanlarla görüşmenden seni men ediyorum."

"Haluk bizler imtihan için yaratıldık. Sana bu zenginliği veren Allah seni parayla imtihan ediyor. Bu kadar malı, mülkü veren Allah almasını da bilir. Kazancıma ortak oluyorlar diye zekâtını vermediğin ve hor gördüğün o fakir insanların durumuna sen de düşebilirsin. Konuşma böyle. Allah ile şaka olmaz. O kudreti sonsuz Yaratıcı, bizlerse aciz yaratılmış olanlarız."

"Esin kes diyorum. Sus artık. Ben paramı kendim kazanıyorum, istediğim gibi de yerim. Bu kimseyi ilgilendirmez. Senin Allah'ını bile ilgilendirmez. Anladın mı beni?" diyerek son hız kalkıp giyinmek için yatak odasına gitti.

***

Konuşursam kelimelerin canı acıyor.

Onların canı acırken benim canıma okunuyor...

Susmakta buluyorum çareyi, daha az acıyacakmış gibi...

Uzayıp giden günlerin arasına, Esin'in kocasından yana olan yalnızlık günleri de katılıyor. Böylelikle ayrılığa doğru giden kervan kimseler fark etmeden hazırlanıyordu.

Almanya'nın Augsburg kentinde kurmaya çalıştığı yeni fabrikanın inşaatı, Alman kanunlarına göre yazışmaları, başka ülkelerden olan ortaklarla yapılan görüşmeler nedeni ile Haluk, İstanbul'daki evine üç beş günlüğüne uğruyordu. Esin çocukların ve kendisinin onu çok özlediklerini, bu yeni fabrikanın Türkiye'de kurulmasının aile düzenlerini daha çok ayakta tutacağını söylese de Haluk onu dinlemedi.

"Bu sıkıntılar sadece fabrika açılana kadar olacak. Daha sonra benim gitmeme gerek yok. Ortaklar fabrikayı yönetecek ve ben sadece kar marjını alacağım. Biraz daha sabredin."

"Tamam canım sabredelim ama Hakan on iki yaşına geldi. Tam da babasına ihtiyaç hissettiği döneme girdi. Ayrıca 'Babamla yapmak istediğim çok şeyler var.' diyor."

"Neymiş benimle yapmak istedikleri?"

"Çok şeyleri hayal ediyor ve istiyor. Mesela bir gün okuldan senin onu almanı, derslerine senin yardım etmeni, yazlığa gittiğimizde senin yanımızda olmanı, senin ona tekne kullanmayı, araba sürmesini öğretmeni istiyor. Ergenliğe geçiyor oğlumuz Haluk ve bu dönemde benden çok senin yardım edeceğin duygusal sıkıntıları var."

"Ben onu özel şoförle koleje gönderiyorum. Çevresine şöyle bir baksın. Onun sahip olduğu imkânlara hangi çocuk sahip ki? Dersler konusunda benim kadar senin de çok kapasiten var. Sen yardım et! Yok, eğer ibadet yapmaktan ben yardım etmeye fırsat bulamıyorum diyorsan, özel hoca tutalım."

"Benim ibadetlerimin konu ile ne alakası var? Meseleyi çarptırıyorsun. Ben tabi ki onun derslerine yardım ediyorum. Ama Hakan seni istiyor."

"Ben bütün bu yorgunluklara onlar için katlanıyorum. Daha iyi bir gelecekleri olsun diye."

"Sağ ol canım! Fakat şu anki durumumuz da çok iyi! Hani şu Almanya işi olmasa, o fabrikayı İstanbul'da kursan hepimiz için bu durum daha iyi olmaz mı? Hem işler yüzünden çocukların büyüdüğünü göremiyorsun. Onlar göz açıp kapayana kadar büyüyecekler ve biz yaşlandığımızda çocuklarımızla koşup oynayamadığımız için üzüleceğiz."

"Dedim ya Esin! Biraz daha sabredin. Fabrika bir açılsın da işte o zaman ben çocuklarımı yanıma alacağım."

"Ne demek yanıma alacağım?"

"Üf, dilim sürçtü. Yani onlarla çok vakit geçireceğim demek istiyorum."

Esin çok zeki olmasına rağmen kocasına olan sevgisi gözlerini kör ettiği ve kalbini dumura uğratıp ilk günlerin güveninde bıraktığı için kelimelere gizlenmiş olan cevapları göremedi.

Aslında Hakan'ın babasına olan ihtiyacı kadar Sümeyye'nin de özlemi vardı. Her gece "Babam da gelsin anne, ben onunla yatmak istiyorum. Beni arabayla gezdirsin." lafları bir müddet sonra ağlamaya dönüşüyor, sonra da yatağın babasına ait ama çoğunluk boş olan tarafını o dolduruyor ve annesinin koynunda uyuyordu.

Son zamanlarda ise farklı bir takıntı içindeydi Sümeyye. Halasının kendisiyle yaşıt olan kızı Elçin ile oyun oynarlarken, hala kızının sürekli babasının onları pikniğe götürdüğünden, top oynadığından bahsetmesi Sümeyye'nin de "Babam bizi de pikniğe götürsün." ısrarını yapmasına neden oluyordu. Doğrusu Esin, kocası ile evleneli on üç yıl olmasına rağmen ailecek daha hiç pikniğe gitmemişlerdi. Bunu o da çok istiyordu; açık havada eşi ve çocuklarıyla oksijen teneffüs etmeyi, çimlere uzanmayı...

Sümeyye'yi bahane ederek bunu Haluk'a söyledi ama aldığı cevap aynıydı.

"İşlerimin yoğun olduğunu bilmiyor musun? Altında araban var, sen al onları pikniğe götür..."

"Haluk... Ama... Fakat... Sensiz... Çocuklar seni istiyor... Ben seni özlüyorum... Falan filan ..." bir sürü sorular ama cevaplar hep aynı...

Artık iyice monotonlaşmış ev hayatlarını, Esin'in yeni öğrendiği bir haber o günlük renklendirdi. Hemen ardından gelen hissiyatlı konuşmalar ve Esin'in ağlamaları hep birbirini takip etti gitti.

Doktor onun hamile olduğunu söylediğinde Esin sevinçten neredeye havalara uçacaktı. Üçüncü kez kendisine anne olma güzelliğini bahşettiği için Allah'a çok şükretti. Dava arkadaşı Arzu ona sarılıp tebrik ederken ona küçük bir espri de konduruverdi: "Allah tamamına erdirsin arkadaşım. Rabbim anasına, babasına, vatanına hayırlı evlat eylesin. E artık devamını da bekleriz yani dördüncüyü!" diyerek tebessüm etti.

"Amin Arzu! Bu haber beni çok mutlu etti. Artık Rabbim ne kadar evlat nasip ederse doğururum." dedi ve beraberce güldüler. Sonra Esin;

"Aslında maksat çok çocuk sahibi olmak olmamalı. Asıl mesele evdeki seccade sayısını artırabilmek olmalı."

"Doğru söyledin arkadaşım. Evlatlarımızı iyi yetiştirmedikten sonra; Allaha kul olma bilincini küçüklükten vermedikten sonra çok çocuk sahibi olmanın da bir anlamı yok!"

Muayeneden çıktıktan sonra Arzu'dan ayrıldı ve hemen eve gitmek istemedi Esin. Hafiften çiseleyen yağmurun altında ıslanarak Üsküdar sahiline indi. Denize en yakın banka oturdu. Aklına ikinci bebeği Sümeyye'ye hamileyken onu aldırmak için yaptığı girişimler geldi. Gözleri yine doldu. Zaten ne zaman o günleri hatırlasa ağlamaklı oluyordu.

Sümeyye onun hayatının dönüm noktası olmuştu.

Arayıştı... Buluştu...

Kutsi bir seslenişti...

Ardına bir daha bakmadığı bir dönüştü...

Karanlıktan aydınlığa çıkış...

İmtihanda olduğunu fark ediş...

Kül olmaktan kurtulup kul olmaya adaylığını koyuşunun başlangıcı...

Sümeyye ile Hz Sümeyye'yi tanıyış, Hz Sümeyye ile Sümeyye annesi olma bilinci...

Ebu Cehil soyundan olmayacak nesiller yetiştirişe adım atış...

İnsan olduğunun bilinciyle Allah'ın ruhuna verdiği güzelliği evlatlarına aktarış...

Otuz yıllık yoldan çıkışı bulmuş olmanın sevinciyle bir hamlede dönüş...

Dönüş işte...

Allah'ın yaradılış mayasına kattığı imana geçişin adı olmuştu onun için Sümeyye...

"Canım oğlum, kızım! Allah size bir kardeş daha nasip etti. Bana da üçünce kez anne diye hitap edecek bir evlatla taç giydirecekmiş. Yolumuz uzun ve zor. Meşakkatlerle dolu. Karanlığı veren, elbet aydınlığa çıkışımızı da ayarlamıştır. Nasibimizde ne varsa onu yaşarız. Ah Haluk...

Allah'ım beni, çocuklarımı, kocamı ve inanan tüm müminleri senin yolunda ayakları sabit olarak yürüyenlerden eyle. Âmin!"

Dalgaların sahile her vurduklarında, ötelerden getirdiği yosun kokusu ılgıt ılgıt bütün vücuduna yayıldı. Derin derin soludu bu kokuyu. Yeni bir bebekle âdeta bedeni, ruhu tazeleniyordu. Sevincini, şükrünü tüm dünyaya haykırmak istedi.

***

Sana şiirler yazdığımı zaten biliyordun ama

Şiirlere seni yazdığımı anlayamadın.

YILLARIN AYNASINDA ESİN'İN DİLİNDEN...

Yıllardır sırdaşım gözüyle baktığım, neredeyse her gün görüştüğüm arkadaşım Bircan ile Haluk'u sarmaş dolaş otel kapısından girdiklerini gördüğümde çılgına döndüm. Arabayı gelişi güzel park ederek koşarak arkalarından gittim. Ben lobiye girdiğimde onlar çoktan önceden ayırttıkları odalarına çıkmışlardı. Resepsiyondaki görevliye Haluk'un hangi odada kaldığını sordum.

Daha öncesi de Haluk'un oraya başka kadınlarla geldiği muhtemeldir ki; görevli benim de onun dalgalarından biri olduğumu ve çıngar çıkartmak için sorduğumu düşünmüş olmalı. Hangi odada kaldıklarını söylemedi.

Lobiden merdivenleri net görebileceğim bir koltuğa oturup onların inmesini bekledim. Beklerken karnımdaki hareketler çok canımı sıktığından; "Yeter artık, dur!" dercesine karnımı bastırıyordum. O günlerde ikinci bebeğime yani Sümeyyeme altı aylık hamileydim.

Ağlamak... Sadece ağlamak istiyordum. Aşağıya indiğinde ne diyecektim ona? Ne olacaktı bundan sonra? Ayrılacak mıydık? Hayır, ayrılmayalım...

İnsan kendi içselliğiyle konuştuğunda sorun olmuyor da, sorduğu sorulara yine kendi cevap vermeye başladığında asıl sorunlar o zaman oluşuyor.

Bir yandan karnımı bastırıyor, diğer taraftan da "Neden beni aldatıyorsun? Artık sevmiyor musun?" diye sorular soruyor, bir de Haluk oluyor, soruları cevaplıyordum. "Aldatma değil, yanlış anlıyorsun. Bizimkisi iş görüşmesi..."

Kalbimin istediği cevaplara beynimi yönlendiriyordum. Sanki delirmenin eşiğine geldim. Ağlamamak için kendimi sıktıkça kalbimle beynimin duygu yoğunluğu birleşip "Bırak kendini, ağla..." diye boğazıma basınç yapmaya başladı.

Toplum içindeyken kariyer sahibi, onurlu, güçlü kadınlar ağlamaz diye öğretilerek büyütüldüğüm için, gururumu okşamak adına ağlamayacaktım. Ama bütün vücudum Haluk'a duyduğum aşktan ve öfkeden titriyordu.

Çok seviyordum onu. Hani insan kendini sever ya... Canı acısın, kötü olsun, üzülsün, ağlasın istemez ya... İşte ben de Haluk'u kendimi sever gibi seviyordum. Tıpkı altın kafeslerde onu saklayacak kadar kıymetli bir sevgiydi benimkisi...

İnsan sevdi mi, sevildi mi güzel oluyor da, bir taraf sevgiyi sahiplenmeye başladı mı sevgiler işkenceye dönüşüyordu. Ben sahiplenen taraftaydım. Sadece kendi sevgimi sahiplenmem gerekirken, Haluk'un da sevgisinin sahibi sanıyordum kendimi. Bu nedenle gözü kapalı bağlıydım ona. Oysa herkes payına düştüğü kadar severmiş.

Onun beni başka kadınlarla aldattığını bazen duyuyordum. Ama Haluk her defasında: "Herkesin söylediklerine inanma. Bizi çekemeyenler böyle iftiralar uyduruyorlar. Sen çok güzel ve kültürlü bir kadınsın. Bu nedenle seni kıskanıyorlar. Ben kariyerimin zirvesindeyim ve bunu hazmedemeyen rakiplerim var. Bunların hepsi birleşip bizim evliliğimizin bitmesi için yalanlar uyduruyorlar. İnanma sen onlara. Ben seni çok seviyorum ve hiç aldatmadım." diyordu. Sonra onlarca yemin ediyordu. Bir de söylenenlere inanıp ona hesap sorduğum için surat asıyordu. Her defasında ona inanıyordum. Gönlünü almak için türlü şebeklikler yapıyordum. Genellikle de imdadıma edebiyat dolu yönüm yetişiyordu.

Ama bu defa durum farklıydı. İşte ilk kez kendi gözlerimle gördüm aldatıldığımı.

Lobideki bekleyişim bir saat sonra bitti. O çok sevdiğim adam, duşunu almış, saçlarını kurutmaya bile fırsat bulamamış bir şekilde merdivenlerde göründü. Onu öyle görünce çok garip bir millet olduğumuz aklıma geldi. Çoğu insanların zina yapacak kadar günahkâr ama cünüp gezmeyecek kadar da Müslüman olması gerçekten garipti.

Yanında Bircan yoktu. Tabi Haluk'un yetiştirmesi gereken işleri vardı. Beni aldattığı onursuz arkadaşımın ise çalışma hayatı yoktu. Belli ki kocamın gönlünü eğlendirmeyi kendine yeni iş edinmişti. O nedenle otelden çıkmak için Bircan'ın acele etmesine gerek yoktu.

Bir saati geçirmek, bir yılı geçirmek gibiydi. Şimdi gerçeklerle yüzleşebilirdik. Haluk beni görünce büyük bir şaşkınlıkla, suçüstü yakalanmış olmanın korkusunu yaşadı. E ne de olsa benim bu saatte evde uyuyor olmam lazımdı. Akşamki gideceğimiz parti için kıyafet almaya çıkacağımı düşünememişti.

"Canım sen ne yapıyorsun burada?" dediğindeki tedirginliğini hâlâ hatırlıyorum.

Sesimin tonuna hâkim olamamış olmalıyım ki: "Sizi görmediğimi mi sanıyorsun? Sen beni Bircan'la aldatıyorsun." dediğimde kendi sesimin lobide yankılanışından utandım.

Haluk hemen koluma girdi. Bir saattir sıkı sıkıya tuttuğum için, avucumda terden ıslanmış olan arabanın anahtarını elimden aldı ve sürüklercesine beni dışarı çıkartıp arabaya bindirdi. Direksiyona kendi geçti. Sanki son sürat olay yerinden kaçan zanlılar gibiydik.

Eve gelene kadar benim bağırıp çağırmalarım sürdü. O ise gayet sakindi. Eve girdiğimizde saatlerce süren tartışmamız başlamıştı.

Haluk bin bir özür ve yeminle suçunu itiraf etti. "Yalvarırım, tamam yüzüme vurup durma. Ben bir hata yaptım. Bu ilkti ve bir daha asla olmayacak. Sana yemin ediyorum, inan bana. Ne dersen de ama lütfen benden ayrılmaktan söz etme. Ben sensiz yaşayamam. Sen beni bıraksan bile ben seni asla bırakmam..." gibi daha bir sürü duygusal sözler ve yeminler...

Bircan'ın kadınlığını kullanarak onu kandırdığını söylüyordu. Suçlu Bircan'dı! Haluk saftı, temizdi, aldanmıştı! Bir daha yapmayacaktı! Beni seviyordu!

Günyüzü gibi açık olanları görüyordum. Bir yanım, ona inan; diğer yanım, inanma diyordu. Suni sevgiler insanların gözlerini kör ediyor. Ya da insanlar bilerek kör olmak istiyor. Sevgide kaybolmak, tutunduğu dalın en güvenilir olduğu tercihini seçiyorlar. Benim yaptığım gibi... O gece Haluk'a neden inanmak istediğimi yıllar geçse de hep sorgulamışımdır.

Bir anda kadınlık gururumun incinmişliğiyle ağlama krizine kapıldım. Ben ağlarken Haluk elindeki alkol dolu bardaklardan birini bana uzattı.

"Al şunu iç. Belki biraz sakinleşirsin." dedi. Sonra birden bardağı çekerek, sesindeki o alaycı tonla:

"Ha içme. Sen hamileydin değil mi?" dedi.

Neydi şimdi bu? Hamile olduğumu bile unutan bir adamın karısıydım ben! Bütün öfkemin üzerine bir de karnımdaki o mukaddes emanetin tekmeleri sinirimi iyice tetiklemişti. Biraz da Haluk'un vereceği tepkiyi görmek için;

"Bu çocuğu aldıracağım ve ben de kendi hayatımı yaşayacağım." dediğimde, başından beri ikinci bir çocuk istemeyen Haluk; "İşte şimdi tam zamanıdır!" dercesine yakaladığı fırsatı değerlendirdi.

"Git aldır. Ben zaten Hakan'dan başka çocuğum olsun istemiyordum." dedi. Onun umursamazlığı gözümü iyice karartmama sebep oldu.

Güzelliğimi engellediğini düşündüğüm için, tıpkı oğlumun hamileliğinde yaptığım gibi bunda da kalın ve sert bir korse ile karnımın büyüdüğünü gizlemeye çalışıyordum. Haluk, annem ve kayınvalidemin haricinde arkadaşlarımdan kimse ikinci bir bebeğimin olacağını bilmiyordu. Bu nedenle bebeği aldırmak için uygun bir doktoru nasıl bulacağımı kimseye soramadım.

Kolay olmuyor altı aylık bir bebeğin canını alacak olanı bulmak. Ama siz bilmeseniz de, bir yerlere gizlenmiş olan ve işiniz düştüğünde ortaya çıkıveren bu tipler oluyor.

Korkarak doktora gideceğim günü bekliyordum artık. O kavgadan sonra Haluk'un üç gündür eve gelmiyor olması da yapacağım işte beni cesaretlendirdi.

Arzu'yu çocukluğumdan beri tanır ve severim. Çok çılgın günlere de beraber imza atmışlığımız oldu. Fakat birkaç ortak arkadaş son zamanlarda onun içine kapandığını, değiştiğini söylüyorlardı.

O gün telefonda bana uğramak istediğini söylediğinde, onu kıramadım. Aslında gelmesini de istemiyordum. "Her zaman ki çılgın Arzu... Eşiyle, işiyle ilgili sorunları vardır ve gelip şimdi onları bana anlatacak. Çekemem şimdi onu." diyordum.

Arzu söylenildiği gibi içine kapanmamış, tam tersi ufkunu genişletmişti. Gözleri ışıl ışıldı ve yüzünde büyük bir huzur vardı.

Kendi sıkıntılarımı unutup ondaki sükûneti seyre daldım. Çok da oturmadı zaten. O gittikten sonra yarınki gideceğim doktor randevumun saatlerini saymaya başladım. Güya beni özgürlüğüme kavuşturacak olan o son saat, bir türlü gelmiyordu. Nereden bilirdim ki geçmek bilmeyen o saatlerin aslında beni asıl özgürlük olan İslam'ın eşiğine getireceğini!

İlköğrenimime babamın görüşüne uygun olan bir kolejde başlamıştım ve on dört yaşından sonra da yine babamın isteği doğrultusunda İngiltere'de on yıl yüksek okul eğitimimi tamamlamıştım.

Okul bitirip, evlenerek İstanbul'a döndüğümde tam bir İngiliz yaşamına, fikirlerine göre yaşayan biriydim. Savunduğum bir dinî inancım yoktu. Hele İslamiyet hakkında hiçbir bilgi sahibi değildim.

Ailemden ve toplumun genelinden aldığım imaj doğrultusunda; İslam'ın kadınları baskı altına aldığını, onlara birey olma şansı vermediğini biliyordum! Benimkisi kulaktan dolma bilgilerin önyargısıyla verdiğim bir tepkiydi.

Hz. Sümeyye adını bile o kitabı okuyana kadar hiç duyduğumu hatırlamıyorum. Kitabı okurken sanki bir film seyreder gibi her satırı gözümde canlandı. Her bir sonraki paragrafa geçerken; "Şimdi Sümeyye; 'Allah yok, Hz. Muhammed O'nun Peygamberi değil!' diyecek ve ölmekten kurtulacak." diye bekliyordum. Ama öyle olmadı.

Köle bir kadın kendisine diğer kadınlarla eşit haklara sahip olduğunu söyleyen Allah'tan ve buna elçilik eden peygamberden canının pahasına vazgeçmedi. Ölümün güzelliğini inançsız bir yaşama değişti.

Onunkisi normal bir ölüm değildi. Şehadeti şehitlikti... Koşarak cennete girmekti...

Okudukça içim dayanmadı. Ona bu işkenceleri yapandan nefret ettim. Nefret ettiğim o insanların yaşamları da anlatılıyordu kitapta. Aman Allah'ım, bu nasıl olurdu? Ben de aynen Ebu Cehil gibi yaşıyordum.

Birinin yaşam tarzından nefret etmek ve aynı onun gibi yaşamak... Ah benimkisi ne büyük cehaletmiş.

Çok ince bir hesap gününün olacağı ve o günde diri diri toprağa gömülen kız çocuğuna bile ailesinin neden onu suçsuz yere öldürdüklerinin sebebinin sorulacağı anı anlatıyordu kitap.

Allah, İslam dininde kimsenin bir başkasının canına kast edemeyeceğini, hele de masum çocuklara kıyanların cezasız kalmayacağını söylüyordu. Demek ki İslam, benim düşündüğüm gibi değildi.

Kitap bittiğinde hayatımın dönüm noktası olacak o büyük şoku yaşıyordum. Bizim hoyrat Arzu, acaba bütün bunları okumuş muydu? Ya da tesadüfen eline geçen bu kitabı hiç okumadan bende mi unutmuştu?

Benden daha uç noktalarda yaşayan Arzu meğerse mutluluğu çoktan bulmuştu. Yüzündeki sükûnetin sebebini şimdi anlıyordum.

Zaten çok da geçmedi, benden önce tam bir Müslüman kadını gibi yaşamaya başladı. İyi ki o benim arkadaşım olmuş. Yaşamımın en acılı günlerinde bile beni hiç yalnız bırakmadığı için onu çok seviyorum.

Beynim birçok soru işaretiyle doluydu. Yatmadan önce Hakan'ın üzerini örtmek için odasına girdim. Gece lambasının ışığında bir müddet yakışıklı oğlumu seyre daldım. Günlerdir bende olmayan huzurun izleri vardı onun uyuyuşunda.

Onu öpünce biraz hareketlendi. Gezmekten, eğlenmekten Hakan'a gereği kadar annelik yapamasam da, o benim ilk göz ağrımdı. Canımdan bir parçaydı. Hangi anne çocuğunun canına kıyar ki? Ben de Hakan'a asla kıyamazdım. O canlıydı, yaşıyordu. Ya karnımdaki? O benim çocuğum değil miydi? Daha yüzünü görmemiştim ama minik tekmeleriyle; "Ben de buradayım, yaşıyorum. Bak, sana tekme atacak kadar da canlıyım." diyordu. Peki, ona nasıl kıyacaktım? Kitapta anlatıldığı gibi Allah'ın hesap soracağı bir gün olacaksa! Sabah öldürmeye gideceğim bebeğim, o Huzur-u Mahşer gününde karşıma dikilip; "Anne ben sana ne yaptım da beni öldürdün? Benim abimden ne farkım vardı?" diyecekse ben ona ne cevap verecektim?

Yatakta Haluk'un boş bıraktığı yastığa sarıldım. Bu sarılış beni yeniden Haluk'la olan kavgamıza götürdü.

"Yarından itibaren senin karşına o ilk günlerdeki âşık olduğun Esin olarak çıkacağım. Gözün benden başkasını görmeyecek." diyordum. Acaba bunu kendim için mi yoksa Haluk için mi istiyordum?

Bir insan sevdiğinin her hâlini sever. Ama benim algıladığıma göre, Haluk ilkinde olduğu gibi bu hamileliğimde de bozulan vücudumu görmemek için benden uzak duruyordu.

Hz. Sümeyye'nin hayatı, Arzu'nun söyledikleri, karnımdakinin kıpırdanışları... Ne yorucu bir gündü bugün...

O gece gördüğüm rüya kadar beni çok etkileyen bir rüya görmemiştim. Rüyada da olsa ilk defa bu kadar çok ölüme yakındım. Sonra o küçük kızın söyledikleri...

"Ölmek çok korkutucu değil mi anne? Ben de çok korkuyorum. Beni sen öldürüyorsun..."

Bu, Allah'ın bana gösterdiği bir işaretti. Korkuyla uyandığımda, karnımdaki bebeğim de hareket hâlindeydi. Rüyamda gördüğüm kızın, karnımdaki bebek olduğuna inandım. Sanki yıllar sonrasına gitmiştik ve ben onu görmüştüm. Nitekim doğan kızım, rüyamda gördüğüm kızın tıpa tıp aynısıydı.

Ben onu öldürmedim ve onun varlığı da benim dönüşüme, karanlıklardan aydınlığa çıkışımın şahitliğini yaptı. "Ben seni kurtarırsam, sonra sen benim elimi bırakırsan!" demişti. Meğerse ayrılığımızı daha karnımdayken bana haber vermiş. Şimdi tek sorunum, onun ellerini tekrar tutabilmek. Neyse o güne tekrar dönecek olursak:

Uyandığımda sabah ezanı okunuyordu. Sanki bu hoş sedayı ilk defa duyuyordum. Ezanın her bir kelimesini içime nakşettim. Üzerime bir hırka alıp balkona çıktım. Dışarıda bana özel hazırlanmış gibi duran alabildiğine güzel bir seher vakti vardı. Ya da bütün seher vakitleri böyle muhteşem duygulara gebeydi de, ben mi bilmiyordum?

Eylül son demlerini yaşıyordu. Sokakta camiye giden birkaç insan vardı. Gözlerim ilk defa bu vakitlerin güzelliğini görüyordu. Çünkü gece çok geç yattığım ve öğleyin uyandığım için seher vakitleri yoktu benim hayatımda.

Ortalığın aydınlanmasını zor bekledim. Duş aldıktan sonra doğruca Arzu'nun evine gittim. Beni karşısında gören Arzu hiç şaşırmadı.

"Geleceğini biliyordum. Sadece bu kadar erken beklemiyordum." dedi. İşte o gün benim hikâyem başladı.

Arzu bir bir sorularıma cevap verdi. Neler öğrendiğini anlattı. Onu tutkuyla dinliyordum. En sonunda:

"İşte böyle Esin. Ben yaşadıklarımı sana anlattım. Şimdi çok mutluyum. Rabbimle hadleş olmak kadar güzel bir duygu yok bu hayatta. Seçim senin: Ya Rabbe kul olur, hem bu dünyada hem de öteki dünyada mutlu olursun; ya da günü birlik heyecanların adına mutluluk der, kendi kabuğunda sıkışır kalırsın. Bunun hiçbir getirisi yok. Seçeceksen kulluğu seç.

Bu dünyanın ne parasına, ne malına, mülküne, ne de insanlarına kul köle olma. Doğrudan en güçlüye bağlan. Çünkü ölümün tek gerçek olduğu bu dünyada diğer bütün gerçek zannettiklerimiz önemsiz kalıyor. Dedim ya, seçim senin..."

"Ben Allah'a kul olmayı seçiyorum." dedim. Ağzımdan ilk defa Allah ve kul kelimesi böyle anlamlı, güzel ve coşkulu çıkıyordu.

Arzu daha yenilerde kendine oluşturduğu küçük kütüphanesinden bir kitap aldı eline ve bana uzattı.

"Öyleyse al bunu. Bu senin. Dünyadaki tüm kitaplar bu kitabı anlamak için yazılmıştır. Eşi, benzeri olmayan ve tek temel kitap olan bu Kur'an-ı Kerim, Allah'ın sözüdür. İlk bundan başlaman gerekiyor. Hayatında Kur'an varsa, okuyorsan ve yaşamına uyguluyorsan işte sen kurtuluşa erenlerdensin." dedi.

Elime aldığım Kur'an'ı bağrıma bastım. Yüreğim göğüs kafesime sığmıyordu ve bütün vücudum titriyordu.

Kaybettiğimi sandığımı ve hiç aramaya bile yanaşmadığımı o an bulduğumu anladım.

Ben bendim artık. İnsandım. Kadındım. Anneydim. Kudreti sonsuz Yaratıcı'nın yarattığı yaratılmış olandım. O Yüce Allah ki, yarattığı kullarını başıboş bırakarak; "Ne hâlin varsa gör..." demiyordu. En güzel şekilde yaşayacağı bütün yolları gösteriyordu. Hiçbir boşluğu eksik bırakmadan anlatıyordu kitabında.

O zamanlarda henüz Arapça bilmediğimden Kur'an'ı Türkçesinden okuyordum. Her bir ayeti tek tek inceliyor, günlerce üzerinde düşünüyordum.

İslam'a dair olan ön yargılarım bir bir yıkılıyordu. 1975'in sonlarındaydık ama NASA daha birkaç yıl öncesi dünyanın dışını saran yedi kat daha atmosfer tabakası olduğunu keşfetmişti ve bunu gazetelerde son yüzyılın en büyük keşfi olarak duyurmuştu. Oysaki Kur'an'ın birçok yerinde, Allah yedi kat gökleri bizzat kendinin yarattığını söylüyordu. İnsanlık şimdi en büyük keşfi yaptık diye sevinirken meğerse on dört asır öncesi İslam'la şereflenenler bunu zaten biliyorlarmış. Okudukça şaşkınlığım artıyordu.

Daha birçok yerde, geleceğe dair insanlığın yeni keşfedeceği şeyleri Allah haber veriyordu. Anlamıştım artık... Bu kitap bize öğretildiği gibi; bir insanın kendi kafasından yazacağı şeyler değildi. Ona bunu indiren çok güçlü ve bilgisi sonsuz olan bir Allah vardı. Artık bundan hiç şüphem yoktu.

Koskoca evrende, benim olduğunu zannettiğim bedenime bile sözümün geçmediği, emanet bir vücutla küçük, aciz bir canlı olduğumu anladığım an; işte ben de Yaradanıma teslim olmuştum.

Kızımın doğumuna kadar bütün günlerim okuyup öğrenmekle geçti. Daha sakin ve mutluydum. Düşüncelerimdeki bulanıklık gitmişti. Ardıma hiç bakmak istemesem de önümü net görebiliyordum.

Doktorun söylediğinden yirmi gün öncesi, karlı ve çok soğuk bir gecede sancılarım başladı. İki gündür yağan kar bütün yolları kapattığından hastaneye gitmek imkânsız gözüküyordu. O nedenle doğumu evde yaptım. Ebe kızımı kucağıma verdiğinde; "Ebu Cehil'lere inat işte bir Sümeyye daha doğdu." dedim içimden. Ben artık bir Sümeyye annesiydim. Oğlumu da, kızımı da İslam'a nefer olarak yetiştirme gayesindeydim. Benim gibi İslam'ı sonradan öğrenenlerden olmayacaklardı onlar. Kendim öğrenecek ve onlara da öğretecektim. Asıl yaşama gayemizde bu değil miydi zaten? Çünkü geride salih amelli çocuklar bırakmak ebeveynler için en büyük kazançtı.

Arzu beni Kur'an öğreten bir bayanla tanıştırdı. Sümeyye küçük olduğundan, o bir yaşına gelene kadar her gün o bayan eve gelerek bana Kur'an öğretti.

Kur'an'ı öğrenmek bu kadar mı kolay olur! On gün içinde gayet akıcı bir şekilde okumaya başladım. Elimden siyer, fıkıh kitapları düşmüyordu.

Sümeyye bir yaşına geldiğinde Hakan da ikinci sınıfa gidiyordu. Kızımı yanıma alarak haftada dört gün Arapça öğreten bir kursa gitmeye başladım. İngiliz Dili ve Edebiyatı bölümünden mezun olduğum için yabancı dil öğrenmeye çok yatkındım. Arapça öğrenmek de bana hiç zor gelmedi.

Haluk her zamanki gibi işlerinin yoğunluğundan, erkenden işe gidip, akşam geç geldiğinden benim neler yaptığımı görmüyordu. Artık onun beni aldattığını da düşünmüyordum. Çünkü benim mutluluğumun ışığı onu da etkiliyordu. Evliliğimiz yoluna girmiş gibi gözüküyordu. Ya da ben öyle sanıyordum. Ta ki Haluk beni yeni giyim tarzımla görene kadar...

O gün Hakan'ı okuldan ben aldım. Beraber bir şeyler yerken, aldığım kararları, yeni giyim tarzımı, inancımı oğluma tek tek anlattım. Haluk'tan sonra benim hayatımdaki tek erkek Hakan olduğuna göre, ta başından benim yeni yaşam tarzımı anlaması lazımdı. İleride büyük çatışmalar yaşamamak için böylesini daha uygun gördüm.

Oğlum... Koçum benim... Hayatının her döneminde, tıpkı o gün olduğu gibi bilinçli ve anlayışlı bir evlat oldu bana.

Yemekten sonra beraber mağazaları dolaştık. Pardösümü ve eşarbımı onun sevdiğin renklerden aldım. Eve dönerken ikimiz de şendik. Fakat hesaba katmadığım tek şey Haluk'tu. Aslında durumumu ilk onunla konuşmak isterdim ama Haluk'u konuşacak kadar evde sakin yakalayamıyordum.

Beni ilk gördüğünde olduğu yere çivilenip kaldı. Onun gözüyle; yabancı bir kadın mı eve girmişti acaba? Sorgulayan bakışlarla beni tanımaya çalışıyordu.

Neden böyle giyindiğimi sorduğunda;

"Allah'ın emri bu... Ona karşı gelemeyiz." dedim. Kur'an'daki örtünme ayetlerini okudum. Çılgına döndü. Elini yumruk yapıp üzerime yürüdü. Haluk'u ilk defa bana karşı bu denli öfkeli gördüm. Benim delirdiğimi düşündü. Ona ne dedimse asla dinlemeyecekti. Dinlemedi de...

Tam çözemiyordum onu. Haluk Allah'a mı inanmıyordu, yoksa İslam'ı mı kabul etmiyordu? Eğer Allah'a inanmıyorsa bu durum çok daha vahimdi. Allah'a inanan, İslam gibi mükemmel bir dini zaten kabul ederdi...

Haluk benim hasta olduğuma karar verdiğinden, belli ki bu işi halletmeleri için aile büyüklerine haber vermişti. Babamın ve kayınpederimin araya sıkıştırdıkları bir cümle, imtihanımın ne kadar zor olduğunu özetlemeye yetti.

Babam kendisinin de üye olduğu mason locasına Haluk'un da üyeliğini sağlamıştı. Bunu nasıl da unutmuştum!

Hani insan bir şeyle yaşamaya alışırsa onun normal olduğunu düşünür ya... Ben de Haluk'un locaya üyeliğine ilk başlarda sevinmiştim. Çünkü ailemden ve aldığım eğitimden dolayı, bu benim için çok normaldi. Haluk, işlerinden, gittiği toplantılardan hiç bahsetmezdi. O ne yapıyordu bu üyelikle bilmiyorum ama ben zaman içinde bu üyeliği tamamen unutmuştum.

O gece bana bunu hatırlattıklarında, kocamın bırak İslamiyet'i, Allah'a bile inanmadığını anladım. Çünkü her ne kadar masonlar bunu dillendirmese de üyelik için ön şartlardan biri; hiçbir dine mensup olmamaktır. Diğer şartlarsa malum: Zengin olmak, çevresi olmak, eğitim düzeyi yüksek olmak vs...

Üyelerin kendi aralarında büyük paraların döndüğü, sır gibi sakladıkları, örgütlü ve sistematik toplantıları vardı. Görünüşte dünya barışı için çalıştıklarını söyleseler de elit ve inançsız takımı etraflarında toplayıp siyonizmi aşılıyorlardı. Onların düşüncesine göre; Siyonizm özgürlük, İslam ise baskıydı.

Eskiden o gurubun arasından gelip İslam'ın da ne olduğunu öğrendikten sonra, ikisi arasındaki farkları artık çok iyi biliyordum.

Kocamı onların arasından çıkartmak kolay olamayacaktı. Güzellikle, her şeyi defalarca anlattım ona. Beni dinliyor gibi görünse de aslında duymuyordu bile. O sadece kendine kural edinmişti; benimle ortalıkta gözükmemeyi... Utanıyordu giyimimden.

"Bilmiyor. Bilse böyle davranmaz." diyordum kendime ve her fırsatı değerlendirip İslam'ı anlatıyordum Haluk'a. İnsan her şeyi mi kulak ardı eder? Etmiş işte...

Arkadaşlarıma gelince; Bircan'ı otel olayından sonra bir daha görmedim. Arada bir eşiyle sorunları olduğunu duyuyordum. Bir yıl sonrası da eşi Yunan Büyük Elçiliği'ne atandığı için İstanbul'dan ayrıldılar.

Benimle tüm günlerini geçiren; "Yediğimiz, içtiğimiz ayrı gitmezdi." dediklerim, gerek maddi, gerekse ruhsal sıkıntılarında yanında olduklarım, bir bir benden uzaklaştılar. Gördükleri yerde görmezlikten geldiler. Onların bana olan davranışlarını hatırladığımda hâlâ çok gülüyorum. Çünkü beni ne zaman görseler koşar adım kaçıyorlardı. Sanki ben onları yemek için peşlerinden koşan büyük, korkunç bir yaratıktım. Yakalarına yapışıp zorla onları da örteceğimi sanıyorlardı. Oysa hiçbir Müslüman, başka birine zorlama yoluyla bir şey yaptıramaz. Çünkü İslam, güzellik dinidir. Hoşgörü ve sevgi dinidir.

Biri de çıkıp; "Arkadaşım, sen neden bu yaşam tarzını seçtin? Niye başını örtüyorsun? Bize de anlat, biz de bilelim. Bizim de aklımız var. Eğer anlattıklarına kalbimiz kanaat getirirse, yanındayız. Yok, eğer inanmazsak herkes inandığı gibi yaşasın ama arkadaşlığımızı bitirmeyelim." diyemedi. Bu neyin korkusudur böyle? Nasıl bir kendine özgüven eksikliğidir? Anlamadım hiç.

İslam'a dair akıllarında (bir zamanlar benim de olduğu gibi) sadece deveye binen adamlar ve karalara bürünmüş kadınlar vardı. Birazcık araştırıp öğrenselerdi, ya da Kur'an'ı açık bir zihinle okusalardı; İslam'ın bilime, tekniğe, araştırmaya, okumaya ve öğrenmeye, insanca yaşamaya ve en önemlisi de insan haklarına ne kadar da çok önem verdiğini göreceklerdi. Hangi kitap "Oku!" diyerek başlar ki? Kitabımızın ilk ayeti oku dediğine göre, okuyup öğrenmemiz gerekiyordu.

Arzu'nun haricinde tüm arkadaşlarım bana yobaz damgasını yapıştırarak gittiler. Aslında gitmelerine de çok sevindim. Hani bir söz vardır ya: "Senin Allah'ı seven dostların olmazsa, sen de Allah'tan uzaklaşırsın. Zira Allah rızası için yapılmayan her şey kalbi katılaştırır ve imanı öldürür. Öyle dostların olsun ki, giyimi, yaşamı ve düşünceleriyle sana hep Allah'ı hatırlatsın. Çünkü arkadaş arkadaşın aynasıdır..."

Ben onlara baktığımda kendimi görmüyordum. Onlar da bende kendilerini görmüyorlardı. Çünkü ben onlar için yobazdım!

Sakın arkadaşsız, dostsuz kaldığımı sanmayın. Eskilerin yerini daha sağlam dostlarım doldurdu. Gittiğim Arapça kursunda Kur'an öğreticisine ihtiyaç vardı. Bana teklif ettiklerinde çok sevinerek kabul ettim. Ben de daha öğrenme yolundaydım ama şimdi hem öğrenecek hem de öğretecektim.

Orada birçok ilimle kuşanmış arkadaşlarım ve ilim öğrenmek için çırpınan öğrencilerim oldu. "Hadi!" dediğimde, "Nereye?" diye bile sormadan benimle birlik olan, ağlayıp gülen kocaman bir aileye sahiptim artık. İsteyenlere orada İngilizce de öğretiyordum.

Anlayacağınız o dönem, hayatımın kışından çıkarak müthiş bir ilkbaharı kucaklıyordum. Haluk'un haricinde bana yâr olmayacakları sürüp çıkarmıştım yüreğimden.

O yıllarda tek sıkıntım Haluk'tu. Ev ortamımızdaki davranışlarımdan ve kadınlığımdan çok memnun olduğuna eminim. Ama ortak duygulara eşlik edemiyorduk. Bu, aynı anda, aynı şarkıyı iki kişinin farklı söylemesi gibi bir şeydi. Duygu yoğunluğuna göre vurgu farkı oluşuyordu arada...

Evliliğimizi nasıl renklendirebilirim diye her gün çareler arıyordum. Yaptığım bütün girişimler Haluk'un katılığından dolayı sonuçsuz kalıyordu. Aslında kendini bir bırakabilse, gerginliği, huzursuzluğu bitecekti... Konuşabilecek, belki de anlaşabilecektik.

Onu gerçekten çok seviyordum. Arkadaşsız, dostsuz oluyordu da, Haluk'suz olmuyordu. Yokluğunda ona bazen İngilizce, bazen Türkçe notlar, şiirler, ayetler yazıyor ve görebileceği yerlere koyuyordum. Yazdıklarımı okuduğunda, yüzüne heyecan, sevgi yayılıyordu ve bana sarılıyordu. Fakat çok geçmeden eski moduna dönüyordu.

Adımlarımızı bir atamadık, aynı yağmurun altında ıslanamadık onunla. Benim yalnızlığım, onsuz uyandığım sabahlara eşlik ederken, o benim sevgimi yudumlamaktan çok uzaktı. Bazen aynı yatağı, aynı evi paylaşıyor olmak yetmiyor insana. Beden de denklik ne kadar önemliyse, evlilikte de ruhen bütünlük önemli...

Gerçi benim giyimime karşı olan konuşmaları biraz azalmıştı. Ama hâlâ sokakta benimle görünme korkusunu yenememişti. Bir akşam baş başa muhabbet ederken saçlarıma dokundu.

"Senin saçlarının kimsede olmayan kendine has bir kokusu ve güzelliği var. Bazen dokunurken ellerim titriyor, kıyamıyorum." dedi. Ben de tebessümle;

"Canım, işte ben de bu yüzden, senin dokunmaya bile kıyamadığın saçlarımın, başka erkeklerin gözlerini süslemesini istemiyorum. Düşünsene! Vücut ve saç güzelliğini kimselerin görmediği, sadece sana özel bir karın var. Hani atalarımız; 'Öyle bir kadını sev ki, saçlarına rüzgâr bile değmiş olmasın.' derlermiş." dedim.

Uzunca gözlerime baktı, sonra gözlerini kapatıp belime kadar dökülen saçlarımdan bir tutam alıp kokladı.

"Ben hiç bu yönüyle düşünmemiştim. Galiba haklısın." dedi. Beni ilk defa onayladığını hissettim.

Sabah kalktığımda, Haluk çok erken işe gitmişti ve bana yazılmış bir not bırakmıştı.

"Sen hep bana özel kal..."

Notu okuduğumda sanki ayaklarım yere basmadı. Ben hep ona notlar yazardım ama Haluk bana çok nadir yazmıştır. Bu, o nadir yazdığı notlardan biriydi.

O günden sonra Haluk'la bir kez daha bu konu üzerine tartıştık. O zaman da locanın baskısıyla canı sıkılmıştı ve alkolüydü. Bu bizim son tartışmamız oldu. Araya Kübra'nın doğumu girdi. Bu dönemde Haluk da çok farklı oldu. Bazen olur olmadık şeylere aniden sinirleniyor sonra pişman olarak benden özür diliyordu. Çocuklarımıza karşı da farklı bir yaklaşımı vardı. Sanki her an onlardan ve benden ayrılacak gibi davranıyordu. Bizi ilk defa pikniğe götürdü. Çocuklar gibi şendik o gün! Gelincik tarlası olan çok güzel bir yerdi burası. Piknikte Hakan'a araba kullandırttı, Kübra'ya salıncak kurdu, Sümeyye ile gelinciklerin arasında sarmaş dolaş oldu. O gün bizim en mutlu günümüzdü!

Ben içeri girene kadar benim örtünmemle ilgili bu konular bir daha gündeme gelmedi. Ben içeriden çıktığımda ise gündem çok başkaydı...

***

Sahibine yetişecek hecelerin yoksa
vurursun sükûtunu kör bir geceye...

YENİ BEBEKLER, FARKLI NESİLLER...

Gece yarısı olmasına rağmen Haluk hâlâ eve gelmemişti. Başka zaman olsa Esin daha sabırlı davranabilirdi ama şimdi zaman geçmiyor, her dakikada sabrı, sevincinde boğuluyordu. Üçüncü kez hamile olduğunu bir an önce eşiyle paylaşmak istiyordu.

Kocasının neden gelmediğini çok merak ettiğinden, Haluk'tan haberi var mı diye önce kayınpederini aradı. Ondan; "Senin, kocanın nerede olduğundan nasıl haberin olmaz? Sen bilmiyorsan ben nerden bileyim!" diye azar işitti. Biraz daha bekledikten sonra, ortağı Ercan Beyin evini aradı.

Ercan Bey, Haluk'un sabah erkenden, aceleyle Almanya'ya gittiğini ve bu gidişin sebebini kendisinin de bilmediğini söyledi. Bir de;

"Kendisi çok telaşlıydı. Hani ne bileyim; bu kadar telaş edecek bir durum da yok. Çünkü fabrikanın taşınmasını gelecek aya erteledi Haluk abi." deyince, Esin hiç çaktırmadı. Sanki kocasının her şeyini bilirmiş gibi davrandı ve Ercan Beye teşekkür ederek telefonu kapattı.

Haluk, İstanbul'daki fabrikayı taşımayacağını, hatta Almanya'daki fabrika kurulunca oraya gitmesine bile gerek olmadığı söylemişken, şimdi Ercan Bey neden böyle konuşuyordu ki? Acaba karısına bile haber vermeden neden bu kadar çok acelecilikle gitmişti? Almanya'da arayacağı bir telefon numarası da vermemişti Esin'e. Bütün soruların cevabı Haluk'taydı. Artık o ne zaman ararsa, ya da dönerse, gerçeği o zaman öğrenecekti Esin. Dört gün boyunca kocasının sağ salim evlerine dönmesi için dua etti.

Dört günün sonunda Haluk geldi. Bitkin ve çok düşünceliydi. Ağzından bir kelime bile çıkmıyordu. Esin, önce bebeği mi yoksa işini mi soracağını bilemedi. Biraz da korkak bir sesle;

"Canım, çok acele gittiğine göre işlerinde bir sorun mu var?"

"Hayır, işlerim çok iyi."

"Buradaki fabrikayı taşımayı mı düşünüyorsun?"

"Nereden çıkartıyorsun bunları? Yok, öyle bir şey!"

Kocasının her zaman işleri konusunda konuşmak istemediğini bildiğinden bir müddet sustu. Ercan Beyin söylediklerini de demek istemedi. Çünkü kocasının böyle bir durumda ortağına tavır takınacağını biliyordu. Haluk'un en sevdiği sıcak çikolatadan iki fincan hazırladı. Karşılıklı içerlerken;

"Canım, belki zamanı değil. Canının da çok sıkkın olduğunun farkındayım. Ama sana güzel bir haberim var."

"Ne haberi o?"

"Allah sana bir çocuk daha vererek evimizi bereketlendirdi. Buna çok şükür..." dedi. Haluk'un az önceki can sıkıntılı hâlinin yerini, anlamaya çalışan bakışlar aldı. Bin bir türlü kelimeler beyninde uçuşuyordu. Nereden öğrenmişti? Bu durumu nasıl açıklayacaktı? Planladığı gibi olmamıştı. Peki, Esin gerçekleri biliyorsa nasıl bu kadar sakindi? Ne oluyordu?

Esin tekrar konuşmaya başlayınca Haluk derin bir nefes aldı.

"Bu kadar şaşıracağını sanmıyordum. Ne güzel değil mi! Ben üçüncü kez anne, sen de baba olacaksın. Çocuklarımıza kardeş gelecek."

"Ne yani? Sen hamile misin?"

"Evet canım, hamileyim. Sen ne zannettin?"

"Yok, yok bir şey! Bir şey zannetmedim. Ne zamandır hamilesin?"

"Daha çok yeni, ben de dört gün önce öğrendim."

Haluk gözlerini karısından kaçırdı. On dakika kadar süren bir sessizlikten sonra

"Haluk, hiç sevinmedin mi canım?" diye çekinerek sordu Esin.

"Sevinmemek değil benimkisi."

"Ne o hâlde?"

"Şey! Esin biliyorsun, ben bir çocuk daha istemiyordum. Sümeyye'de bile... İki çocuk derken şimdi bir üçüncüsü daha..." dedi ve sustu Haluk. Cümlenin devamına uygun bir kelime bulamadı.

"Allah lütfedip vermiş bize bu güzel emaneti. Sen neden istemiyorsun?"

"Verirken bana mı sormuş isteyip istemediğimi!"

"Tövbe tövbe... Haluk ne dediğinin farkında mısın? Sen benimle yatağa girerken kimseye sordun mu?"

"Esin demagoji yapma bana. Olmuş artık bir kere. Çaresine bakmak lazım!"

"Olmuş artık mı? Bir kere mi? Haluk biz evliyiz. Bizim çocuklarımızın olmasından daha doğal ne olabilir ki?"

"Söyledim işte! Ben istemiyorum."

"Neden istemediğinin sebebini bilmek istiyorum."

"Üçüncü bir çocuğun daha maddi sorumluluğunu kaldırabilecek durumum yok benim."

Haluk bu söylediği cümleye kendi de inanmadı. Daha etkili ve geçerli gözükebilecek bir sebep de o an aklına gelmemişti.

"Daha az önce söyledin işlerinin çok iyi olduğunu. Bu maddi imkânlarımızla üç değil on çocuğa bile bakabilecek durumdayız. Hem Allah yarattığı her canlının rızkını mutlaka verir. Bunun başka bir sebebi olmalı. Yoksa sen beni ve bu evliliği mi istemiyorsun? Eğer öyleyse açıkça söyle. Ben de ne yapacağıma karar veririm."

"Çocuğu mu aldıracaksın o zaman?"

"Yani bu evliliği ve beni istememek gibi bir durum var ha! Hayır Haluk! Sen beni istemesen de bu bebeği aldırmayacağım. Ben katil değilim. Allah'ın yarattığı bir canı öldürmeyeceğim. Çünkü onun Hakan ve Sümeyye'den hiçbir farkı yok."

"Seni istemiyorum gibi bir şey yok. Allah'ın verdiği bir can diyerek yobaz düşüncelerinle hareket etme. Onu senle ben yaptık"

"Bu bebek senin fabrikada ürettiğin tansiyon aleti değil. Biz sadece onun doğması için vesileyiz. Ona can, ruh veren Allah'tır."

Tartışma daha da büyümeden Esin susmayı yeğledi. O nasıl olsa kararını vermişti. Doğuracaktı.

Kübra doğana kadar Haluk da bütün planlarını bir müddet daha ertelemek zorunda kaldı. Aslında verdiği kararın doğruluğunu hep sorguluyordu. Kendini doğru olması için inandırdı. Çok nadir eve geldiği günlerde uyurken çocuklarını ve Esin'i izliyordu. Karısını özleyeceği korkusu onu panikletiyordu. Her şey düşündüğü gibi gidiyordu gitmesine de, Haluk'un içinde bir şeyler onu rahatsız ediyordu. Belki de vicdanı onu rahat bırakmadığından, son zamanlarda Esin'e daha çok sarılıyor, pikniğe götürüyor, oğluna araba kullanmasını öğretiyor, Sümeyye ile top oynuyordu. Kübra'nın doğumunun her anının fotoğraflarını çekiyordu. Yıllardır yapamadığı kocalığı, babalığı birkaç aya sığdırmaya çalışıyordu.

***

Konuştuğum zaman mahkûm,
Sustuğum zaman zanlı muamelesi görüyorum.
Bir bilseler susan birinin gözlerinde çuvallar dolusu kelimeler olduğunu...

Ve yine bilseler söz tükenmişse en güzel cevabın susmak olduğunu...
Tarif edemediğim acıları ve hayal kırıklıklarımı
Susmalarımla örtüyorum...

Üsküdar iskelesine yanaşan tekneden inen bir gurup öğrenci ile iskelede onları bekleyen bir başka gurup arasında çatışma vardı. Silahlar ateşlendi. Sağa, sola kaçışan insanların arasında bir kadın yere düştü. Herkes kurşunların hedefi olmamak için canlarını kurtarmaya çalışırken çoğu insan düşen kadının üzerine bastı. Bir müddet sonra kadın yerden doğruldu ama ayağa kalkamadı. Eli yüzü kan içinde "Yardım edin!" diye bağırdı. Güzel Kübra'nın gözlerini dünyaya açmasının habercisiydi bu bağırış.

Esin, o gün doğum için son doktor kontrolünden dönüyordu. Evine yüz metre kala çatışmaların ortasında buldu kendini. Tanımadığı insanlar onu hastaneye götürdü. Böylece Kübra 1980'in nisan ayında dünyaya geldi.

Seksenli yıllar her açıdan bir ülke için en acı olayların yaşandığı dönemdi. Esin ve Haluk arasında da bu acı olayların farklı yönlerdeki kutuplaşmaları hissediliyordu. Ama Haluk'suz yaşayamayacağına inanan Esin, genellikle sözlerin yaralayıcılığından kurtulmak için susuyor ve dışarıdaki olayların evlerinde konuşulmasını istemiyordu.

Görünüşte mutlu olsalar da, aslında bir şeyler yolunda gitmiyordu. Sümeyye ve Kübra küçüktü ama Hakan evdeki olup bitenleri anlıyordu. Babası son günlerde düzenli şekilde eve geliyor fakat en küçük bir şeyde annesine kızıyor, bağırıyordu. Sonra da pişman olup özür diliyordu. Hakan babasının ne yapmaya çalıştığını anlayamasa da annesinin üzülüşlerini ta yüreğinde hissediyordu. Kim bilir belki de Haluk böyle davranarak "Şiddetli geçimsizliğimiz var." dedirterek karısını ayrılığa mı zorlamaya çalışıyordu, bilinmez.

Askerlerin yönetime el koymasından yaklaşık iki hafta sonra Kübra beş aylık, tombik bir bebek olmuştu. Esin bebeğinin bakıcıyla büyümesini istemediğinden, o büyüyene kadar kursa gitmeme kararı aldı ve yerine bir başka öğretici ayarladı. Ama o sabahki gelen telefonda öğretici kadının hasta olduğu ve kursta birçok kadının ders için beklediğini öğrenince Haluk'dan kursa gitmek için izin istedi. Çok hayret edilecek bir durum oldu. Haluk karısının kursa gitmesini çok hoş karşıladı ve izin verdi.

Dersin ortasındayken askerler içeri girdi. İrticai faaliyetler düzenledikleri ihbar edildiği gerekçesiyle Esin dâhil kurstaki yedi kadını tutukladılar. Alay komutanlığında, kimlik tespitleri yapılana kadar hepsi bir aradaydılar. Yapılan ihbarda Esin'in elebaşı olduğu söylendiği için onu alarak başka bir yere götürdüler. Yeni yerine götürürlerken, askerin biri;

"Karı gibi otursana evinde. Ne diye milleti fişekliyorsun? Olacağı bu işte..." diye bağırıyor, bir yandan da elindeki copla omzuna vuruyordu. Bir diğeri ise;

"Aklınız başınıza gelecek. Senin gibi o..... yeri burası" dedi ve Esin'in başörtüsünü asıldı. İteleme ve hakaretlerin arasında Esin, 'Ola ki Kübra'yı yere düşürürüm de canı acır.' diye sımsıkı bir eliyle kızını bağrına bastı. Diğer eliyle de başörtüsünü başında korumaya çalışıyordu.

"Allah'a itaatsizliğin olduğu yerde, mahlûkata itaat olmaz. Çek o pis ellerini üzerimden! Tarih bir gün bu yaptıklarınız için hesap soracak sizden. Ama dilerim ki Huzur-u Mahşer'deki hesabınız daha çetin olsun!"

"Sus lan!" diyerek aynı asker bir tane yumruk vurdu. Esin'in ağzının kenarından kan akmaya başladı. Diğer asker;

"Şimdi hesap sorma sırası bizde." dedi. Enine boyuna sadece iki metre genişliği olan, tavanı alçak, karanlık ve insanın gözlerini yakacak kadar idrar kokan bir hücreye koydular onu.

Hiç susmadan ağlayan Kübra'nın sesi koridorlarda yankılanıyordu. Kalbi çok hızlı çarpan ve nefes almakta zorlanan Esin'in dilinde tek bir cümle vardı.

Hasbun -Allahü ve nim'el -Vekil

(Allah'ım benim vekilim Sen'in")

Hiç aralıksız yüzlerce kez aynı duayı okudu. Gözleri yavaş yavaş karanlığa alıştığında Kübra'da ağlamaktan yorulmuş bir şekilde kucağında uyumaya geçti.

Demir kapının altında sızan az bir ışığa yansıyan gölgelerden ve küfür seslerine karışan kadın seslerinden yeni insanların getirildiği belli oluyordu. Esin onların yan hücrelere konulan seslerini duydukça, ağrıyan vücudunu ve kanayan ağzını unuttu. Dilinde aynı dua ile saatler yıl olmuş geçmiyordu.

Gece mi olmuştu ne? Bir iki kapı sesinin haricinde ortalık iyice sessizliğe gömülmüştü. Yapılanların duygusal yoğunluğuyla ağlamaları beğenmez bir hâldeydi Esin. İçinden çığlık çığlığa ağlamak, kapıyı tekmelemek, bağırmak geliyordu. Ama ağlamayacaktı.

"Allah yolunda olduğumun kanıtı olan bugünüm ve bu yer, mahşerde benim şahidim olsun. Çok şükür ki Rabbim senin razı olmayacağın bir şeyi yaptığım için girmedim buraya. O nedenle ağlamayacağım. Ben razıyım Allah'ım senden. Sen de razı ol benden."

İnsanın en güçlünün yanında olduğunu bilmesi ne büyük saadet... Esin içini Dost'a açmış olmanın huzuruyla sakinledi. Saatlerdir gergin olan vücudu sonunda bitkin düştü. Duvara yaslandı. Gözkapakları kapanıyordu ki aklı yeniden alevlendi; Haluk öğrenmiş miydi durumunu? Hakan ve Sümeyye annesiz uyuyamazlardı. Ne yapıyorlardı şimdi?

Düşünceler sarmalında yarı uyudu, yarı uyandı. Emdiği süt artık küçük bebeği doyurmamaya başladığından, ağlamaları da hiç durmuyordu.

Az sonra ortalık yine hareketlendi. Yeni birilerini daha getiriyorlardı. Askerlerin sesini duyunca hemen toparlandı, yerinden kalkıp kapıyı yumrukladı.

"Biri bana bakabilir mi? Sesimi duyan yok mu? Lütfen çantamı getirin. Bebeğimin ihtiyaçlarını almalıyım." diye defalarca bağırdı. Sesi mi duyulmuyordu acaba! Kimse ona bakmadı. Ağlamayacaktı, vazgeçmeyecekti. Seslenmeye devam etti. Neden sonra demir kapı açıldı. Dünkü yumruk vuran yine karşısındaydı.

"Ne bağırıp duruyorsun be?"

"Çantamı getirir misiniz? Bebeğimin ihtiyaçlarını almalıyım"

"Hangi çanta?"

"Dün beni tutukladığınızda elimden aldığınız çantayı!"

"Senin çantanın bekçisi miyim ben? Kim bilir nerde?"

"Bakın! Lütfen Allah rızası için diyorum. Bu bebeğin ne suçu var? Kızımın bezini değiştirmem gerekiyor. Eşime telefon etmeliyim."

"Başka derdin var mı? İstersen bir de rakı sofrası kurayım sana."

İnsanın fikri ne ise zikri de odur ya. O hesap...

"Elhamdülillah ben müslümanım. Alkolle işim olmaz. Sadece eşime haber vermek ve çantamı almak istiyorum."

"Müslüman'mış! Beyni yıkanmışlar sizi! Yok sana çanta falan. Kocan olacak o bedevi de az sonra damlar buraya, merak etme. Gir içeri."

"Lütfen çantamı verin."

Karnına yediği tekmeyle Esin hücrenin köşesine yuvarlandı. Kapı üzerine kapanırken askerin hakaretleri devam ediyordu.

Esin cesur bir kadındı. Can havliyle kapıya koştu.

"Bir yere not et bu dediğimi: Ahirette hepimizin filmi gösterime girecek. İşte o zaman iki elim yakanda olacak."

Diğer hücrelerden de bağırma sesleri geliyordu. Esin kızını bağrına bastı. Süt olmasa da, oyalansın, sussun diye emzirmeye koyuldu. Çocuğun hiç susmaya niyeti yoktu. Belli ki dünden beri değiştirilmeyen bezi poposunda yara yapmıştı. Anne olmak kolay değil. Bebeğinin bu hâline içi nasıl dayansın? Esin kulağını kapıya dayadı. Ayak sesleri var mı diye dinledi. Hiç ses gelmediğine kanaat getirince, hızlıca pardösüsünü çıkardı. Niyeti gömleğinden Kübra'ya bez yapmaktı. Sora birden aklına; "Ola ki bir arbede daha olursa, pardösüm yırtılırsa ya da açılırsa, hiç değilse altında gömleğim gözükmeli." diye düşündü. Atletini sıyırıp aldı ve hızlıca tekrar giyindi. Karanlıkta, el yordamıyla kızına atletinden bez yaptı. Kübra'yı kucağına alıp, sağa sola gidip gelerek ninni söyledi. Çocuk biraz sakinledi.

Hüzünler Esin'in yüreğine sağanak sağanak iniyordu.

"Ah Yusuf Peygamberim...

Ben razıyım hücrelere atılmaya. Kat kat giydim gömlekleri.

Lakin yetmiyor, yırtıyorlar yüreğimi..."

Sustu, düşündü. Durgunlaştı. İçini derin bir hüzün kaplasa da, yalnız olmadığını bilmek onu ferahlattı. Zaten insana şah damarından bile yakın bir Rab varken, insan kendini gurbette kalmış gibi nasıl yalnız hisseder ki! Ve bir ayet düştü diline:

"Rahman ve Rahim olan Allah'ın adıyla, Ben kederimi ve hüznümü sadece Allah'a arz ederim."
* Yusuf suresi 86.ayet

Üzgündü ama ağlamayacaktı. Sabahleyin tekme atan askerle yanında bir başka asker, öğle saatlerinde kapıyı açtılar. Dünkü ve sabahki hakaretlerin yerini nezaket almıştı.

"Hadi, toparlanın gidiyoruz."

"Nereye?"

"Haluk Bey ile albayım geldi. Sizi onların yanına götüreceğiz."

İki askerin ortasında kucağı çocuklu bir kadın, uzun koridorlardan geçtiler.

"Davranışımdan dolayı özür dilerim. Albayımın kızı ve Haluk Beyin eşi olduğunuzu bilmiyordum. Hani siz de söylemediniz ki!"

"Yani bana insan gibi davranmanız için albayınızın kızı olduğumu bilmeniz mi gerekiyordu? Bu kibarlığın sebebi anlaşıldı. Diğer tutuklananların albay babaları, fabrikatör kocaları olmadığı için küfür edebilir, dövebilirsiniz değil mi? Yazık size! Benim onlardan hiçbir farkım yok."

Komutanın odasında Haluk ve kurmay albay emeklisi baba oturuyorlardı. Esin ise kapı girişinde dikeldi. Esin'in emekli kurmay albay olan babası kızını görünce, oturduğu yerden gergin bir ifadeyle;

"Esin ne yaptın sen?"

"Hiçbir şey yapmadım baba."

"Bana layık bir evlat olamadın. Bir şey yapmadın da ne işin var burada?"

"Ben de bilmiyorum, neden burada olduğumu. Allah'ın kitabını öğrenmenin ve öğretmenin ne zamandan beridir suç sayıldığını hiç bilmiyordum."

"Deli deli konuşma. Eylemcilerin elebaşı olmaktan tutuklanmışsın."

"Hangi eylem ve hangi eylemcilerden bahsediyorsunuz siz? Orası devlet izniyle açılmış bir kurs. Eylemci dedikleriniz de dinini öğrenmek için gelen mahallenin kadınları, kızları."

Komutan, baba kızın konuşmasının arasına girdi.

"Ortalık malum! Kur'an adı altında çok şeyler yapılıyor."

"Kur'an'ı kendi çıkarlarına alet eden üç beş soysuz beni ilgilendirmez. Tutukladığınız o kadınları hiç araştırdınız mı? Kimsenin tavuğuna kış demeyen insanlar. Hata yapıyorsunuz. Biz kimseye taş atmadık, silah doğrultmadık, kimseyi öldürmedik ve malını çalmadık. Sadece Kur'an okuyorduk."

Yine komutan devam etti.

"Siz insanların beynini yıkıyorsunuz!"

"Herkesin kendine göre özgür iradesi var. Ben insanları oraya silah zoruyla getirmedim. Ben olmamış olsam bile, insanlar dinini öğrenmek için başka bir kursa, başka bir hocaya gider. Vakti zamanında yaptığınız gibi, bütün kursları kapatsanız da bütün hocaları assanız da İslam'ın nurunu söndüremezsiniz. Çünkü mesajın sahibi, mesajını kıyamete kadar koruyacağını söylüyor."

Komutan;

"Allah kitabını koruyacaksa sen neden uğraşıyorsun o hâlde?

"Ben Kur'an'ı korumak için uğraşmıyorum. Ben sadece karıncanın misali safımı belli ediyorum. O yolda olduğumu gösteriyorum."

"Onlar, ağızlarıyla Allah'ın nurunu söndürmek istiyorlar. Hâlbuki kâfirler istemeseler de Allah nurunu tamamlayacaktır..." Saff. 8

Kübra tekrar ağlamaya başlayınca Haluk, Esin'in yanına gitti. Sanki çocuğu susturmak ister gibi yaparak karısına sokuldu.

"Diklenmeyi bırak da kapa çeneni. Bizi düşürdüğün şu hâle bak!"

"Hep kendinizi düşünüyorsunuz değil mi?"

"Seni de düşündüğümüz için buradayız. Yaptığını temizlemek için bir hâl çaresine bakacağız."

"Pislik bir iş yapmışım gibi konuşma Haluk! Siz suçlu görseniz de, Rabbim biliyor, benim verilmeyecek hiçbir hesabım yok."

Konuşmaları fısıltı boyutunu aştığından, sesleri odada duyulur hâle gelmişti. Konuşmalarını komutanın ve kayınpederinin de dinlediğini fark eden Haluk;

"Esin sakin ol artık! Şimdi seni buradan çıkartmak için ne yapılabilir, onu konuşalım. Komutanım prosedür nasıl işliyor?" diye sordu.

"Esin Hanım ve diğer tutuklananların henüz ifadeleri alınmadı. İfadeleri alındıktan sonra savcı mahkemeye çıkartılıp çıkartılmayacağına karar verir."

Haluk tekrar sordu;

"Savcı mahkemeye çıkartılsın derse ne olacak?"

"Bu tutuklu yargılanması anlamına gelir."

Esin komutana doğru dönerek;

"Ne tutuklanması ya? Beni neyden yargılıyorsunuz?"

"Burada hangi sebepten bulunuyorsanız o suçtan yargılanacaksınız."

"Ha Kur'an öğretmekti değil mi? Doğru ya! Siz zaten yargılanmam için kararı çoktan verdiniz. İyi o hâlde, yargılayın beni! İsterseniz asın da! Benim verilmeyecek hesabım yok. Bakalım siz Allah'a hesabınızı nasıl vereceksiniz? Madem elebaşı benim; suçluyum, o zaman diğer kadınları bırakın. Onları bekleyen aileleri var."

Haluk iyice Esin'e sokularak;

"Esin senin ailen yok muydu?"

"Haluk sen bari böyle konuşma! Dün sabah kursa gitmem için sen kendin izin verdin. Kötü bir yerdi de neden izin verdin? Beni çok iyi tanıyorsun ve burada boş yere tutulduğumu da biliyorsun."

Haluk karısının kullandığı bu son cümleyi kayınpederi ve komutanın duyup duymadığını anlamak için göz ucuyla onlara baktı. Esin'in kursa gitmesi için kendisinin izin verdiğini kimsenin bilmesini istemediğinden olacak ki, hemen konuyu değiştirdi.

Konuşmalar uzadıkça Esin, onu anlamadıklarını anladı. Çünkü ne dediyse tersleniyordu. Kocası dâhil herkes onun suçlu olduğunu düşünüyordu. Zaten o günler, önyargılardan oluşmuş beyinlerin sadece kendilerinin doğru olduğunu zannederek eline geçirdiğini ezdiği bir dönemdi. Kimsenin hâlden anladığı yoktu.

Kübra'nın çok sefil olduğunu; annesine, ona iyi bir bakıcı bulacağını söyleyerek Haluk çocuğu aldı.

"Onun anne sütüne ihtiyacı var. Götürme kızımı! Sen sadece ona bir iki kıyafet ve bez getir yeterli." dediyse de Haluk kesin konuştu.

"Hakan da mamayla büyümüştü. Bir şey olmaz. Hem zaten seni de akşama bırakırlar. Ben savcıyla konuşacağım, sen merak etme. Çocuğa bir günden bir şey olmaz. Burada çok kötü olmuş. Evde kardeşlerinin yanında olması daha iyi!"

Dün sabahtan beri hiçbir şey yiyip içmediğinden sütü de gelmiyordu artık. Hem zaten akşama serbest kalacaktı ya! Esin bebeğine sarıldı, öptü, kokladı...

Geldiği koridordan tekrar hücreye geri dönerken, Esin bu defa bir yanı eksik, kanadı kırık kuş misali hissediyordu. Kapı üzerine kapanıp yalnızlığıyla baş başa kaldığında Kübra'yı vermiş olmanın pişmanlığını yaşadı. İlk defa karanlıktan korktu. O küçücük bebek varlığıyla, ağlamalarıyla meğerse ona güç veriyormuş.

Dilinde aynı dua;

Hasbun -Allahü ve nim'el -Vekil

Öbür tarafta komutan, kurmay albayına minnet duygularını sıralıyordu.

"Biz de çok şaşırdık, Esin Hanım'ın sizin kızınız olduğunu öğrenince! O nedenle en rahat yere koyduk onu, iyi muamele ediliyor! Ben ifade alma işlemlerini hızlandıracağım. Siz müsterih olunuz."

"Ben de utanıyorum, böyle bir kızım olduğu için. Nasıl olduysa işte beynini yıkamışlar!"

"Maalesef oluyor efendim böyle şeyler. Siz üzülmeyiniz. Biz elimizden geleni yapacağız. Onunla birlikte gözaltına alınanlara ne yapalım?"

"Onlar beni hiç ilgilendirmiyor. Suçlarının cezalarını çeksinler..."

Haluk ile kayınpeder dışarı çıktıklarında, tutukluların yakınları ve bir grup gazeteci etraflarını sardı. Arabaya binmek için aceleci olsalar da gazetecinin biri fotoğraflarını çekti.

Bir gün sonrasını gazete manşetlerinde bu fotoğraf olacak ve günün en dikkat çekici manşeti atılacaktı: "Ünlü iş adamlarından Haluk Ladin'in eşi, eylemlerin bir numaralı zanlısı olarak tutuklandı. Esin Ladin, aynı zamanda emekli Kurmay Albay Ceyhun Büyükata'nın da kızı..." diye yazacaktı. Maalesef tarih böyle bir manşeti de bağrına basmak zorunda kaldı.

Arabada giderlerken babanın;

"Elleme aklı başına gelsin biraz! Bizi düşürdüğü duruma bak! Ben şimdi kalkıp savcıya falan gitmem. Sen istiyorsan git, karındır, sana karışamam. Ama ben gitmeyeceğim. Zaten çok da tutmazlar, ifadeden sonra salarlar." demesi Haluk'un da derin bir nefes almasına sebep oldu. Çünkü o da savcıya gitmeyi düşünmüyordu. Hem savcıya gidecek olan ihbar eder miydi? Ah Esin, sen daha ne ihanetler göreceksin...

Akşamüstü hücrenin kapısı açılınca Esin ifadesini almaya geldiklerini sandı. Ama sadece tek kişilik hücreden alıp daha kalabalık olan bir odaya koymak için gelmişlerdi.

O odada dün kendisiyle tutuklanan yedi arkadaşı dâhil yirmi beşten fazla kadın vardı. Öğrencileri onu görünce soru yağmuruna tuttular.

"Hocam bizi neden tutukladılar? Sizin haberiniz var mı, biz ne yapmışız? Sizi nereye götürdüler? Kızınız nerede? Ne zaman serbest olacağız?"

Gece boyu ağladıkları her hâllerinden belli olan ve tir tir titreyen arkadaşlarına baktı Esin. Altmış iki yaşındaki Asiye teyze hemen yanına gelerek elini tuttu. Sonra gözleri ağlamaktan şişmiş olan on üç yaşındaki Nazife;

"Hocam, abim beni çok dövecek!" diyerek Esin'e sarıldı.

Nazife'nin abisi sol gençlik gruplarının eylemlerine katılan, üniversiteli bir öğrenciydi. Babaları olmadığı için evin erkeği ve söz sahibiydi. Annesine; "Bu kızı kursa gönderme, Kur'an öğreninceye kadar evde otursun, cahil kalsın, daha iyi!" diye sürekli kızıyordu. Nazife bu nedenle abisinden çok korkuyordu.

Esin onların hocası konumundaydı. Sorulara onun vereceği olumlu bir cevap, onlar için umut demekti.

"Korkmayın arkadaşlar! Biz kimseyi öldürmedik, kötü bir şey yapmadık. Belli ki ortada yanlış anlaşılan durumlar var."

Nazife burnunu çeke çeke;

"Hocam çok korkuyorum. Bize ne yapacaklar?"

Dünden beri kendi de korkmuştu aslında. Ama küçük kızın korkusu onunkinden kat be kat fazlaydı. Şimdi sakin, güçlü ve birlik olma zamanıydı.

"Nazife bizi akşama kızartıp yiyeceklermiş." deyince Nazife ilk defa tebessüm etti.

"Korkma kızım! İnşallah bize bir şey yapamazlar. Akşama kadar ifadelerimizi alırlar ve sonra da serbest bırakırlar. Onlar da hiç meraklı değiller burada sümüklü Nazife'yi görmeye!"

Nazife biraz olsun sakinlemenin ve sıcak birinin güven telkin edişiyle güldü. Asiye teyze yirmi yıl önceki yaşananları çok iyi bildiğinden;

"İnşallah kızım. İnşallah senin dediğin gibi olur. Böyle devrimlerin yapıldığı anlar, birçok insanın kim vurduya gittiği günlerdir. Altmışta benim eşimi bir aldılar ve tam iki yıl sonra bıraktılar. Bunların ne yapacağı hiç belli olmaz."

"Umudunu kaybetme Asiye anne!" dedi Esin demesine de ama içindeki korkuda çığ gibi büyüdü bir anda.

Zaman geçiyor, hava kararıyordu. Her kapı açıldığında umutlanan gözler, tekme tokat içeri katılan yeni kadınları görüyorlardı. Yeni gelenlerle içerisi çok kalabalık olduğundan oturmak imkânsız hâle geldi. Neredeyse kendi nefeslerinde boğulacaklardı. Dışarıda farklı hayatları ve görüşleri yaşayanlar şimdi içeride aynı havayı teneffüs ediyordu. Herkes birbirine "Seni neden tutukladılar?" diye soruyordu. Esin'in ise dilinde aynı dua...

Gece yarısı olduğu için ayakta uyuyanlar, açlıktan bayılıp düşenler olmaya başladı. Dünden beri bir şey yemeyen Nazife'nin de bedeni ayakta kalmaya direnemedi. Esin'in ayaklarının dibine yığıldı kaldı. Sabır taşı çatlamıştı. Esin kadınların arasından sıyrılarak kapının yanına geldi ve yumruklamaya başladı.

"Burada hastalanan insanlar var. Bize su verir misiniz?"

Ondan cesaret bulan iki kadın da kapıya vurmaya başladı. Seslerini duyan dört asker kapıya geldi

"Dışarıda isyan çıkarttığınız yetmiyormuş gibi burayı da karıştırıp alevlendiriyorsunuz? Kesin sesinizi!"

Kadınlardan biri;

"Burada insanlar ölüyor." diye bağırdı.

Askerin biri elindeki copu kadının bacağına vurdu ve kadın olduğu yere düştü. Esin kadının geri çekmek için kolundan asıldı. Copu vuran asker;

"Kimin sesi çıkarsa akıbeti aynı olacak. Sesinizi kesin ve oturun oturduğunuz yerde."

Esin korkmuyordu. Çok olsa onu da döverlerdi. Nezaketi elden bırakmadan;

"Bak asker kardeşim, burada yaşlı kadınlar ve çocuklar var. Açlıktan, susuzluktan insanlar helak olmaya başladı. Rica etsem bize biraz su verebilir misiniz?"

Arkadaki askerin biri Esin ile konuşan askere yaklaşarak kulağına bir şeyler dedi. Muhtemelen onun albaylarının kızı olduğunu söylemiş olmalı ki, askerin yüzünde Esin'e çıkışamamış olmanın öfkesi belirdi.

Yarım saat sonra bir asker kırktan fazla kadının içmesi için beş kiloluk bir bidonla su getirdi. Kime yeterdi bu su? Ama yetmeliydi. Esin suyu önce bayılanların ağızlarına damlattı, yüzlerini sildi. Sonra az az eşit miktarda herkese dağıttı. Sol görüşün eylemlerinde tutuklanan üç kızdan biri suyu içerken;

"Vay be! Siz bayağı insaflıymışsınız. Bize de su verdiniz." deyice

"İslam eşitlik ve adalet dinidir." dedi Esin. Kız dudağını eğerek;

"Şimdi bir şey derdim de, burada birbirimizin suratını görmek zorunda olduğumuz için demiyorum."

Esin onun ne dediğini duymadı bile. Doğruca Nazife'nin yanına gitti, başını kucağına koydu. Artık kendisi de sanki içi çekilmiş gibi mecalsizdi. Konuşacak hâli yoktu. Gözlerini kapatarak çocuklarını düşündü...

Sabah erkenden ifade almak için ilk onu götürdüler. Sorular çoktu.

"Hangi örgüte üyesiniz?"

"Kime çalışıyorsun?"

"Gurubun lideri sen misin?"

.......?

Esin tüm soruları cevapladı. Derdini anlatmaya çalıştı. Ama kimsenin dertten anladığı yoktu. O günlerde zaten insanlar anlaşılamıyordu... Savcı, Esin'in tutuklu yargılanmasına karar verdi.

Elleri kelepçeli cezaevine götürülürken bina çıkışında annesi ve Haluk bekliyordu. Annesi biraz öfkeli, biraz ağlamaklı;

"Kızım sen bu hâllere düşecek miydin? Baban buraya geldiğimi bilmiyor, bilse çok kızar."

Esin kelepçeli ellerini annesinin boynundan geçirdi, sımsıkı sarıldı.

"Üzülme anne! Ben bir şey yapmadım. Suçsuz olduğum elbet anlaşılacak. Sen de eve dön. Babamın sinirini iyice çıkartma!"

Sonra Haluk'a yaklaştı. Hava kış aylarının çok soğuk geçeceğinin haberini daha Eylül'ün son günlerinde veriyordu. Hava soğuk, sokaklar soğuk, Haluk hepsinden soğuktu. Esin kocasının elini tuttu. Ama o sanki birileri onları görecek diye müthiş bir korkuya kapılıp sağa sola baktı ve hemen karısının avuçlarından ellerini çekti.

"Şu an sadece sarılmaya ihtiyacım var." dedi Esin iç geçirerek kendi kendine. İnsanlık kadar eski olan bu hareket, iki vücudun kavuşmasından çok daha fazlasını ifade eder. Sarılmanın anlamı şudur: Senden bir tehlike sezmiyorum, yanında olmaktan korkmuyorum; rahatlayabilir, kendimi yuvamda hissedebilirim; beni koruyan ve anlayan birisi var demektir, aslında. "Lütfen şimdi sarıl bana Haluk! Senden uzağa düşüyorum, korkuyorum, yalnızım. Sarıl bana ve güven bulayım yanında..." Esin duygularının çığlıklarında, iç konuşmasında boğulurken, Haluk konuşmasını sürdürdü;

"Ben elimden geleni yapacağım. Sen merak etme!" dedi. Oysaki Esin ona sarılmak istiyordu. Haram değildi, günah değildi, kocasıydı. Onun hâlet-i ruhiyesinden, sıcaklığından teselli bulmak istiyordu. Elleri havada kalınca, Esin'in içinde kocaman bir boşluk oluştu.

"Haluk, avukat olarak Nadi Beyle görüş."

"Nadi Bey olmaz!"

"Ben ona güveniyorum. Onu tutmanı istiyorum."

Haluk isteksizce 'Olur.' der gibi başını salladı. Askerlerin "Hadi araba bekliyor!" diye ısrarlarıyla, Esin çelik bir hücreyi andıran arabaya yöneldi. Ayaklarına gitmeyin diyordu ama gidilmesi gerektiğini anlayan ayaklar ilk basamağa gelmişti bile. Birden döndü;

"Çocuklara iyi bakın! Canım, ilk görüş gününde getir onları bana!" dedi yalvarırcasına. Cezaevine doğru giden arabada bir kadının dilinde tek bir Allah lafzı vardı.

Haluk kayınvalidesini eve bıraktıktan sonra avukat Nadi'nin yanına gitti. Çok önemli bir detayı gizleyerek (zaten gizlemesi de gerekirdi) Nadi Beye her şeyi anlattı.

"Haluk abi, ben Esin Hanım'ın suçsuz olduğu kanaatindeyim. Burada farklı işler dönmüş gibi geliyor bana. Ortalığın karmaşık olmasından faydalanmak isteyen birileri var. Ben hemen savunmayı hazırlayayım. Jandarmaya ihbar edenin kayıtlarını bulabilirsek bu iş çok kolay olur. Çünkü doğrudan Esin Hanım hedef gösterildiğine göre, ortada kasıtlı bir durum var. Bir düşmanınız ya da bunu yapacağını düşündüğünüz biri var mı?"

"Esin'i sevmeyen birinin olacağını sanmam. Beni çekemeyen iş adamları var. Fakat onlar da benimle uğraşırlar. Eşimle uğraşacak kadar alçalacaklarını düşünmüyorum. Benim aklıma tek bir kişi geliyor."

"Kim o?"

"Nazife adında bir öğrencisi vardı. O kızın abisi kardeşinin kursa gitmesini istemiyormuş. Bence o ihbar etmiştir."

"Bunu hemen araştırmalıyız. O sözünü ettiğiniz iş adamlarının da kimler olduğunu söyleyiniz ki, onları da bir gözden geçirelim. Zira sizi yıpratmak için psikolojik bir taktik de olabilir bu."

Haluk ne diyeceğini bilemedi. Türkiye'de ilaç sanayinde zaten tek o vardı. Kendisini çekemeyen bir başka kurum daha henüz olmadığına göre, şimdi kimin ismini lekeleyecekti?

"Bu Nadi de düşündüğümden daha çetin ceviz çıktı. Ulan sen daha altı, yedi yıllık avukatsın. Senin neyine iş adamlarını araştırmak! Esin'in, Nadi'yi istemesinin sebebi belli oldu. Bu adam benim ihbar ettiğimi bulabilir mi ki? Yok canım, altı üstü bir telefondu zaten. Nereden bulacak ki? Hadi bakalım Nadi, sen bir gün düşersin benim elime..." diye düşünürken, avukatın cevap bekler hâlde ona baktığı görünce;

"Nadi, şimdi parmakla göstererek, sabit birinin adını vermek olmaz. Sen önce diğer genci araştır bakalım."

"Tamam abi."

Atalarımız hep derler ya; "Düşmanının seni tanımadığı için hedefi de tutturması zordur. Lakin dostun hedefi şaşırması imkânsızdır. Seni iyi tanıyan birinin düşmanlığı hep can evinden olur."

Haluk'un durumu da tam öyle oldu. Çünkü Esin'in içeride olması tek onun işine yarayacaktı. Aslında üç gündür evde annesiz olan çocukların hâlini gördükçe içi acıyordu. Ama "Olan oldu artık, bunun dönüşü yok. Hiçbir falso vermeden planın bundan sonraki aşamasına geçmeliyim." diye kendini yüreklendirdi.

Her şey onun planladığı gibi olacak mıydı acaba? Zaman bunu hepimize gösterecek...

***

Bu kaçıncı cemredir gönlüme düşüyorsun.

Nasıl bir baharsın ki

Hâlâ üşütüyorsun...

ESİN'İN DİLİNDEN...

Ve sonbahardı. Yüreğimin son baharı! Soğuktu... En sevdiğim mevsimdin sen sonbahar. İçimi ısıtan, duyulmamış sevdalara eşlik eden Eylül, şimdi neden bu denli amansız üşütüyorsun beni? Sen değil misin Eylül, bana ayrılığı reva gören? Sen değil misin beni yalnızlığın kuytularına hapseden?

Yaprak tutunduğu daldan nasıl düşerse, Eylül de benim güvendiğim, sevdiğim insanlardan bir bir ayrılmamın simgesiydi şimdi. Ömrümün son baharı olacağını, yüzümün gülmeye hasret kalacağını henüz bilmiyordum. Ama işte son bahardı.

Her yer, herkes soğuktu. Bu kadar mı çok üşütür yalnızlık insanı? İliklerime kadar donuyorum. Bir sıcak bakış... Tüm acıları dindirecek bir bakış... Hayattan alacağım mutluluğun üstü kalsın terk-i sevda mağdurlarına. Ben bir bakış istiyorum sadece...

Bütün yüzler yabancı, yara derin... Ben suçlu değilim, katil değilim. Ne diye suçluluk hissi yüklemeye çalışıyor bu insanlar bana? Deli dediniz, sustum. Yobaz, gerici dediniz, sustum. Bir defa da "insan" deseydiniz ya! Çünkü ben de insanım. Her susuşumun ardında hüznümü haykıran çığlıklarım olduğunu görmüyor musunuz?

Savcının kararıyla akşamüstü, alelacele çıkartıldığım mahkeme, ilk duruşma tarihini seksen dokuz gün (üç ay) sonrasını belirleyip tutuklu yargılanmama karar verdi.

Bu neydi şimdi? Hangi suçtan, hangi elebaşını yargılayacaklardı? Emzikli çocuğundan koparılmış bir ananın, üç çocuğundan ve yârinden ayrı geçer miydi üç ayı? Çare yok, geçecekti...

Cezaevine girmekten ve yargılandığım suçtan(!) asla utanmadım, utanmayacağım da...

"Allah yolunda canları pahasına mücadele edenler,

Kınayıcıların kınanmasından asla utanmazlar.

Bu, Allah'ın dilediğine verdiği lütfudur."

Maide: 54

Demiyor muydu ayet? Ömrümün hapiste geçen bu üç ayı, biliyorum ki yarın mahşerde benim vesikam olacak. Rabbim; "Kulum dünyada benim için ne yaptın?" diye sorarsa!

"Ey Sevgilim... En Sevdiğim... Dünya yaşantısında Senin için yaptıklarım çok cüzi şeyler. Ama Senin rızanı kazanabilmek için, bana hediye ettiğin çocuklarımdan ayrı kalarak, sabrederek, mükâfatını sadece Sen'den bekleyerek, üç ay hapishanede kaldım. O günler benim sertifikamdır. Kabul et Ya Rab!.." diyeceğim.

Sabra sabretmek zor ama sabredenlerin mükâfatı çok büyüktür. İşte ben de şimdi sabrın mükâfatını alma noktasının imtihanındayım.

Gerçekten içeride günler hiç kolay geçmiyor. Dışarıda olanlar içeridekilerin hâlini hiç bilmiyor. Yaşamadan da anlaşılmaz zaten. Anne olmanın zorluğunu cezaevindekiler daha iyi bilir. Ben sürgündeydim ama anne yüreğim bin kat sürgündeydi. Her saniye çocuklarımı düşünmek, özlemek ve görememek yüreğimi dağlıyordu. Ateşten mızraklar her yanıma saplanmış gibiydi.

Üzerleri açık mı kaldı? Üşüyorlar mı? Hastalar mı? Yemek yiyorlar mı? Beni özlüyorlar mı? "Neden annemiz yok?" sorusuna ne cevap verdiler? Üç ay sonra bebek Kübra'm beni unutmuş olur mu? Ya Hakan ve Sümeyye'm... Onları bıraktığımı zannederek bana küserler mi?

Ah Haluk! Sevdiğim, neden bana karşı bu kadar soğuk davranıyorsun? Hani bensiz yapamazdın! Gel... Ne olursun gel! Yavrularımla birlikte gel bana...

Koğuşa geldik. Ranzalarda yer olmadığı için gardiyanlar benimle birlikte yeni gelen iki kadına yer yatağı verdiler. Koğuşta on altı kadındık. İlk defa bu kadar kalabalık bir ortamda yatacaktım. Tabi benimkisi, kılıfı kirden neredeyse çürümeye yüz tutmuş, kokan bir yatakta sadece iki büklüm kıvrılmaktı. O gece uyumak ne mümkün! Gece boyunca çocuklar hiç gözümün önünden gitmedi. En azından Kübra yanımda olsaydı! Onun küçük bedenine sarılarak Hakan ve Sümeyye'nin kokularını da onda bulsaydım! Kübra'yı Haluk'a verdiğime çok pişman oldum.

Gece boyu, kapısı bir türlü kapanmayan tuvaletten gelen pis kokular ve horlama seslerinin arasında sabah ezanı okundu. Kalkıp namazımı kıldım. Ne kadar sessiz hareket etmeye çalışsam da, kadınlar homurtulu seslerle bana kızdılar.

"Bu ne ya! Sabahın köründe!.."

"Ooo, aramızda bir hacı eksikti!"

....

Bir müddet sonra gözlerim uykuya yenik düştü ve yarım saat kadar dalmışım. Adını sonradan öğrendiğim koğuş ağası Mehtap, ayağıyla beni dürtünce, korkarak uyandım.

“Kalk bakalım! Kahvaltıyı hazırlayacaksın. Burada adet böyledir. Yeni gelenler sofrayı kurar.”

Sessizce kalktım, yatağımı toplayıp duvar dibine koydum. Mutfak diye gösterdikleri yerde; tek gözlü taş bir ocak, iki tencere, üç beş tabak, çaydanlık ve çay bardakları vardı sadece. Derme çatma bir tezgâhın üzerinde poşetlerin içinde zeytin ve dört tane domatesler vardı. Çayı demlerken poşetlerin arasında iki tane de yumurta olduğunu görünce, domateslerle birlikte onları menemen yaptım. Sofrayı hazırladığımda görünen manzaradan kendim de utandım. On altı kadına kişi başına bir tane düşecek kadar az olan zeytin ve bir tabak menemen vardı ortada. Ama hazırlayacağım başka bir şey de yoktu. Ben bir şey yiyecek hâlde olmadığım için bir bardak çay aldım ve kenara çekildim. Kahvaltıya bir kişinin daha fazladan oturmamış olması kadınların da işine geldi. Suskunluğum dikkatlerinden kaçmamış olmalı ki sorular sormaya başladılar.

“Adın ne? Evli misin? Çocukların var mı? Hangi suçtan tutuklandın?”

Son üç gündür ne çok soruya cevap vermek zorunda kaldım. İçimden pek konuşmak gelmediğinden basit cümlelerle meraklarını giderdim. Kahvaltı tam bitmişti ki kapı açıldı ve üç gardiyan içeri girerek; “Sayım” dediler.

Sıraya dizildik. Onlar isimlerimizi okudular, bizler de “Burada!” dedik. Ben de buradaydım. Bayrampaşa Cezaevi’nin nüfusuna kayıtlıydım artık. Burada... Esin Ladin burada... Yeni ikametgâhımdayım...

Saat on gibi tekrar bir gardiyan geldi kapıya;

"Esin Ladin, avukatın geldi. Görüşme odasına gideceksin." dedi. Dünden beri ilk defa tanıdık bir yüz göreceğim için mutlu oldum.

Nadi Bey, eskiden beri saygı duyduğum biridir. Ailesi geçen yılın vergi rekortmeni olmuşlardı. Babasının holdinglerini yönetecek tek çocuğuydu. Ama o holding patronluğu yerine avukatlı seçtiği için ailesiyle arası biraz açıktı. Bu yüzden de mesleğinde fazla bir çevre edinememişti. Ama benim çılgın arkadaşım Arzu'ya katlanması, onu çok sevmesi, onun hoyrat günlerinde bile sabırla İslami kurallara göre yaşamayı tavsiye etmesi, öğretmesi ve fakir insanların avukatlığını parasız yapması, benim Nadi Bey'e saygı duymam ve güvenmem için yeterliydi.

"Olanlar için çok üzüldüm Esin Hanım! Arzu da çok üzüldü. Sabah beraber sizin eve gittik, size kıyafet baktık. İdareye bıraktım, oradan alırsınız."

"Allah razı olsun Nadi Bey. Çocuklarımı gördünüz mü? Nasıllar?"

Aklım yavrularımda olduğu için utanarak da olsa bunu sordum.

"Onları merak etmeyin, çok iyiler. Anneniz ve Haluk abinin annesi el birliğiyle bakıyorlar. Haluk abi de bugün birkaç bakıcıyla görüşecekmiş. Arzu onları bugün parka götürecekti. Sık sık bizim eve de getirecek, bizim çocuklarla oynarlar diye."

"İyi olur. Sağ olun."

"Biz şimdi önümüzdeki mahkemeye odaklanalım. Sizi ihbar edeceğini düşündüğünüz birileri var mı?"

"Yok."

"Sizinle birlikte tutuklanan Nazife adında bir kız varmış. Onun abisi olabilir mi?"

"Hiç sanmıyorum. Kardeşinin kursa gelmesini istemiyordu ama onun yine de bu kadar kindarca davranacağını sanmam. Böyle bir durumda tek bana değil, kardeşine de zarar geleceğini hesap eder."

"Gerçi o gencin be2ş gündür nerede olduğunu bilen de yok. Akşam evlerine gittim. Annesi çok perişan! Kızım içeride, oğlum ortalıkta yok!' diye ağlıyor."

"Nadi Bey, mahkeme gününe kadar benim için yapılabilecek pek bir şey yok gibi. Ama en azından Nazife'ye yardım etseniz! Onun henüz ifadesi bile alınmadı galiba. İfadesi alınırken yanında olsanız ve yaşının küçüklüğünden dolayı kanunların ön gördüğü yasal bir durumu olup olmadığını inceleyerek, mahkemeye sevk edilmeden serbest kalmasını sağlasanız! Olur mu?"

"Tabi ki. Buradan çıkınca hemen oraya giderim."

"Size zahmet olacak ama bir de..."

"Söyleyin lütfen. Zahmet olmaz."

"Bir de Asiye anne var. Altmış iki yaşında ve avukat tutacak kadar maddi durumu yok. Üstelik evde bakması gereken felçli bir eşi var."

Nadi Bey beni özenle dinledi, elindeki kâğıda her anlattığımı not etti.

"Dört gün sonra açık görüş var. Haluk abi çocukları da getireceğini söyledi. Akraba bağı olmadığı için ben Arzu'ya özel izin çıkartacağım. Çünkü o da çok gelmek istiyor. İhtiyacınız olan bir şey var mı?"

"Arzu gelirken bana çok kitap getirsin. O benim ne okuyacağımı bilir."

Görüş odasından çıkarken Nadi Bey kısık sesle;

"Hepsinin avukatlığını üstleneceğim. Merak etmeyin." dedi. Bu son sözüne çok sevindim. Fedakârlık, vefa buydu işte... Hayatta her şey para değil ki... Arzu sen Allah'ın çok sevdiği bir kuluymuşsun ki, bu kadar merhametli bir eş nasip etmiş sana. Kıymetini bil eşinin...

Dört duvar arasında insan ne yapar ki? Evlerimiz de dört duvar ama burası daha bir başka. Burada, "Canım sıkıldı, biraz da yan odaya geçeyim de orada oturayım." deme gibi bile bir şansınız yok.

Koğuştakilerin on tanesi otuz yaş altı. Geri kalanlar ise otuz yaş üstü. Ben de bu ikinci guruba dâhilim. En yaşlısı elli sekizinde ve durmadan sürekli kazak, çorap ören Ümmügül teyze. Hepsinin farklı hikâyeleri var. Onlar şimdilik sadece benim adımı biliyorlar, hikâyemi değil. Aslında beni çok da merak ediyorlar.

Toplumumuzdaki genel yargı; dini inançlarına göre yaşayan kadınların suç işlemeyeceği, eğer o tip kadınlar cezaevinde ise, örtülerine gizlenerek çok ciddi suçlar işlemiştir kanaati yaygındır ya! Bu nedenle benim onların arasında olmam ilk etapta onları korkuttu. Münafık gözüyle baktılar.

Nadi Bey ile olan görüşmemizden sonra koğuşa döndüğümde, her şey bıraktığım gibiydi. Kahvaltının bulaşıkları bile olduğu yerde duruyordu. Koğuş ağası ne derse o olduğuna göre, belli ki bulaşık yıkama adayı bendim. Sessizce ilk işim onları yıkamak oldu.

Aslan yattığı yerden belli olurmuş derler ya; buradaki aslanlar hayata boş vermiş olanlarından. Ortalıkta necis pislikler hemen göze çarpıyordu. Kadınlar ne yaptığımı anlamak için çaktırmadan beni göz hapsine aldılar.

Dün geceden beri burnumun direğini kıran tuvaletin kokusunu dindirmekten işe başladım. Bilmem kaç senesinden kalmış, tüyleri dökülmüş fırçayı elime alarak bol suyla tuvaleti yıkadım. Bence su, Allah'ın insanlara verdiği en büyük nimetlerden biri! Su neleri temizlemiyor ki! Bol su idrar kokusunu biraz kaybetti.

Tuvaletin kırık kovasına su doldurup içine biraz da deterjan koyarak yerleri silmeye koyuldum. Sigarasını tüttüren koğuş ağası Mehtap;

"Bugün temizlik günü değil."

"Temizlik günü hangi gün ise o gün tekrar yaparım. Bugün içimden geldi. Hem kadınlar için temizlik günü mü olurmuş?"

"Sen bize laf mı çarptırıyorsun? Madem çok istiyorsun temizle o zaman her yeri!" dedi umarsızca.

Yatakların altlarına eğilip siliyordum. İnsan bu koğuşta nasıl namaz kılar? Her yer pislik içerisinde. Hiç gocunmadan yatakların altlarından çıkan necis pislikleri ellerimle topladım. İki kadın manzaradan eksiklenmiş olacak ki yanıma gelip yardım etmeye başladılar.

Kocasını öldürmekten yirmi iki yıl hapis cezası alan ve henüz daha altı yılını doldurmuş olan Mihare adındaki kadın daha bir içten yardım ediyordu. Bir ara yanıma sokularak;

"Siz benden büyüksünüz galiba. Ben size abla diyeceğim."

"Tabi ki. Abla de."

"Abla bu Mehtap'la takışmamaya bak. Buradaki kadınlar ve gardiyanlar hep onun sözünü dinler."

"Neden?"

"Bilmiyorum. Ama ben geldiğimde bana da böyle öğretildi. Çünkü onun her yerde eli var. Herhâlde torpili yüksekten!"

"Onun için mi müebbet yatıyor?"

"Nasıl yani?"

Mihare benim ne demek istediğimi pek anlayamadı.

"Ona bakarsan benim torpilim daha yüksek makamdan!"

"Kimden abla? Yoksa reis-i cumhurdan mı?"

"Yaratan varken yaratılmış olanların yardımı da ne ki... Ben yaptığım her şeyin karşılığını yalnızca Allah'tan beklerim."

"Ooo! Sen de amma dedin abla! Burası Allah'ın unuttuğu bir yer. Burada sadece Mehtap'ın sözü geçer."

"Tövbe tövbe! Allah seni yaratırken en küçük parmağındaki tırnağını, kafandaki milyonlarca saçtan bir tanesini, yanağının üzerindeki seni hoş gösteren o güzel gamzeyi unutmamış, tastamam yaratmış da; şimdi bütün bir vücut olarak seni burada unuttuğunu mu sanıyorsun? Yanılıyorsun kardeşim. Allah hiçbir şeyi, hiçbir kimseyi unutmaz."

"İyi de neden buradayız o zaman abla?"

"Çünkü imtihandayız."

"Abla ben ilkokul bile okumadım. Ne imtihanındayız? Ben anlamadım."

Anlaşılan burası benim için Mekteb-i Yusufîye olacaktı. İnsan öğrenmek ve öğretmek istediğinde Yaradan mutlaka ona yollar açıyor. O an Mihare'ye imtihan olma sırrını anlatmayı çok istedim. Ama Mehtap elleri belinde koğuşun içinde volta atarak yanımıza yaklaştı. Ne konuştuğumuzu duymak istiyordu. Ben de Mihare'ye sessizce;

"Şimdi işlerimizi bitirelim sonra da imtihanın güzelliğini konuşalım." dedim. Ama Mihare sonrayı beklemek istemiyordu. Ayrıca hemen arkasında dikelen Mehtap'ı da görmemişti.

"İmtihanın güzelliği mi olur abla?"

"Evet, olur. Meşakkatlere karşı sabrın duruşu gizlidir içinde... Yaradan'a gönül verdiysen eğer o kapının önünde yatıp yatmayacağının sırrı vardır imtihanda..."

"Abla ben okul yüzü görmedim. Dediklerini çok anlayamıyorum. Ama belli ki çok güzel şeyler söylüyorsun. Hele sen bana iyice bir anlat bakayım." dedi heyecanla.

"Şiiitt tamam. Anlatacağım. Şimdi şu işimizi bir bitirelim önce." dedim ve hemen arkasındaki Mehtap'ı işaret ettim. Dönüp bakınca, "Tamam" dedi. Mehtap'tan çok korkuyordu ve benim yanımda olarak zaten onun hışmına uğrayacağını düşündüğü için hemen yerleri silmeye koyuldu.

El birliğiyle temizliği bitirdik. Mehtap'ın o gür sesi geldi:

"Koğuşu iyice kırkladın. Biten deterjanı da sen alırsın. Unutma!"

"Tamam, alırım."

"Senin paran var herhâlde!"

"Deterjan alacak kadar var."

"O zaman sen şimdi o paradan biraz ver de, gazete alalım. Dünyada neler oluyor öğrenelim." dedi ve yanında oturan zayıf, ufacık bünyeli Meryem'in omzunu dürttü;

"Git şundan parayı al da gardiyanlara ver. Üç beş gazete, üste kalanına da bana tüten çubuk alsınlar."

Meryem'e parayı uzatırken; "Benim paramla kimsenin kendisini zehirlemesine gönlüm razı değil..." diyesim geldi. Ama desem ne çıkar ki? Nasıl olsa Mehtap beni dinlemeyecekti. İlk günden kimseyle ağız dalaşına girmek istemediğim için sustum.

Yorgunluktan belim ağrıyordu. Fakat dün gece yattığım yatağın kiri ve kokusuyla tekrar yüzleşmek istemediğimden, ağrılarımı göz ardı ederek yatağımın kılıfını çıkarttım. Henüz kendime ait bir deterjanım olmadığı için, koğuşun deterjanını şahsım için kullanamazdım. O nedenle tuvaletin kovasına su doldurarak, bol suyla kılıfı yıkadım. Açık olan pencere kanadına astım.

Sanki günlük yapılacak işler listemdeki her şeyi yapmıştım. Zaman ikindi vaktini gösteriyordu. Namazımı kıldım. Her zaman yanımdan eksik etmediğim not defterimi aldım elime. Diğer kadınlar toplanıp oturmuşlar kâğıt oyunu oynuyorlardı. Ben de dün bana verilen duvar dibindeki döşeğin bir kanadına oturdum. Sırtımı duvara yaslayarak daha önceki yazdıklarımı okumaya başladım.

Gözüm; Enam Suresi'nin "Allah merhamet etmeyi kendi zatına farz kıldı..." 12. ayetine takıldı. Yüce Yaratıcı'nın merhametini düşündüm. Tefekkürdeydim...

Rab kâinattaki zayıf, güçsüz, aciz varlıklara bile mükemmel nimetler veriliyor. Mesela yavrular aciz, zayıf, güçsüz olmalarına rağmen çok güzel nimetler ile besleniyorlar. Bir bebeğin ağlamasıyla yakınları o bebeğin imdadına koşuyorlar. Vahşi hayvanlar aciz yavrularını besliyorlar. Hatta o vahşi hayvanlar yiyecekleri kendileri yemiyor, yavrularına yediriyorlar ve yavrularını tehlikelerden koruyorlar. Bu vahşi hayvanlar merhameti nasıl öğrenmiş?

Akılsız, ilimsiz, şuursuz bulutlar vasıtasıyla yağmur yağıyor ve o yağmur damlaları canlıların imdadına yetişiyor. Bulutlar bizi tanır mı? Bize merhamet eder mi? Bizim dertlerimizi bilir mi?

Bir lamba ve soba görevi gören akılsız, ilimsiz Güneş bizi tanır mı? Bize merhamet eder mi?

Bize bal nimeti aklı sınırlı, zayıf, aciz arılar vasıtasıyla geliyor. Bizim faydalandığımız lezzetli, vitaminli meyveler bir basit tohumdan meydana gelen ağaçtan çıkıyorlar. Bize süt nimeti ilimsiz, aciz inekler vasıtasıyla, hem de onların kanları, derileri, kemikleri arasından geliyor. İşte bu örnekler gösteriyor ki; Allah merhametlidir.

Ancak bu dünya fanidir. Bu dünya sonsuz değildir. Eğer ölümden sonra ahiret hayatı olmaz ise bu durum Allah'ın merhameti ile çelişir. Çünkü bu dünyada Allah'ın birliğine iman eden, O'na şirk koşmayan, O'ndan çok korkan, O'na itaat eden, O'nu seven kullar çok acılar çekiyorlar. Hatta belaların en büyükleri peygamberlere gelmiştir. Ama Allah'ı tanımayan, O'ndan başka ilahlara tapan, peygamberleri tanımayan, Allah'a ibadet etmeyen, insanlara zulmedenler bu dünyada yaptığı kötü işlerin karşılığını tam olarak görmezler. İşte eğer ahiret hayatı olmaz ise bu durum Allah'ın merhametine aykırı olur. Ama Rabbimiz ahiret hayatını yaratarak bu dünyada cezalarını tam çekmeyen insanları orada cezalandıracaktır. Ne güzel bir durum bu! Tahammül edemediğimiz durumlarda; "İyi ki ahiret var!.." diyoruz ve en güçlüye sırtımızı dayıyoruz.

Allah, insana akıl nimeti ihsan etmiştir. Eğer ahiret hayatı olmaz ise insana verilen bu nimet, insana çok büyük zararlar verir. Çünkü insan, aklı ile geçmişteki hüzünlü anılarını, şimdiki üzücü durumları ve gelecek endişelerini düşünür. Ölümden sonra yok olma düşüncesi ise insanı mahveder. Demek ki, ahiret olmaz ise insana verilen akıl nimeti insanı hasta eder. Ancak Allah merhametlidir. Allah, insana akıl nimetini insana zarar vermesi için vermemiştir.

Görüyoruz ki, kâinatta bir ölçü, bir denge vardır. Vücudumuzdaki organlar ölçülü bir şekilde yaratılmıştır. Bir sineğe, bir arıya kartalın kanadı kadar büyük kanat verilmemiş ve onlara taşıyamayacağı yükler yüklenmemiştir. Güçlü varlıklar da; aciz, zayıf varlıklar da rızıklarını alırlar, beslenirler. Yavrular, aciz olmalarına rağmen korunurlar. Allah, kullarını kasıtlı olmadan ve unutarak yaptıkları amellerden dolayı sorumlu tutmaz. Geçmişte yaşayan ve azgınlıkta ileri giden kavimlere gelen felaketler de Allah'ın adaletini gösterir. Demek ki, Allah adalet sahibidir.

Dışarıdan gelen kavga sesleri tefekkürden sıyrılmama neden oldu. Ağır hakaretler ve küfürlerin nedenini bizim koğuş kapısı açılınca anladık.

İki kadın ve bir erkek gardiyanın arasında, gözaltında tutulduğum yerdeyken su verdiğim sol görüşlü kız vardı. Yüzü morarmış ve burnu kanıyordu. Ama yine de gardiyanlara çıkışıyor ve ayağındaki sert botlarıyla tekmeler savuruyordu. Tabi onlarda karşılık veriyorlardı. Kadın gardiyanın biri onu içeri hızlıca itti.

"Mehtap al bunu. Biz anlattık anlamadı, bir de sen anlat buranın kurallarını." dedi.

Yüzüstü yere kapaklanan kız;

"Elbet bir gün çıkacağım. Sizinle o zaman dışarıda görüşeceğiz kuralları." diyerek bağırdı. Hemen kızın yanına gittim, koluna girip yerden kaldırmak istedim.

"Çekil be!" diyerek sert bir hamle ile elimi itti. Gardiyan yanında getirdiği gazeteler ile sigaraları Meryem'e uzattı. Mehtap sigaralarını yastığının altına özenle dizdi. Gazetelerin bir kısmını okumaları için yanındaki kadınlara verdi. Yerinden kalkıp üzerinin tozlarını silkeleyen kızın yanına giderek aniden saçlarını sıkıca tuttu.

"Uslu ol, uslu... Yoksa ben uslandırırım seni."

Kız tıpkı bana yaptığı gibi onun da elini itti küfrederek. Ama Mehtap güçlü bir kadın! Kim bilir kaç defa böyle durumlarla karşılaşmıştı; öyle çabuk pes edeceğe benzemiyordu. Bu defa iki eliyle kızın saçlarına yapışıp diziyle de bacak arasına vurdu.

Havada karşılıklı uçuşan küfürlerin bini bir para!

Kız acıyla dizlerinin üzerine çökerken, bu defa yüzüne doğru daha şiddetli tekmeler vurmaya başladı Mehtap. Bugüne kadar hiç böyle bir kavgaya şahit olmadığımdan ne yapacağını bilemez bir hâlde Mehtap'ın kolundan tutup hızlıca onu çektim.

"Yeter dur artık!"

"Sen karışma!"

"Dur diyorum sana."

"Sana da ne oluyor ya? Çekil başımdan!"

"Kızın hâlini görmüyor musun? Daha neden vuruyorsun?"

"Aklı başına gelsin. Çıngar çıkartmasın."

"Bu kız sana bir şey yapmadı ki."

"Ben önlemimi önceden alırım."

"Ne önlemi alıyorsun? Küçük bir kıza gücünün yetmeyeceğini düşünüp ilk andan gözünü korkutmaya çalışarak mı önlem alıyorsun?"

"Şimdi bir tane de sana vuracağım, göreceksin gücümü."

"Güç beden kuvvetiyle gösterilmez. Şu kız senden daha güçlü. En azından sürü psikolojisi ile yaşamıyor. Kendince doğru olan hakkını aramak için direniyor. Sense sadece bilek gücünü kullanıyorsun."

"Bak hele... Siz ilk günden dayanışmayı sağladınız."

"Benimkisi dayanışma falan değil. Suçu nedir, neden kavga ediyor; bunu öğrenmeden, gardiyanların lafıyla kızı dövüyorsun. Ama bak gardiyanlar gitti. Onları günde iki kez göreceksin, fakat bu kızla her saniye aynı havayı teneffüs edeceksin. Onlar özgür, bizse tutsağız. Asıl bizlerin dayanışma içinde olup birbirimiz anlamamız lazım. Zira hepimizin burada bir diğerine ihtiyacı var."

"Benim kimseye ihtiyacım yok." dedi öfkeyle. Sonra etrafımızı saran kalabalığa "Dağılın lan!" diye bağırdı. Kendi de yatağına gidip yastık altı ettiği sigaralarından yeni bir paket açarak tüttürmeye başladı. Yerdeki kızın tekrar kolundan tuttum. O ise dizleri üzerinde, iki elini yumruk yapmış, kafası önünde dişlerini sıkıyordu. Bütün hıncını benden çıkartmak istercesine dik dik yüzüme baktı. Simamı inceledikten sonra, aklı başına yeni geliyormuşçasına;

"Vay seni de mi buraya tıktılar hacı? Oysa ben senin serbest kaldığını sanıyordum."

Cevap vermedim. Sadece onu onaylarcasına gözlerimi yumdum. Cebimdeki peçeteyi çıkartarak kanayan burnunu silmesi için ona uzattım. O devam etti;

"İnsaf kalmamış bunlarda. Eğer senin gibi hükümet yanlısı ve kodaman babası olan hocayı da hapsettilerse kesin beni asarlar."

"İnşallah hiçbirimizi asmayacaklar. Kalk hadi. Bir yüzünü yıka da ferahla."

"Sen bana emredemezsin."

"Emretmiyorum! Elin yüzün kan içinde ve böyle duramazsın. Yüzünü yıka ki burnuna tampon yapayım."

"Hacım geç bunları! Ben kan kokusunu severim."

"İyi o hâlde, sen bilirsin!" dedim. Yanından uzaklaşıp yerime dönerken arkamdan kısık sesle; "Dur gitme!" dedi.

Aslında bu tip insanları severim. Asi davranışlarının arkasında, onları hırçınlığa yönlendiren gizlenmiş büyük kayıplarının olduğunu düşünmüşümdür hep...

İnandığı doğrular için mücadeleci ruh hâline sahip olmalarını takdir ederim. Tıpkı idolüm Hz. Sümeyye gibi. Gerçi İslam'a inanmayan bu kız; dine inanmanın acizlik olduğunu, kanunlara ve yönetime baş kaldırmanın kendi doğrusu olduğunu savunduğu için buradaydı. Olsun... Hiçbir şey düşünmeden yaşayan insan boştur. Ben düşünmeyen insanları saksıdaki bitkilere benzetirim hep. Yanlış da olsa yine de düşünme ve savunma kabiliyeti olan insan daha makbuldür. Eğer düşünen insanların yanlışları doğrulara çevrilirse bu karakterler, savunmacı yapıyla birleşince, doğruları düşünen ve bu uğurda canı pahasına mücadele eden Hz. Sümeyye'ler, Hz. Rabia'lar, Musab bin Ümeyr'ler olur.

Kızın tekrar koluna girdim.

"Gel, seni lavaboya götüreyim. Önce bir elini yüzünü yıkayalım, üzerini temizleyelim. Burnun kanadığı için nasıl olsa kan kokusunu yine duyacaksın."

Güldü. Beraber tuvalete gittik. Yüzünü bol suyla yıkadıktan sonra biraz daha sakinlemiş gözüküyordu.

"Neden bana yardım ediyorsun?"

"İnsan insana her zaman yardım etmeli."

"Ben sana yardım etmezdim."

"Emin ol sen de ederdin."

"Öyle mi diyorsun?"

"Evet. Çünkü sen de insansın."

"Buradaki diğer kadınlar insan değiller mi?" diye sorarken aslında benim sınırlarımı zorlamak istiyordu.

"Onlar şu an korkuyorlar."

"Kimden? Hani bana vuran şu kadından mı?"

"Sanırım öyle!"

"Sen neden korkmuyorsun?"

"Ben Allah'tan başka kimseden korkmam!"

"Siz dindarların da bu yönünü çok seviyorum. Korkusuz oluyorsunuz. Cihat ruhu var ya sizde; belki de ölümü ve ölümü yaratanı sevmeniz bu yüzden galiba..."

"Kudreti sonsuz olan Allah varken, yaratılmış olan biz aciz canlıların birbirinden korkması deliliktir."

"Hacı sen de her şeye Allah'ı karıştırmasan olmaz yani."

Daha fazla konuşmak gelmedi içimden. İnsanlara öğüt vermek yerine yaşayışınızla örnek olmanız en iyisidir. Çünkü öğütler bazen ters tepebiliyor. O nedenle sustum ve yatağıma gidip oturdum. Az önceki okuduğum notlarımla olan dostluğuma kaldığım yerden devam ediyordum.

Hırçın kız dışlanmış olmanın etkisiyle, beni kendine yakın hissettiğinden yanıma geldi oturdu. Elimdeki kâğıtları işaret ederek;

"Ne okuyorsun?"

"Daha önceden aldığım notlarıma göz atıyorum."

"Sen öğretmen misin?"

"Hayır."

"O zaman neden daha önceki tutuklu tutulduğumuz yerdeki kadınlar sana 'hocam' diyorlardı?"

"Onların hocasıyım da onun için."

"Haa! Sen cami hocasısın!"

Sustum. Hayatım boyunca bana gıcıklık ifadesiyle konuşanlara genellikle verdiğim tepkini adıdır susmak. Suskunlukla umursamazlığı karıştırmayın... Hissetmek yeterince yorduğunda, kelimeleri yormamaktır suskunluk... Ama o susmayı düşünmüyordu.

"Benim adım Şerife. Seninkisi ne?"

"Ben de Esin. Tanıştığımıza memnun oldum."

Koğuşta birden Mihare'nin sesi yankılandı.

"Aaa! Bu fotoğraftaki... İnanamıyorum. Esin Abla gazeteye çıkmışsın."

Heyecanla gazeteyi havaya kaldırarak bana gösteriyordu, onca uzaklığa rağmen. Daha önceden kendisinin de dediği gibi Mihare pek okul yüzü görmediğinden sanırım okuması çok net değildi. Bu nedenle sağa sola dolandı elindeki gazeteyle.

"Resmin altında ne yazıyor? Biriniz bana okusa ya!"

Mehtap dâhil herkes Mihare'nin yanına gitti. Tek tek her biri eline gazeteyi alıp inceledi. Neler yazıldığını az çok tahmin edebiliyordum. Mehtap elindeki gazeteyle yanıma geldi. Yüzüme doğru uzatarak;

"Al oku! Seni yazmışlar. Biz de kılığına bakınca seni çok masum sanmıştık. Meğer sen koca bir örgütü yönetiyormuşsun."

Gazeteyi uzattı. Ben oralı olmayınca Şerife hemen Mehtap'ın elinden gazeteyi kaptı ve aceleyle okumaya başladı.

Başım önümde, elimdeki notları okuyor olsam da, kadınların bana bakarak konuştuklarını duyabiliyordum. Belli ki onlar da bana duyurmak için acımasızca yüksek tonda konuşuyorlardı.

"Ne gelirse başımıza hacı ile hocadan gelir zaten. Asıl bunlardan korkacaksın!"

Suskunluğumda, içsel konuşmalarımla cevaplıyordum onları. Hani dönüp onlara sorsam: hayatınızda kaç hacca gitmiş birini tanıdınız ya da kaç tane hoca ile arkadaşlık yaptınız da bu sonuca vardınız? Bu cümleyi kullanabilmek için kişinin birçok hoca ve hacı arkadaşları olması lazım ve hepsinden İslam'a aykırı davranışlar görmesi lazım ki, kullanabilsin. Bu insanların hayatlarında bırak hacı, hocayı İslam'a göre yaşayan birilerini bile tam anlamıyla tanıdıklarını sanmıyorum. Ama cüretkâr konuşmalar yapmak kolaydı. Dinlemeden, tanımadan asmak, kesmek işin en kolay yanı... Hakkımdaki karar belli olmuştu koğuşta. Ben teseddürümün arkasına gizlenerek, insanlara kötülük yaptırıyordum(!) Onların konuşmalarını duydukça, garip bir gülme hâli aldı beni. Ama kimseye çaktırmamak için kendimi notlarıma gizledim.

Şerife gazeteyi okurken bir yandan da konuşmaları dinliyordu. Göz ucuyla bana bakarak;

"Hacım sen gerçekten Haluk Ladin'in karısı mısın?"

"Evet!"

"Eee!"

"Ne eesi?"

"Hacım ben buradaki yazılanlara inanmam. Senin örgüt kurmakla işin olmaz. Ben az çok bu işleri bilirim. Ama koskoca ilaç sanayi patronunun eşinin burada ne işi var?"

Derin bir nefes alarak Şerife'ye neden tutuklandığımı anlattım. Benimle aynı düşünce ikliminde olmasa da, tutuklanmamı çok saçma buldu. Sonra biraz ondan ve Haluk'dan konuştuk.

Şerife eczacılık son sınıfı okuyormuş. Kastamonu'da doğmuş, büyümüş. İlk ve orta öğretimini orada okumuş. O ortaokuldayken annesi vefat etmiş. Babası yeniden evlenmiş. Diğer iki küçük kardeşi ve kendisi yeni annelerini hiç sevmemişler. Yeni annesinin, babasından bir de kızı olmuş. Yeni doğan bebeğe ayrımcılık yaptığını düşündüğü için babasından da nefret ediyormuş. "İstanbul'da eczacılık kazandığım için çok mutluyum. Onların ortamından kurtuldum. İşimi kurunca ilk önce kardeşlerimi yanıma alacağım." dedi. Bu yaz staj yapmak için Haluk ile görüşmüş. Ama Haluk'un; "Bu fabrika ortak ve ben kendi hissemi alıp ayrılacağım. Yani ben burada söz sahibi olmayacağım. Ortağım sizin stajyer olup olmayacağınıza karar versin." diyerek durumu Ercan Bey'e havale etmiş. Ercan Bey de staj elamanlarının çok olduğunu, onu da alamayacaklarını söylemiş. Şerife sonra kendince sisteme olan öfkesini sıraladı.

"Bu kapitalist sistemin Allah cezasını versin! Hep güçlüden yana. Tabi benim kılığım kıyafetim sizin fabrikada çalışmaya uygun değil ya! Ben gariban bir Anadolu çocuğuyum ya! Bilgime bakmıyorlar da, kıyafetime bakıyorlar. Oysa dört yıldır sınıf birinciliğini kimseye kaptırmıyorum. Allah hepsinin belasını versin!"

"Şerife farkında mısın? İnanmadığın Allah'tan senin sevmediğin insanlara ceza vermesini istiyorsun! Sence bu işte bir gariplik yok mu?"

"Doğru söyledin! Sen de hiçbir detayı kaçırmıyorsun. Zeki kadınsın vesselam."

Şerife yönetime, sisteme, kanunlara ve ortağımız Ercan Bey'e verip veriştirirken, ben sadece Haluk'un "Ben bu fabrikada söz sahibi olmayacağım. Çünkü hissemi alıp ayrılıyorum." dediği cümlenin ciddiyetini çözümlüyordum.

Bir yıl öncesi Ercan Bey de telefonda buna benzer bir şeyler söylemişti. Haluk benim bilmediğim neler yapıyordu? Benden ayrı planları mı vardı? Ah, şu an nasıl da elim kolum bağlı! Dışarıda, evimde olmak ve Haluk'tan bütün sorularımın cevabını almak istiyorum. Düşündükçe yüreğimin en derinine kılıç darbeleri iniyor. Gözlerim değil, şimdi yüreğim ağlıyor. Görüş gününe kadar nasıl sabredeceğim bilemiyorum. Boğuluyorum!

Şerife kolumu dürttü.

"Hacım haksız mıyım? Söylesene! Neden yorum yapmıyorsun?"

"Şerife özür dilerim ama söylediklerini duymadım. O nedenle haklı mısın, haksız mısın yorum yapamam."

"Niye beni dinlemedin?"

"Bir şeyler düşünüyordum."

"Düşünen insanlar üretken olurlar. Nasıl olsa burada çok düşünecek vaktimiz olacak. Hacım bir an seni eski çınarlara benzettim."

"Mecazen benzetimin çok hoş! Teşekkürler! İnşallah dediğin gibiyimdir."

"Öylesin öyle..."

"Ne çınarlar gördüm ben noel ağacı olan ve dallarında yaprakları eğreti duran!"

"Ama bunu tersi de oluyor. Sen noel ağacıyken çınara dönmüşsün."

"Şerife, iyi de beni hem köklü bir çınar ağacına benzetiyorsun, hem de yaşam tarzımı beğenmiyorsun."

"Hacım sen Avrupa görmüş, medeniyet koklamış, eğitim almış birisin. Sonra çağ dışı yaşama özenmişsin ama yine de bilgilisin. Ben bilgili, görgülü insanlara saygı duyarım."

Söz konusu dinim olunca, canım her ne kadar çok sıkkın olsa da susmak gelmedi bu defa içimden.

"Senin çağ dışı dediğin İslamiyet, içinde en büyük medeniyeti, özgürlüğü ve sevgiyi barındırıyor."

"Yapma şimdi ya! Bak burnumda çok ağrıyor zaten. Seninle bir de özgürlük üzerine tartışacak değilim. Senin inandığın o gerici dini beni çok geriyor. O nedenle sen böyle özgür olduğunu sanıyorsan iyi o hâlde. Ama benim özgürlüğüme karışma!"

"Senin özgürlük anlayışına neden müdahale edeyim ki? İslam'da asla zorlama yoktur. Her insanın aklı, fikri var. Görür, öğrenir, tercihini yapar. Tercihine göre de cezasını veya mükâfatını alır."

Şerife ile daha fazla takışmamak için, güneşin bugüne 'elveda' deyişini seyretmek için camın önüne geçtim. Ortalık iyice aydınlığını kaybetmişti. Gün kocamışlığıyla sükûnete bürünüyordu.

***

"Senin sessizliğini anlamayanlar,

Muhtemelen sözlerini de anlamayacaktır."

Pencereden seyrediyorum güneşin yavaş yavaş binaların ardında yitip gidişini. Gökyüzü yol yol olmuş güneş renkleri ile rengârenk. Bulutlar yumak yumak boyanmış bu sıcacık renklerle. Böylesi anlarda ya bir dağın başında, ya da deniz kenarında olmak lazım... Bazen ıssız bir ovada veya derin bir vadide... O zaman daha iyi hissedebilirsiniz, anlayabilirsiniz güneşin gizli sırlarını... Yavaş yavaş sarıdan turuncunun tüm tonlarına oradan kızıllığa dönen renkleri doyumsuz bir zevkle seyredersiniz. Tül tül bulutlara yansır bütün bu renk cümbüşü... Dünyanın bu yüzü karanlığa bürünürken öte yanda sabah olmaktadır. Gün ışımakta, güneş ışınları uzayarak kucaklamaktadır tüm ihtişamıyla o diyarları. Buralar grileşirken, aynı renk cümbüşü orada başlamıştır şimdi, görebilenlere günün müjdelerini ve mucizelerini sunmaktadır. İşte hayat da böyledir! Bir yerde tükendi bitti dediğimiz her şey başka bir noktada başlar yeni baştan. Yok olmak yoktur. Her daim, her an, her saniye yeniden yaratılmaktadır her bir zerrecik.

Akşamın alacakaranlığı çökerken renkler gri, kurşuni gölgelere dönüşüyor, sonra da siyaha... Gün ışığı ile uyanıp can bulan yaratılmışlar için dinlenme ve sükûn zamanıdır şimdi. Gecenin gizeminde ararlar gerçekleri ve huzuru.

Aynı anda ötelerde, başka bir uyanış başlamıştır çarkı döndürecek...

Öteleri böylesine bütünleşerek düşünürken, uzaklardan az duyulan bir sesle akşam ezanları yayılıyordu çöken karanlığı yararak. Birden aklıma Rahman suresinin; "O hâlde, Rabbinizin nimetlerini nasıl yalanlarsınız!" ayeti geldi. Nimete nankör olma düşüncesi içimi acıttı.

Bu sureyi yıllar önce ilk dinlediğimde anlamamıştım, bilmiyordum anlamını... Ancak her satır sonunda tekrarlanan ayeti sadece dinlemek bile içimi ürpertmeye yetmişti. Çok merak etmiştim bu ısrarla vurgulanan, tekrarlanan cümlede ne diyor diye... Araştırıp okuduğumda ise titremiştim; "O hâlde Rabbinizin nimetlerini nasıl yalanlarsınız!" diyordu. Önce tek tek nimetleri sayıyor ve soruyordu bu ayet ile her seferinde bir kez daha, ısrarla...

Rahman suresiyle akşam namazımı kılıyordum. Vücudumun bütün kırılganlığı en Sevgilinin huzurunda, O'nunla dertleşirken bir bir kayboluyor. Öyle güzel bir rahatlama ve huşu içindeyim ki, bıraksalar tüm geceyi tefekkürle geçireceğim. Ama dedim ya, buranın kuralları çok acımasız. Sayım... Yine sayıma çağırılıyoruz. Oysa gardiyan benim namaz kıldığımı, dolayısıyla da burada olduğumu görüyor. Fakat yine de o sıraya geçerek "Burada!" demem bekleniyor benden.

Şerife gardiyanlara karşı hâlâ öfkeli! Adı söylenince;

"Kör müsünüz? Buradayız işte!" diye cevap verince bacaklarına indirilen cop darbeleriyle yere yığıldı.

"Bir daha böyle davranırsan hücreye gideceksin."

Şerife'nin dayaktan ve hücreden korkan bir yapısı yok.

"Ders notlarımı verin bana." dedi ve hemen ardından daha birçok ağdalı küfürleri sıraladı peşi sıra.

"Derslerini düşünen insanın burada ne işi var?"

"Kitaplarımı verin diyorum size!"

"Önce akıllı olmasını öğren, sonra kitaplarını düşünürüz."

Gardiyanlar gittiğinde Şerife hâlâ öfkeliydi. Söylenerek yanıma geldi. Koğuşa ilk geldiğinde, gardiyanlarla olan kavgasının da sebebi buymuş. Burada ders kitaplarına çok ihtiyacının olmayacağını söylediğimde ise;

"Bir buçuk ay sonra beni mahkemeye çıkaracaklar. Eğer ceza almazsam, serbest kalınca okula döneceğim tabi ki. Gerçi devamsızlık hakkımın hepsini burada kullanmış olacağım ama çıktığımda derslerimden geri kalmak istemem. Açığı burada çalışarak kapatmalıyım. Hacım benim okulu bitirmem şart!"

"Ya mahkemede ceza alırsan?"

"Olur mu dersin? Yok canım. Bana ne cezası verecekler? Ben sadece pankart taşıyordum. Biraz da polislere bağırdım, o kadar."

"Bilmiyorum artık! Baksana olmaz dediğimiz şeyler oluyor."

"Hem Toygar bana avukat tutar ki!" derken mutlu gözüküyordu. Sanki çok emindi Toygar'ın avukat tutacağından.

"Toygar kim?"

"Benimkisi! Çıktığım çocuk. Gerçi sana ters gelir böyle şeyler değil mi?" Şerife sorusunu sorarken sanki zafer kazanmışçasına oldukça manidar bakışlarla gülüyordu.

"Evlenmeden önce gençlerin birbirlerini tanımaları gerekir. Ama bu zinaya yaklaşmadan, haram boyutuna girmeden olmalı. Yani, 'Benimle çıkar mısın?' da ne oluyor ki? Adam olan evleneceği kızı görür, araştırır, kendine uygun bulduysa, alır karşısına 'Benimle evlenir misin? Cennete giden yolda cennetim olur musun?' der. Ya da 'Sana soyadımı vermek istiyorum, benimle evlenir misin? Çocuklarımın annesi olur musun?' der."

"Doğru söylüyorsun da hacım, piyasada senin dediğin gibi erkek yok ki! Ben dediğin gibi yapacak hiçbir erkek görmedim bugüne kadar."

"Belki de görmek istediklerini görüyorsundur. Dünya sadece senin tanıdığın insanlardan ibaret değil. Farklı yaşamlar, inançlar var. İffetine çok düşkün Yusuf'lar var."

"Ha inanç meselesine geldik yine! Yusuf Peygamber'den mi bahsediyorsun?"

"Günümüzün Yusuf'larından, Meryem'lerinden bahsediyorum."

"Hacım bu devirde onlar gibilerini aramakla bulanmaz. Annem anlatırdı onların hikâyelerini."

"Bak Şerife, seninle önce bir konuda anlaşalım; Kur'an hatırat kitabı değil, hayat kitabıdır. Hikâyeler bazen içinde gerçeklik barındırmaz. Ama Kur'an da anlatılanların tümü gerçektir. Yani hayatın kendisidir."

"Sen böyle inanmak istediğin için, sana saygımdan Kur'an'a bir şey demeyeceğim."

"Bana saygından değil de Kur'an'a saygından desek daha güzel olacak." dedim. Aslında normalde bu konularda genellikle katı yönüm hemen ortaya çıkardı. Ama Şerife'de farklı bir şey var. Bunu hissediyorum. Eğer sert olursam onunla bir şeyleri konuşma imkânım da kalmayacak. Yumuşak davranarak en azından beni dinlemesini istiyordum. Dinlesin de sonrasında kararını yine kendi versin. Ben devam ettim.

"Az önceki konuya dönersek; bu devirde Yusuf gibilerin zor bulunacağını düşünsen de yine de onlar gibi şahsiyetlerin yaşamış olduğuna inanıyorsun değil mi?"

"Yani tam inanmak değil aslında. Annem dedelerinden, ninelerinden duyduğu bu hikâyeleri, şey hikâye değildi, değil mi? İşte her neyse... Çocukken onları bana da anlatırdı. O çok namusuna düşkün bir kadındı, edepliydi. Canım annem, benim de iffetine düşkün biri olmam için kulağıma hep bunları fısıldardı."

"Peki, rahmetli annen yaşıyor olsaydı, senin Toygar ile çıkıyor olmana ne derdi?"

Şerife sırtını benim dayandığım duvara dayadı, gözlerini kapadı. Annesini ve Toygar'ı aynı karede düşündüğünü hissedebiliyordum. Şerife kendi içselliğinin dürüstlüğüne açık bir cevap verdi.

"Üzülürdü!"

"Neden üzülürdü?"

"Senin de dediğin gibi; o böyle evlilik öncesi oynaşmaları hiç istemezdi."

"Annenin üzüleceği bir şeyi neden yapıyorsun?"

Şerife birden hiddetlenerek;

"Ya şimdi annem mi var hacım? Ne alaka?"

Bunu bana söylerken benim vereceğim cevabın ne olduğunu iyi bildiği için hırçınlığı arttı. İnsanın kendi gerçekliğine inandığı şeylerin doğru olmadığını anladığında verdiği tepkiler hep aynıdır.

"Annen yok ama Allah var. Allah da senin iffetli biri olarak yaşamanı istiyor. Annen seni şuan görmüyor ama Allah her an görüyor."

"İnsanın sürekli biri tarafından gözetlenip durduğunu düşünmesi paranoya bence!"

"Peki, her an gözetlendiği ve kaydedildiği hâlde, bunu düşünmeden, başına buyruk yaşaması nasıl bir şey?"

Şerife yine gerildi.

"Hacım senin edebiyatın ve hitabetin çok kuvvetli. Burada senin gibi biri olduğuna çok sevindim. Seninle seviyeli konuşmalar yapabiliriz. Ama benim burada ilk günüm ve bugün çok dayak yedim. Burnum da felaket ağrıyor. Ben bu gece bir dinleneyim, kendimi toparlayayım, sonra tek tek bu konuları konuşalım."

"Tamam."

"Bakalım o zaman sen benim sorularıma cevap verebilecek misin?"

"Allah'ın izniyle biliyorsam cevap veririm."

Gülerek; "Ama unutma İslam senin düşündüğün gibi değil." dedi. Başımı sallayarak güldüm.

"Unutmam! Ama senin düşündüğün gibi de değil. Sen de unutma!"

O da güldü. Sonra o ayaklarını günün yorgunluğundan kurtarmak için botlarının ipini çözerken ben de yatsı namazını kılmaya geçtim.

O gece Şerife'ye yatak vermedikleri için kendi döşeğimi ona verdim. Önce istemedi ama bitkinlikten ayakta duracak hâli olmadığı için fazla da tepki vermedi. Mihare, biraz da Mehtap'tan çekinerek, yedek battaniyesini ona verdi. Ben de kuruyan kılıfı yorgana geçirdim ve bir katını altıma alıp diğer katını üzerime dolayarak yine duvar dibine dayandım.

Koğuş karanlık... Horlama sesleri geliyor. Ama benim gözlerimde bir damla uyku yok. Çocuklarım gözümün önünden hiç gitmiyor.

Göğüslerimde biriken sütler canımı acıttıkça, Kübra'nın hâli yumruk olup mideme iniyor. İçim ağrıyor. Yarından sonraki ilk görüşte onu yanıma almayı düşündüm. Buranın koşullarından etkilenmeyecektir. Nasıl olsa şu an onun tek ihtiyacı ben ve benim sütüm. Eğer o yanımda olursa bir nebze de olsa Hakan ve Sümeyye'nin özlemini hafifletebilirim. Çocuklarımı düşündükçe içim depremlere tutulmuş gibi oldu, gözlerim doldu. O an o kadar çok istedim onların sesini duymayı... Ama ne mümkün!

Sabah erkenden elleri kelepçeli ve ağlayan Asiye anneyi de bizim koğuşa getirdiler. Sımsıkı sarıldık birbirimize. Gözyaşlarını dindirmek imkânsızdı. Hiçbir teselli cümlesi onun yüreğine dokunmuyordu. Ağlayarak;

"Daha önceki devrimde Metin abini (eşi) içeri almışlardı ya; işte ben o zaman çok uğraşmıştım onun için. Ta o vakitten adım kara listedeymiş. "Kocanın yarım bıraktığını sen mi tamamlıyorsun?" dediler bana. Metin abinin hâlini bir görecektin! Ben mahkemeden çıkarken gördüm onu. Komşular tekerlekli sandalyeyle getirmişler. Yetmiş yaşındaki adam ağlayarak kaldı ardımdan. 'Bana şimdi kim bakacak?' diyordu."

"Asiye annem, senin çoluğun çocuğun falan yok mu?"

"Oğlum yurt dışında; kızım Sakarya'da evli ve üç çocuğu var. İkisi okula gidiyor. Onları bırakıp nasıl gelecek bilmem ki? Ama ben yine de Metin'e onu aramasını söyledim."

"Nadi Bey seninle ilgilendi mi?"

"Avukat çocuk mu? Evet. O geldi, ilgilendi. Ben de çok şaşırdım. Yoksa ben avukat tutamazdım. O benim gönüllü avukatlımı yapacakmış. Allah razı olsun ondan."

Bizimle birlikte tutuklanan diğer kadınların tek tek sorguya alındıktan sonra onları bir daha görmediğini, haklarında da bir şey bilmediğini söyledi.

Yaşının yetmişe dayanmış birinin cezaevinde olmasının mahcubiyeti vardı üzerinde. Benden daha çok teselliye muhtaçtı. Eşe, dosta, komşulara ne diyeceğini düşünüp durdu. Koğuştaki bazı kendini bilmez kadınların gülerek;

"Nene, senin ne işin var burada? Kötü yollara mı düştün? Hayırdır! Çek senet işleri mi, yoksa kadın ticareti mi yaparken yakalandın?" demeleri Asiye annenin mahcubiyetini ve düşüncesini daha çok arttırdı.

İlginçtir! Birden benden çok Şerife sahipleniverdi onu. Ellerini yumruk yaparak, sanki kadınların üzerine yürüyecek gibi bir tavır takınarak;

"Size ne be! Kesin sesinizi. Onun suçu; düşünmekten ve öğrenmekten kaynaklanmış. Siz kendinize baksanıza! Utanmadan içinizdeki çirkefliği kelimelere döküyorsunuz!" diye savundu Asiye anneyi.

Yaşlılara hürmetkâr bir tavırla, ona ödünç verdiğim döşekte ağırladı Asiye anneyi. Şerife'nin bu hâli benim çok hoşuma gitti.

***

Sabret!
Sabrın da ancak Allah'ın yardımı iledir.
Onlardan dolayı üzülme!
Kurdukları tuzaklardan telaş edip sıkıntıya düşme!..
Nahl Sûresi / Ayet 127

Beş günden sonra bugün ilk defa çocuklarımı ve Haluk'u göreceğim. Özlemleri doruk noktasında... Yavrularım... Eşim...

Bu ayrılık, oğluma delikanlılığı unutturdu ve atladı kucağıma. Sımsıkı doladı kollarını boynuma. "Üzülme anne! Ben seni çok seviyorum." dedi. Sümeyye kalabalıktan çok korkmuş, biraz da onu bıraktığımı düşünmüşlüğüyle, önce çekingen davrandı. Sonra o da kucağıma atladı.

"Anne neden bizi bıraktın?" derken az sonra yağacak olan yağmur yüklü bulut gibiydi.

"Bırakmadım sizi kızım."

"Öyleyse neden buradasın? Eve gelsene? Bizim yanımızda olsana?"

"Geleceğim bebeğim! İnşallah yine beraber olacağız."

"Ben şimdi gelmeni istiyorum. Sen beni sevmiyorsun! Korkuyorum ben sensiz." Ağlamaya başladı birden. Durumumu anlatmaya çalıştımsa da, ne anlar altı yaşındaki çocuk mahkemeden, yasalardan? Sümeyye de anlamadı. Hüngür hüngür ağladı. Bir yandan onu susturmaya çalıştım, öbür yandan Kübra'yı kucağıma aldım. Zavallı çocuk, anne kokusunu alınca hemen süt aranmaya başladı.

Üç çocuğum da kollarımın arasında ve ben onları demir pençelerle sarmak ve hiç bırakmak istemiyordum. Koklaştık... Kokularını yüreğimin en gizli köşelerine hapsettim. Haluk üç adım geride bizi izliyordu. Sanki hâlâ öfkeli gibiydi. Arzu ile de haldeş olduktan sonra o, Hakan ve Sümeyye'yi alarak biraz yana çekildi, Haluk ile rahat konuşabilmemiz için. Kübra ise hâlâ kucağımdaydı. Haluk yanıma yaklaştı.

"Ne hâllere düştük? Herkes bize bakıyor!"

"Sana öyle geliyor canım! Şu an burada herkes sevdikleriyle görüşme derdinde."

"Çocuklarımızın bu suçluların arasında ne işi var?"

"Çünkü anneleri burada!"

"Annelerinin ne işi var burada? Beni hiç dinlemedin. Şimdi sonuçtan memnun musun Esin?"

Haluk neden hâlâ bana suçluluk hissi yüklemeye çalışıyor? Anlayamıyorum. Ne denilir bilemedim.

"Ben iyiyim Haluk! Sizler nasılsınız?"

"Şimdi de tafra mı yapıyorsun?"

"Yoo, tafra falan yapmıyorum. Belki nasıl olduğumu merak etmişsindir diye iyi olduğumu söyledim. Çocuklar ve sen nasılsın?"

"Görmüyor musun çocukların hâlini? Çok perişan oldular. Bu şehirde durmak bile istemiyorlar."

"Benim yokluğum onları üzmüştür ama benden ve bu şehirden kaçmak isteyecek kadar bilinçli değiller. Onlar henüz çocuk. Ama istersen bir müddetliğine yazlığa götür onları."

"Götüreceğim zaten. Ben de çok kötüyüm, insanların içine çıkamıyorum ve sorulara cevap veremiyorum."

"Haluk, canım! Eğer senin başına böyle bir şey gelseydi ve ben senin doğru yolda olduğuna inansaydım, inan bana hep yanında olurdum. Demek ki sen hâlâ benim doğru yolda olduğuma inanmıyorsun."

"Esin senin ailen bile seni suçlu görürken benim ne dememi bekliyorsun?"

İçim acıdı. Sustum. Ne diyebilirdim ki? Ailem bile beni suçlu görüyormuş! Kelimeler boğazımda düğümlendi. Ben neyden suçluydum? İhtilalin yapıldığı ortam şartlarını kimse düşünmüyordu anlaşılan. Anlaşılan cezaevine giren herkes suçluydu! Ne şekilde ve neden olduğunun önemi yoktu. Haluk ve ailem adına üzüldüm.

Bu defa Kübra'yı vermek istemediğimi ve onun benim sütüme ihtiyacı olduğunu söyledim. Bana kalsa ben çocuklarımın üçünü de yanımda istiyorum ama Hakan ve Sümeyye yaşları itibariyle kanunen yanımda kalamazlarmış. Fakat kanunlar Kübra'ya müsaade ediyormuş. Arzu da benim bu isteğimi onayladı. Ama Haluk "Olmaz!" diyor başka da bir şey demiyor. Hâlimi anlamasını istiyorum. Kübra ile sıkıntılarımı ve diğer yavrularımın özlemini bir nebze de olsa dindireceğimi anlatıyorum. Ama Haluk;

"Olmaz... Olmaz..."

Onlar benim de çocuklarım, onlar üzerinde ben de söz hakkına sahibim. Sahip miydim? Değil miydim artık? Ne demek olmaz? Aklım almıyor Haluk'un bu inadını. Hiç bu denli kesin konuşmazdı. Şaşırdım. Neredeyse yalvardım. Ama, "Olmaz..."

Üç ay sonra nasıl olsa çıkacakmışım da, çocuğu içeride rezil etmeye hakkım yokmuş da, zaten rezil olmuşuz da, olmazmış da, mış da... mış...

Nadi Bey'in de benimle konuşması gereken konular olduğu için çocuklarımla ve Haluk ile görüşmemiz bu kadardı.

Sarıldık yavrularımla. Bir anayı çocuklarından kim ayırabilir? Demir parmaklıklar mı? Kanunlar mı? Babası mı? Yüreğimiz bir bütün oldu. Parçalanıyor içimiz. Hakan biraz daha bilinçli, Kübra da bebek ama Sümeyye... Yavrum benim! Durmadan ağlıyor.

"Anne sen beni sevmiyorsun! Bırakmasan! Sen de gel bizimle, ben sensiz çok korkuyorum. Gel anne..."

Bacaklarıma dolanıyor ve avazı çıktığı kadar bağırıyor. Arzu elinden tutarak onu kapıya doğru götürürken en son yine onun sesi duyuluyordu.

"Beni bırakma anne!"

Dilim sussa da duygularım çılgıncasına bağırıyor.

"Bırakmayacağım yavrularım sizleri... Allah bana ömür verdiğince inşallah hep sizinle olacağım... Sizi çok seviyorum, kuzularım benim!"

Hüzünlüyüm. Yürek sürgünlerindeyim. Tüm teselliyi Haluk'tan beklerken o kaçıyor. Kapıdan ilk çıkan o oldu. Bu defa yüreğim Haluk'a seslendi.

"Eskiden bayıla bayıla baktığın gözlerimden gözlerini neden kaçırıyorsun? Ben senin karın değil miyim? Aynı yastığa baş koymadık mı? Hani benim mutlu olmamı istiyordun sen! Görmüyor musun? Bana bakmayan gözlerinden mutsuzluğu yudumluyorum. Neden eziyet ediyorsun bana? Var mı daha ötesi, seviyorum seni! Kocamsın, canım dediğimsin. Canımı alıyorsun. Senden gelecek bir tebessümü teselli etmeye hazırım. Kaçıyorsun. Nereye? Kime? Düştüm yalnızlıklara, düşlerinden de mi uzaktayım artık? Tutmadığın ellerim, uçurum boşluklarda kaldı. Senin yoksunluğundur ruhumu meçhule sürükleyen. Uzanıp tutuver elimi yâr, sensiz ben ne hâllerdeyim?" Ben konuşsam da sessiz çığlığımı duyan kimseler yoktu!..

Nadi Bey ile konuşmaya başladık.

"Esin Hanım sizi Nazife'nin abisinin ihbar etmesinin imkânsız olduğunu öğrendim."

"Ne öğrendiniz?" diye sordum. Nadi Bey üzgün bir hâlde;

"Çocuğun adı Bülent, kendisi günlerdir ortalıkta yoktu. Siz tutuklanmadan iki gün öncesi öldürülmüş ve Beykoz'daki ormanlık alana atılmış cesedi. Köylüler bulmuş ve üzerinden kimlik çıkmamış. Ama dün bir arkadaşı onu teşhis etti. Cenazesi morgda bekletiliyor. Annesinin henüz haberi yok. Buradan çıkınca annesine gidip durumu anlatacağım."

O an inanılmaz üzüntü duydum. Nazife, Bülent ve anneleri... Onlar sadece üç kişilik bir aileydiler. Şimdi Nazife ağabeysiz de kalmıştı.

"Kimlerin yaptığı belli mi?"

"Henüz belli değil. Polisler araştırıyor."

"Çok üzüldüm. Allah rahmet etsin. Nadi Bey, lütfen annesine destek olunuz. Çünkü bildiğim kadarıyla onların kimseleri yok."

"Bu benim için vicdani bir görevdir Esin Hanım, elimden geleni yapacağım. Nazife'yi dün savcılık serbest bıraktı, annesine teslim ettim. Ama Asiye teyze tutuklandı."

"Biliyorum. Onu bizim koğuşa koydular. Hadi ben elebaşıydım da (!) onu neden tutukladılar?"

"Eşi daha öncesi muhalif olmaktan yargılanmış. Hâkim onun durumunu incelemek için tutuklanmasına ve iki ay sonrası mahkeme edilmesine karar verdi. Ama Asiye teyzenin ceza alma ihtimali yok. Bu kadar karışık bir dönemde o da günah keçisi yapıldı. İlk duruşmada inşallah çıkacaktır."

"İnşallah."

"Zaman kısıtlı olduğu için hızlı konuşmak zorunda kalıyorum, afedersiniz! Sizin durumunuza gelince; Haluk abinin iş arkadaşları ve ortağını da gözlem altına aldık."

"Ercan Bey'i kastediyorsanız, onun böyle bir şey yapacağını sanmam. Daha doğrusu bunu kimsenin yapacağını düşünmüyorum. Bu işin içinde başka bir şeyler var?"

"Doğrudan sizin hedef gösterilmeniz için çok ciddi sebebi olan biri olması lazım." dedi. O da benim kadar bu duruma şaşırıyordu. Sonra tutanaklardan, delil olarak kurstan toplatılan Kur'an'lar ve Elif cüzlerinden, ilk mahkeme gününden, cezaevi koşullarından konuştuk. Nadi Bey avukat gözüyle beni teselli etti. Kanunen tutuklanmamı gerektirecek bir durum olmadığını ama ülkedeki iç karışıklıktan dolayı bütün bunların olduğunu söyledi...

Koğuşa döndüğümde Şerife ile Asiye anne bir köşede konuşuyorlardı yine. Yanlarına giderek avukatın söylediklerini Asiye anneye anlattım. Nazife'nin abisine o da çok üzüldü. Zaten ağlamaya hazır olan gözleri hemen doluverdi. Onun ağlayacak olmasını istemeyen Şerife, garip ama düşündürücü esprisini kondurdu.

"Sen de tutuklandım diye üzülüp duruyorsun anacım. Bak görüyor musun, dışarıda olsak biz de kim vurduya gidecektik. Burası güvenli, tutuklanmamız isabetli olmuş!" dedi ve güldü. Bizim de tebessüm etmemize sebep olmuştu. Asiye anne ise onun elinin üzerine elini koyarak;

"Allah iyiliğini versin kızım." diye ona karşılık verdi tebessümle. Benim asıl ilgincime giden ise; Asiye anne ile Şerife'nin farklı fikirlere ve kuşak farklarına sahip olmalarına rağmen, bir günde birbirlerine "anne", "kızım" diyecek kadar kaynaşmış olmalarıydı. Belki de bu durum sevgiye açlığın her yerde, her koşulda hissedilmesiydi.

Arzu'nun bana hazırladığı bavulların başına geçtim. İlkinde diş fırçası, diş macunu, deterjan, yedek çarşaflar ve çamaşırlarım vardı. Diğer bavulda, yüzüme sıcak bir tebessüm yükleten kitaplarım vardı. Tam da ihtiyacım olanlar... Yazmayı çok sevdiğim için temiz bir defter de koymuştu. Defterin arasına çocukların ve Haluk'un resimlerini sıkıştırmış.

Dava arkadaşım, canım kardeşim Arzu! Her zaman çok ince düşünceli olmuştur zaten.

Daha önceleri yüzlerce kez baktığım o resimleri sanki ilk kez görüyormuşum gibi inceledim. Çocuklarım... Ayrılırken Sümeyye'nin yalvarışları... Hakan'ın güçlü gözükmek için duruşu... Kübra'nın benim kokumu aldığındaki süt arayışları... Ah ne zor anlardayım böyle! Dayan yüreğim! Biliyorum, gözlerimden çok sen ağlıyorsun ama lütfen dayan. İmtihanda olduğunu unutma! Gecenin en karanlık olduğu zaman sabaha en yakın olduğu vakittir. Yarınlar doyumsuz mutluluklara gebe... Bırakma yüreğim kendini hüsrana! Dayan ki, çocuklarıma kavuştuğumda güçlü anne olabilesin!

Hayat arkadaşım dediğim, herkeslerden kıskandığım Haluk'um!.. Senden uzakta olunca, resmindeki bakışına bin bir türlü anlam yüklüyorum. Hissediyorum, bir şeyler var sende...

Yüreğim tıpkı bir madenci feneri; yol uzak, karmaşık, ışık az, çözemiyorum seni. Ne oldu sana? Üç günlük yokluğumda neler değişti? Hani yapamazdın bensiz? Bensizliğinde hangi kelimeler yüreğinin yönünü tayin etti? Gittiğin yönde ben var mıyım? Yoksa duraklarında başkaları mı bekliyor seni?

Şimdi hüzün işgalinde tüm kelimelerim. Ağıtlarım bir bakışın içindi. Duymuyor musun çığlıklarımı? Bak yanından geçiyor sesim! Bu kadar sağır olamazsın. Yürek gözün beni görmüyor mu? Hadi ellerin dokunmuyor, bari yüreğin dokunsun bana. Dokunsun da görsün içimdeki kıyameti! Çapraz sorgulardayım. Ne yöne kulaç atsam bir ateş yalazı çarpıyor yüzüme. Soruları soran ben, cevap bulamayan yine ben! Suçlu ben; tanık, sanık ben! Bu tablonun içinde sen de varsın ama neden bir yabancı gibi seyrediyorsun? Sendeki ben, çok zayıflamış, galiba ölüyor! İçim eziliyor onu gördükçe, yangın çıkıyor birdenbire. Yanıyorum, kırılıyorum, yaşlanıyorum, kırışıyor yüzüm, ellerim tutmaz oluyor, yine titremeye başlıyorum. Her şey bitiyor... Her şey yok'a dönüşüyor, sen hâlâ fark etmiyorsun! En çok sendeki ben yok oluyor. Sen kapat gözlerini hâlâ! Sen direndikçe ben yok oluyorum! Sen duyarsızlaştıkça ben ölüyorum. Göremiyorsun... Gözlerinden gözlerim düşüyor...

***

Geçiyor günler...

Yıllar tespih tanesi gibi geçiyor.

Çektikçe yaklaşıyor El-Fatiha...

Onuncu gün, yirminci gün, otuzuncu gün, otuz beşinci gün... Bam telime mızrap olup içimi delerek geçen günler! Her şey aynı; sayım, yemek, temizlik, kitap okuma, namaz, sayım ve kapanış... Diğer sabah yine sayımla başlayan bir gün. Bir gün daha...

Şerife yatağının içinde okuduğu mektubu elinde sıktı, buruşturdu. Sinirliydi yanıma geldiğinde. Bu, ses tonuna da yansıyordu.

"Üff hacım ya! Geçmiyor günler!" dedi.

"Geçiyor Şerife'm! Hem günler, hem de yıllar tespih tanesi gibi geçiyor. Çektikçe yaklaşıyor El-Fatiha!"

Aslında benim için de çok zor geçiyordu ama şu an Şerife'nin sıkıntısından sanki zaman onun için durmuş gibiydi. Sıkıntısını dillendirdi;

"Bugün Toygar'dan mektup geldi. Beni özlemiş, çık gel artık diyor. Okuldan, arkadaşlardan bahsetmiş. Ama nasıl çıkacağımı yazmamış. Yani avukattan hiç söz etmemiş."

Şerife'yi ilk defa böyle gördüm. O asi, hırçın kız gitmiş yerine dokunsan ağlayacak biri gelmiş. Hüzünlüydü, kendisini mahzun ve çaresiz hissediyordu. Hayatı dalgaya almayı bırakıp ciddi düşüncelere daldı. Zaten akşamın bu saatleri cezaevindekiler için hüzün saatleriydi. Herkes kendi dünyasının hayallerine dalıyordu. Yanı başımda oturan Şerife'nin düşüncelerini bölmemek için elimdeki kitaba gizledim kendimi. Bir müddet sonra düşüncelerinin sonuna öfke yükleyen Şerife, hesap soran bir tavırla;

"Neden ben? Söylesene hacım, neden bütün kötü şeyler benim başıma geliyor? Anneme en çok ihtiyacım olduğu zaman öldü. Çok zor günlerden geçtim. Her doğrulduğumda yine yıkıldım. Toygar'ı çok seviyorum, o da beni seviyordu. Ama şimdi umurunda değilim. Baksana, avukat bile tutmuyor. Neden kimse beni sevmiyor? Daha ne kadar zorluklarla boğuşacağım? Bazen dayanamıyorum. Çek git bu dünyadan diyorum."

"Nereye?"

"Nereye olacak? Ölmeye!"

"Çek git bu dünyadan demesi kolay da, bunu derken insanın gideceği yerin çok iyi olduğundan emin olması lazım. Gittikten sonra geri dönmek isteyebilirsin. Ama dönüş yok, bunu bilesin."

"Öldükten sonra ne fark eder nereye gideceğim? Hangi mezarlığa koyarlarsa koysunlar beni. Önemi yok."

"Sorun mezarlık değil ki! Kabir azabı, ahiret âlemi ve sonrası..."

Düşündü. Acaba ölümden sonrasını mı düşünüyordu? Bunu tam kestiremedim. Ama yüzünün yandığını ve kalbinin daraldığını hissedebiliyordum.

"Hacım, sonrası için sen ne vaat ediyorsun bana?" dediğinde gülmemek için kendimi zor tuttum. Şerife'nin intihara meyilli bir yapısı olduğu aklıma gelince, her ihtimale karşı sonrasını açıklamam gerektiğini düşündüm.

"Ben bir şey vaat edemem. Asla böyle bir yetkim yok. Ama en yetkili makam cennet vaat ediyor. Gidecek bir yer olmalı derken, ilk aklımıza gelecek olan yer cennet olmalı. Çünkü Allah inanan kullarını, sonsuz nimetleri verdiği cennetine katacağını söylüyor."

"Eğer senin dediğin gibi cennet ve cehennem varsa, ben kesin cehenneme giderim."

“Sen gideceğin yeri çoktan kararlaştırmışsın!”

“Ben senin inancına göre söylüyorum. Benim inancımda böyle kavramlar yok. Zaten bu adaletsizlik yüzünden inancımı yitirdim ya!”

Yitirdim ya dediğine göre, demek ki Şerife’de bir inanç vardı. Anlaşılan o da yanlış öğretilere kurban etmişti inancını.

“Hangi adaletsizlik?”

“Allah beni yaratıyor ve önüme bir sürü zorluklar çıkartıyor! Hatalar yaptırıyor sonra da cehennemine katıp yakıyor! Ben bunu hazmedemiyorum. Sizler de karşıma çıkıp; “Allah çok adaletli!..” diyorsunuz. İstediğini cennete, istemediğini cehenneme katıyor. Adalet bunu neresinde? Madem beni cehenneme katacaktı o zaman neden yarattı? Söyle bakalım?”

İşte şimdi Mekteb-i Yusufîye olan koğuşumdaki ilk dersim başlıyordu. İlim zorla verilmez. Sorana, öğrenmek isteyene ilim verilir. Şerife’de şimdi doğru bildiği yanlışları sorguluyordu. “Söyle bakalım” derken de öğrenmek istiyordu. Burada iş öğreticiye kalıyordu. Örneğimiz Peygamber Efendimiz (s.a.v) olduğuna göre; o büyükle büyük gibi, çocukla da çocuk gibi konuşuyordu. Herkesin anlayacağı dilden konuşmak, anlatılmak istenenin daha iyi anlaşılmasına sebep olur her zaman. Ben de Şerife’nin anlayacağı dilden konuşmayı seçtim.

“Şimdi Şerifeciğim, şöyle düşünelim; sen eczacılık okuyorsun değil mi?”

“Evet.”

“Neden okuyorsun eczacılığı? Çünkü gelecekte iş sahibi olmak, rahat etmek, kardeşlerini yanına almak, huzurlu ve mutlu olmak istiyorsun.”

"Evet."

"Bu rahatlığa sahip olmak için belli şartları yerine getirmen gerekmiyor mu? Mesela derslerin! Kimya dersinden geçmen için çalışman gerekiyor. Elinde kimya kitabın var, bütün bilgiler orada yazılı. Bir de o dersi anlatan öğretmenin var."

"Doğru."

"Peki, sen o kimya kitabına hiç bakmıyorsun, okumuyorsun, öğretmen o dersle ilgili neler açıklamış onları da dinlemiyorsun. Sınav günü gelip çatıyor. Dersi geçmek istiyorsun, çünkü sonunda mutlu bir hayat var. Hiçbir şey bilmediğin için sorulara cevap veremiyorsun. Sınavın sonunda senin bu dersten kaldığın söyleniyor. Bu durumda; 'Sen bana bunları öğretmedin!' diyerek öğretmenini suçlayabilir misin? 'Kitapta bunlar yoktu, ben kitaba bakmadım, elektrik kesikti, sular yoktu...' gibi mazeretler üretebilir misin?"

"Bunlar mazeret değil. Tabi ki çalışmam gerekirdi."

"Burada kitap mı suçlu, öğretmen mi suçlu yoksa sen mi suçlusun? Çıkıp da; 'Bu adaletsizlik, ben bu dersi geçmeliydim.' der misin? Ya çok çalışarak dersi geçenlerin durumu ne olacak?"

"Dersi geçenler, hayalini kurdukları hayatlarını yaşayacaklar. Ben sürüneceğim!"

"Şimdi cevabı kendin verdin. Allah istediğini cennete, istemediğini cehenneme katıyor diyemezsin. Allah yarattığı hiçbir insanı başıboş bırakarak zelil bir hayat yaşamasını istemez. Çünkü O, çok merhamet edicidir. En'am suresinin 12. ayetinde;

"O, merhamet etmeyi kendi zatına farz kıldı." diyor.

Allah (c.c), rahmet sahibi olduğunu belirterek şöyle buyuruyor: Şüphesiz ki Allah, kendi zatına merhamet etmeyi farz kıldı. İşte bu sebeple kullarına muhakkak merhamet eder ve suç işleyen kimselere ceza vermede acele etmez. Onların tövbe etmeleri için onlara mühlet verir. Halis tövbe etmeleri hâlinde ise onları affeder. Hani diyorsun ya; 'Neden bütün kötü şeyler benim başıma geliyor!' diye, imtihandayız Şerife!"

Şerife dediğimi daha iyi anlamak için gözlerini kısarak bana daha bir odaklandı. Ben konuşmayı sürdürürken yanımıza ilk önce Berikova geldi. Benimle aynı yaşta olan Rus uyruklu Berikova, uyuşturucu kuryeliği yapmaktan sınır kapısında yakalanmış ve üç yıl ceza almış. Bir yılını tamamlamış. Mehtap'tan da çok korktuğu söylenemez. Kısıtlı Türkçesiyle koğuşun en neşeli kadını! Onun gelmesinden cesaret bulan Mihare, Sevim, Gülseren, Meryem ve Türkan da yanımıza geldi. Anlattıklarımı hepsi dinlemeye başladı. Belki de çoğunun sormadığı ve bu nedenle de öğrenemediği soruları şimdi Şerife soruyordu;

"İyi de neden imtihan oluyoruz o zaman? İmtihansız girelim cennete!"

"Ah Şerife bunu herkes ister. Ama o zaman inananla inanmayan arasındaki fark olmazdı. Sen Allah'ın bütün emir ve yasaklarını uygulayacaksın ve sırf Allah'ın rızası için nefsinin istediği kötü şeylerden uzak duracaksın ama beri tarafta başka biri Rabbin hiçbir emrine itaat etmeyecek ve istediği gibi yaşayacak! Belki çıkarlarına ters düştüğü için birinin canına kast edecek! Bu durumda ikinizin de cennete gitmesi adil olur muydu? Olmazdı değil mi?"

Şerife dediklerimi onaylarcasına başını salladı. Ben devam ettim.

"Rabbim Ankebut suresinin 2. ayetinde senin bu soruna çok güzel cevap veriyor; ***"İnsanlar imtihandan geçirilmeden, sadece 'iman ettik' demeleriyle bırakılıvereceklerini mi sandılar?"*** diye buyuruyor. Bu ne demek oluyor? İnsanlar sadece amenna deyivermekle terk edileceklerini mi zannettiler? İman ettik, deyivermekle salıverileceklerini mi zannediyorlar? Öyle mi hesap ediyorlar? Öyle mi umuyorlar ki amenna deyiverecekler, inandık deyiverecekler de salınıverecekler öyle mi? İman ettik deyiverecekler ve sonra hemen cennete gidecekler, öyle mi? Dünyada hiçbir sıkıntı çekmeyecekler ve ahirette de kurtulacaklar. İmtihan edilmeyecekler, denenmeyecekler, öyle mi?

İman ettik, diyenlere sesleniyor Rabbimiz. Diyor ki; 'İman ettik, demeniz yetmiyor.' Bu iman iddialarımızın pratiğini, amelini isteyecek Rabbimiz. İman iddiasında bulunan herkesi deneyecek Rabbimiz. Acaba böyle bir iddiada bulunan insanların sözleriyle amelleri, iddialarıyla hayatları, düşünceleriyle hareketleri bir mi? Değil mi? Öyleyse kişi Kur'an'ın bir konudaki uyarısına iman ettim diyorsa ve o konuyla imtihan olduğunda pes ediyorsa işte o kaybedenlerdendir. Allah korusun!

Yani hangi konunun imanını gündeme getirmişsek o konuda mutlaka bir denenme gelecektir karşımıza. Neye inandığımızı söylemişsek o konuda deneneceğiz ki sağlam mı inanmışız, yoksa değil mi? Bu ortaya çıksın. Meselâ bir Müslüman infaka veya zekâta inandığını mı iddia ediyor? Eğer bolca param olsaydı ben onu Allah yolunda infak ederdim mi diyor? O konuda mutlaka kendisine denenme gelecektir. Allah günün birinde ona bolca bir para verecek, bu imkânı yaratacak ve onun sağlam mı inandığını, yoksa cıvık mı inandığını ortaya çıkaracaktır.

Veya bir Müslüman eğer boş zamanım olsaydı ben de onu Allah'ın kitabını ve Resulünün sünnetini öğrenmeye harcardım mı diyor? Bu konuda bir iman mı ortaya koyuyor? Allah günün birinde onun karşısına bolca bir zaman çıkarıp onun inanıp inanmadığını ortaya çıkaracaktır.

Veya meselâ bir kadın eğer Allah beni iyi bir ortamda yaratsaydı ben de tepeden tırnağa örtünürdüm mü diyor? Allah mutlaka onun karşısına böyle bir ortam çıkaracak ve onun bu konudaki samimiyetini deneyecektir. Yani hangi konunun imanını gündeme getirmişsek, hangi konuda ne tür bir iddiada bulunmuşsak, o konuda Allah bize denenme gönderecektir. Fırsat verip sağlam mı, yoksa bozuk mu inandığımızı ortaya koyma imkânı yaratacaktır. Değilse o konuda imkân vermese kimin ciddi, kimin yalancı olduğu ortaya çıkmaz.

Sıkıntılar, dertler, hastalıklar, savaşlar, zenginlikler, fakirlikler, ölümler, yaralanmalarla bizden önceki topluluklar denendi ve bizler de deneniyoruz. Kim sadakatle Allah'a bağlı? Kim sahte inanmış? Ben de Müslüman'ım diyen, biz de Müslüman'ız diyen herkes mutlaka denenecektir. Neyle, nasıl denenecekler? Rab ben mi? Değil mi? Yaratıcı ben mi? Değil mi? Bunları veren ben mi? Değil mi? Bu bedenin, bu canın, bu hayatın benim mi? Senin mi? Şu elindeki mallar, mülkler, fırsatlar, imkânlar senin mi? Benim mi? Şu evlatların senin mi? Benim mi? Baba, ana, dükkân, tezgâh senin mi? Benim mi? Hayata egemen olan sen misin? Ben miyim?

Ya Rabbi sen bana akıl vermişsin, hayat vermişsin, mal, mülk, evlat vermişsin ama ben onları senin yolunda değil de başka şeyler peşinde kullanıyorum mu diyeceksin? Yoksa O'nun yolumda mı kullanacaksın? İşte tüm bu konularda kullarını dener Allah.

Yani inandım dediği sözünün eri midir? Değil midir? Ben Allah'a ve Allah'tan gelenlere inandım diyen bir kişi ve toplum bu sözünde samimi mi? Değil mi? Rabbimiz bunu deneyecektir. İnsanlar Müslümanlıklarında samimi mi? Değil mi? Bunu zaten Rabbimiz biliyor da bizi bize ispat edecek. Yarın bir itiraz hakkımız kalmayacak. Allah sadıkları da, yalancıları da denemelerden geçirerek böylece ortaya koymaktadır.

Şurasını hiçbir zaman hatırımızdan çıkarmayalım ki, zaten bizler iman davasında denenmek için bu dünyaya geldik. Öyle değil mi? Eğer inandık deyivermekle iş bitmiş olsaydı, zaten bunu Kalu Belâ'da söylemiştik. 'İman ettik ya Rabbi, Sen bizim Rabbimizsin!' demiştik. Eğer iş sadece bunu söylemekse, o zaman niye bu dünyaya geldik? Bu sözümüzde samimi miyiz, değil miyiz denenmek için geldik bu dünyaya. İmtihan için! Önemli olansa imtihanda olduğumuzu bilip ona göre yönümüzü tayin etmek."

"Hacım, yani sen Allah'sız, kitapsız, peygambersiz olmaz diyorsun ha!"

"Evet. Öyle diyorum. Sen onca zaman kimya sınavına çalış ve hiç çalışmayan sınıf arkadaşınla birlikte sınava gir. Sonrada öğretmen ikinizi de sınavdan geçirsin. Sence bu adil mi? Asıl adalet hak edenin geçmesidir." Şerife düşünceli bir şekilde "Evet" dercesine başını salladı.

"Ama bir dine bağlı olmak ve onun kurallarına göre yaşamak bana çok saçma geliyor."

"Şerife, İslam'ı ne kadar tanıyorsun? Kaç defa Kur'an'ı inceledin de hangi kuralları sana saçma geldi? Ya da hangi ayet senin kötülüğün için inmiş?"

Şerife dudağını büktü ve belki de ilk defa Kur'an'ı incelememiş olmasının sıkıntısını yaşadı. Çünkü bana ayetle karşılık vermek istiyordu ama incelemediği için bunu yapamamış olmanın sıkıntısıyla;

"Ya ne bileyim işte! Hani siz diyorsunuz ya, namaz kılınacak diye. İşte bunlar bana saçma geliyor. Allah bu kadar güçlüyse madem, neden benim namaz kılmamı istesin ki?"

"Sizce Allah'ın bizim kıldığımız namazda, tuttuğumuz oruçta ne gibi çıkarı olabilir?"

Bu defa diğer kadınlarda bu sorunun cevabını bulmak için düşündüler. Bende düşünmeleri için susarak onlara zaman tanıdım. Şerife daha çabuk davranarak;

"Bunu sen biliyorsun. Sen söyleyeceksin!" dedi. Yani bu konuda hiç bugüne kadar kafa yormamıştı anlaşılan.

"Bakın arkadaşlar! Bizim kıldığımız namaza, tuttuğumuz oruca, verdiğimiz zekâta Allah'ın ihtiyacı yok. O'nun hiçbir şeye ihtiyacı yoktur. Zaten O'na tam teslimiyetle ibadet eden melekler var. Hem de bizim gibi nankör değiller. Bu ibadetler biz insanların bedensel ve ruhsal sağlığı için gerekli olan şeyler.

Tıbben uzmanlar, kullanılmayan organların küçüldüğünü ve zamanla işlevini yitirdiğini söylüyorlar. Bunun olmaması için de, insanların belli saatlerde beden egzersizleri yapmaları gerektiğini öneriyorlar. Namaz kılanlar ise uzmanların söylediği egzersizlerin tümünü namaz kılarak yapıyorlar. Secde ve rükûda bel, bacak ve kol kaslarını hareket ettiriyorlar. Selam anında ise boynunu sağa sola çevirmek suretiyle boyun kaslarını oynatıyorlar. Yani namaz kılmak bizim bedenimizi besliyor.

Dünya hayatının nefsinize hoş gelmesi, çevrenizin sizden beklentileri ve hayat mücadelesi niçin yaratıldığınızı unutturmuş olabilir! Eğer yaratılış gayenizi öğrenirseniz namaz konusunu çözersiniz. Aksi hâlde namaz kılmak size anlamlı gelmeyebilir. Allah dünyayı ve içindekileri insanın hizmetine sunmuş... Dağlar, ovalar, nehirler, sebzeler, meyveler, etinden, sütünden ve gücünden faydalandığımız hayvanlar, bütün bunlar insanın hizmetine sunulmuştur. Her şey aralıksız, bıkmadan, usanmadan bizlere hizmet ediyor. Peki Allah bize bu kadar iyiliği, güzelliği vermiş, karşılığında ne istiyor? Allah-u Teâlâ aslında bizden çok şey istemiyor. "Size her şeyi ben verdim, sizi yoktan var ettim, güzel bir şekil verdim, akıl verdim... Ve sizden de bu verdiklerimden faydalanırken, yaratıcınızın ben olduğumu hatırlamanızı, bana teşekkür etmenizi istiyorum." diyor.

Sizce, Allah bu teşekkürü hak etmiyor mu? Düşünün... Ağzınıza layık bin bir türlü tatlar ve lezzetleri afiyetle yiyorsunuz ama ikramı verene bir teşekkür etmiyorsunuz. Kusura bakmayın da, bu düpedüz nankörlüktür. Kendimizden biliriz ya; hani bir arkadaşımıza türlü yiyecekler ikram ederiz, onu çok severiz ve istediklerini hep yaparız ama arkadaşımız bize bir teşekkür etmesin bakalım! Kendimizi nasıl hissederiz, arkadaşımız hakkında ne düşünürüz?

Allah'a teşekkürümüz ise O'nun bizden istediği namaz ve benzeri ibadetlerle olur. 'Dünyada en iyi şekilde nasıl yaşanılır?' sorusunun cevabını Allah bizden daha iyi bildiği için bizlere hayat kılavuzu göndermiş. Hayatımızın her karesinde o kılavuza bakarak yaşarsak Allah'ın dediğini yapmış ve doğal olarak da teşekkürümüzü sunmuş oluruz."

Ben bunları anlatırken Mihare ve Berikova alıcı kuşlar gibiydi. Onların gözlerinden anlaşılıyordu, her bir kelimeyi anlamak için dinledikleri. Yanımızdaki diğer kadınlar da dinliyordu fakat onlarınki öylesineydi. Benim asıl dikkatimi çeken Şerife'ydi. Soruları soran oydu ama şimdi gözlerini karşı duvardaki bir noktaya sabitlemiş, sırtını duvara dayamış, çok uzaklardaki bir şeyleri düşünüyor gibiydi. Onun ne düşündüğünü bilmeyi istiyordum aslında. Şerife de içimden geçenleri cevaplamak istercesine, gözlerini sabitlediği yerden ayırmadan sessizce;

"Annem!" dedi ve birkaç saniye sustu. Dudakları titriyordu. "Annem, bütün çocukluğum boyunca, her sabah namazına kalktığında benim ve kardeşlerimin burnunu hafifçe sıkardı. Biz de huzursuzlanır, gözlerimizi açardık sonra yine uykuya geçerdik. Bir gün anneme neden böyle yaptığını sordum. O da bana; 'Büyüdüğünüzde sizi sabah namazına kaldırmak için üzerinize su dökmeme gerek kalmasın.' diye. Çünkü bedeniniz her gün aynı saatte küçük bir ikazla uyarılmaya alışmış olacağından, doğal olarak o saat geldiğinde kendiliğinizden uyanacaksınız." demişti. O yüzden ben hep şimdilerde bile sabah ezanlarında uyanırım. Hoş, annem bunu namaz kılmam için yapıyordu. Ama..."

Yine sustu. Dediği gibi her sabah erkenden kalkıyordu. Şerife yirmi üç yaşına gelmiş olmasına rağmen annesini daha yeni keşfediyor, anlıyor ve özlüyordu. Şerife'nin anlattıklarıyla annesinin çocukları için çok isabetli bir davranışta bulunduğunu fark ettim. İşte bu yüzden kızlarımızı daha bir iyi eğitmemiz gerekiyor. Çünkü kız çocukları ne kadar iyi eğitimli, güzel ahlaklı, inançlı yetişirlerse, ileride anne olduklarında onlar da çocuklarını iyi yetiştirecekler.

Anneler bir ağacın üzerinde iyi meyvelerin yetişmesi için yerdeki en sağlam kökleridir. Anne köktür. Anneler nesiller yetiştirmekle görevlidir. Babalar genellikle iş hayatında oldukları ve çocuklarını akşamları gördükleri için gelecek nesiller annelerin eğitimiyle şekilleniyor. Şerife'nin annesi de bu yolda bayağı bir çaba sarf etmiş fakat daha kızı on iki yaşındayken vefat etmesi ve babanın çocuklarının eğitimine önem vermemesi Şerife'yi bugünkü inançsız, hoyrat hâline sürüklemiş. Onun içinde ne fırtınalar koptuğunu, hangi yollardan geçtiğini şimdi daha iyi anlıyordum. Kendimle olan içselliğimdeyken Mihare'nin neden sustuğumu, anlatmadığımı sorgulayan bakışını görünce tekrar konuya odaklandım.

"İslam'ı araştırmadan, düşünmeden önyargıyla yaklaşmak akıl işi değildir. İnsan ilişkilerinin iyi ve uyumlu olabilmesi için karşılıklı saygı, sevgi ve fedakârlık şartı vardır İslam'da. Eğer herkes kendi isteklerine, kanunlarına göre katı bir şekilde ayak diretse, o zaman insanların bir arada yaşaması imkânsız olur. Allah insanların en iyi ve en güzel şekilde yaşamaları için İslam dinini gönderdi." Şerife kafasını umursamaz bir şekilde sallayarak;

"Hacım anlattıkların akla mantığa uygun görünüyor. Ama ben yine de kurallara göre yaşanmasından yana değilim. Ben kendi irademle yaşamak istiyorum."

"İradenle yaşamakta tabi ki serbestsin Şerife! Allah sana da akıl fikir vermiş. İstediğin gibi yaşarsın. Tek bir

Allah'a kul olmayı seçmezsen paranın, şehvetin, diğer insanların kulları, köleleri olabilirsin. Yani İslam'a göre yaşamadığın zaman 'Allah adaletsiz! Beni neden cehenneme gönderiyor?' diyemezsin. Sen sınava çalışmadığın hâlde, imtihandan geçeceğini ve iyi not alacağını zannetme! Hem Yaradan Nisa suresinin 147. ayetinde; ***"İman edip, şükrederseniz Allah size neden azap etsin!"*** diye buyuruyor. Demek ki önce iman etmek sonra da şükrünü yapmak gerekiyor."

Berikova başından beri sessizce dinlediği konuşmamıza, kendince aksanlı Türkçesiyle katıldı.

"Sizin kitap ne diyor, ben bilmiyor! Sizin Peygamberi de bilmiyor. O zaman Tanrı beni cezalandırmaz değil mi?"

"Berikova'cım, sen hiç İslam diye bir din duymadın mı?"

"Ben duydu ama bilmiyor."

"Günümüzün yayın ve iletişim araçları sayesinde dünyanın her yerinden anında haberdar oluyoruz. Bu nedenle son din İslam'ı duymayan yoktur. Sizin evinizde uzun zamandır kullandığınız bir aletiniz olsa ve çevrenizden o aletin daha kapsamlısı ve son modeli çıktığını duysanız, mutlaka merak eder araştırırsınız. Çok garip, bir aleti araştıran insanoğlu, bütün dinlerin en üstünü ve en kapsamlı olanını, Allah katında hak din olan İslam'ı neden araştırmaz ki? Araştırsa, incelese kendisi için en faydalı olanın Müslümanlık olduğunu zaten anlayacak."

Öğrenme sorumluluğundan kurtulmak isteyen Şerife, biraz da hırçınlaşarak;

"Ya hacım abartma! Kuzey Buz Denizinde veya Antartika'da yaşayanlar Kur'an'ı nasıl duyacaklar? Duymadıkları şeyi de nasıl uygulayacaklar? Demek ki bilmeyenler sorumluluktan kurtulacak!"

"Şerifeciğim o dediğin yerlerde yerleşik olarak yaşayan insanlar yok. Ama senin dediğin gibi, farz edelim oralarda da insanlar yaşıyor olsun! Rabbim oradaki insanlara da akıl vermiştir. Bu durum bana İbrahim Aleyhisselam'ı hatırlatıyor. Nemrut adındaki bir ölümlünün kendini ilah zannettiği bir ülkede, put yapmakla geçimini sağlayan ve Nemrut'un en sağdık adamı olan bir babanın oğlu olarak dünyaya geliyor Hz. İbrahim. Siz böyle bir ortamda doğsaydınız neye inanırdınız bilmiyorum ama Hz. İbrahim etrafında ona örnek olacak, tevhit dinini yaşayan kimse yokken düşünerek, aklını kullanarak, tek başına tevhit inancını buluyor.

Kendini ilah(!) ilan eden Nemrut'u ve çevresindeki insanları gözlemledi. Babasının çamurdan, tahtadan yaptığı putları inceledi. Yağmur yağınca ıslanır ve parçalanırlar diye insanların o putları nasıl korumak için uğraştıklarına tanık oldu. Kendilerini bile koruyamayan o heykellerin insanları nasıl koruyacağını sorguladı. Tıpkı günümüzün putları(!) gibi, nereye koyarsan orada öylece duran, ne kendilerine ne de başkalarına hiçbir faydaları olmayan o heykellerin tapınılacak merci olmadığını, sokaktaki insanlarla hiçbir farkı olmayan Nemrut'un ilah değil kibrine, gururuna yenilen aciz bir insan olduğunu anlıyor. Bu kadar kusursuz yaratılan insanın ve evrenin çok güçlü bir Yaratıcı tarafından yaratıldığına karar veriyor. Ve putları kırıyor.

Kendisini ilah olarak kabul etmeyen ve küçük tanrıları(!) kıran İbrahim Peygamber'in ateşe atılarak yakılmasına karar veren Nemrut, büyük bir ateş yaktırtarak, uzak yakın herkese haber veriyor. Güya kendisine itaat etmeyen asi bir gencin cezalandırılışını insanlar seyretsinler de Nemrut'a itaat etsinler diye...

Allah'a teslim olan yüreğe ateş ne yapsın? Kudreti sonsuz olan Rab, kendisine teslim olmuş olan kulunu ateşte yakmaz. Tıpkı Nemrut'un düşündüğü gibi, inkârcı insanlar görsün de ibret alsın diye Allah ateş harını gül bahçesine çevirdi.

Demek ki; 'Ben duymadım, bilmiyorum.' demek ateşten kurtuluşun çaresi değil. Kur'an'ın birçok ayetinde; "Aklınızı kullanın, düşünün, akletmiyor musunuz?" diyor Yaradan. Yani insan kendi aklıyla bile yaratıcısını bulabilir. Ayrıca Allah her kuluna İslam'ı tanıma fırsatı verir. Sebepler çıkartır önüne. Birini birine sebep kılar. Şimdi sen de; 'Ben uyarılmadım, duymadım.' diyemezsin Beikova."

Şerife anlattıklarıma gerildi. Toygar'ın umursamazlığıyla bu gerginliği birleşince yüzünü buruşturup;

"Benim başım ağrıyor, size daha fazla eşlik edemeyeceğim. Sizler çağ dışı görüşlerinizi konuşmaya devam ediniz." dedi ve Asiye annenin yanına gitti. Üç gündür yemez içmez, hasta yatan Asiye annenin ateşini kontrol etti. Telaşla bana döndü.

"Asiye annenin ateşi hiç düşmüyor. İlaç alması lazım! Böyle giderse daha kötü olacak, gardiyanları çağırıp revire götürelim."

Yerimden kalktım onlara doğru giderken Şerife de kapıya yöneldi. Ama önünü Mehtap kesti.

"Bu saatte gardiyanları rahatsız etmeye hakkın yok. Geç yerine!" dedi. Şerife ona aldırmadan kapıya doğru ilerledi ama kendi kendine söylenerek Mehtap'a da cevap verdi.

"Şimdi gardiyanların keyfi mi önemli, bu kadının canı mı önemli? Kadın kaç gündür hasta ve kimsenin ilgilendiği yok. Şu an hastalığı zirve yapmış durumda. Sabaha felç bile olabilir."

Şerife kapıya giderek gardiyanlara bağırdı. Mehtap da hemen arkasından giderek onu kolundan geri doğru çekiştirdi.

"Kiminiz hoca, kiminiz doktor kesildi başımıza! Geç yerine!" diyerek kapıya doğru itti. Şerife kolunu kurtarıp, tehditkâr bir edayla;

"Bana bir daha asla dokunma! Hem sana ne oluyor? Ben istediğimi çağırırım." dedi ve kapıyı yumruklayarak gardiyanlara bağırdı. Yıllardır hükmünü sürdürdüğü koğuşta, yeni gelen bir genç kız yüzünden konumunun zedelendiğini düşünen Mehtap; "Burası benim çiftliğim ve benim dediğim olur." dercesine Şerife'yi yumruklamaya başladı. Tabi attığı her yumruğun karşılığını da alıyordu. Beraber yere düşerek yerde boğuşmaya devam ettiler. Araya girip ayırmak ne mümkün! Birbirlerine kitlenmiş gibiydiler. Sanki ilk günün acısını da çıkartıyorlardı. Sesler o kadar çoğaldı ki bütün gün kendini bilmez bir şekilde yarı baygın yatan Asiye anne bile ayıldı.

Gardiyanlar geldiğinde Şerife'nin de Mehtap'ın da eli yüzü kan içindeydi. Asiye anne ile birlikte ikisini de alarak revire götürdüler.

Çok kısa bir zaman sonra Şerife ve Mehtap elleri, yüzleri bantlı hâlde koğuşa döndüler. İkisi de birbirlerine bakarak; "Bu burada bitmez. Daha görüşecek hesabımız var." der gibi başlarını salladılar. Bense ikisinin de yanına gitmek ve ayrı ayrı konuşmak istiyordum. Fakat Şerife hemen yanıma geldi. Çoktan kavgayı ve acısını unutmuş gibiydi.

"Asiye anneyi götürdüler, burada tedavi olmazmış! Durumu ciddiymiş! Hacım sen zenginsin, her yerde elin vardır. Haluk Bey'i ara, birilerini ara. Hastanede ona iyi baksınlar!" dedi. Yüzünün şeklinden çok üzgün olduğu anlaşılıyordu. Onu sakinleştirmek için;

"Sakin ol Şerife! Bu saatte Nadi Bey'i aramama izin vermezler. Asiye anne tutuklu olduğu için zaten hastanede yanına kimseyi katmazlar. Ona orada gereken tedaviyi yapacaklardır."

"Neden avukatını aramayı söyledin ki? Haluk Bey'i ara! Hastanelere ilaçları o vermiyor mu? Tanıdığı birçok doktor vardır. Durumunu öğrenip bize söylesin."

Dedim ya... Şerife çok zeki bir kız. Bir kelimeden bile benim Haluk'la ne kadar farklı dünyalarda olduğumu anlayacak kadar zeki biri... Ne anlatabilirdim ki ona? Haluk'un, bırak Asiye anneyi, buralarda beni dahi merak etmediğini söyleyebilir miydim? Sustum. Kocaman sustum... Şerife ise benim susuşumu çoktan okumuştu.

"Dur bakalım! Sabah ola hayrola! Zaten yarın görüş var." dedim.

Şerife'nin istediği cevap bu değildi. Yine kanunlara, sisteme söylene söylene yatağına gitti.

Geceler eskiden de mi bu kadar uzundu? Cezaevinde sanki geceler hiç bitmiyor. Doğan güneşin ardından da gündüzler bitmiyordu. Uzayıp giden günlerde sabrımı yoğuran tek şey dualarımdı. Dayanma gücümü ayakta tutuyordu dualar.

***

Ve bazen yarasına merhem için, sadece bir cümle yeter de artar insana;

"Allah, sabredenlerle beraberdir..."

Açık görüş olduğu için çok gürültülü bir ortam vardı. Kalabalıklar arasında gözlerim Haluk ve yavrularımı aradı. Acaba daha gelmemişler miydi?

Nadi Bey ve Arzu beni görünce yanlarına gitmem için el işareti yaptılar. Aradığım onlar değildi... Sarıldık Arzu ile. Bana yeni kitaplar getirmiş. Nadi Bey'le konuşmaya başladığımızda Arzu hâlâ sımsıkı elimi tutuyordu.

"Esin Hanım şimdi Asiye teyzenin yanından geliyorum. Ciğerleri iltihap kaplamış. Doktorla konuştum; bir müddet hastanede kalması gerekiyormuş. Eşine ve kızına haber vermedim. Çünkü onların da yapacakları bir şey yok. Duyunca üzülürler diye düşündüm."

"İyi yapmışsınız Nadi Bey! Sizden bir kızın daha avukatlığını üstlenmenizi istesem çok mu ileri gitmiş olurum? Çünkü avukat tutacak parası yok."

"Estağfurullah! Tabi ki isteyebilirsiniz. Eğer beni tanıdıysanız; ben cebimi doldurmaktan çok gönlümü doldurma derdinde olan biriyim. Elimden gelen ne ise yaparım. İsmi nedir bu kızın?"

Hemen kısa cümlelerle Şerife'yi onlara anlattım. Nadi Bey de Arzu da önce çok şaşırdılar. Yönetime baş kaldırmaktan tutuklanmış, inançsız bir kızı savunmasını istemem Nadi Bey'i biraz düşündürdü. Şerife'yi onlara daha da tanıtmam gerekti.

"Şerife çok zeki bir kız. Bu yıl eczacılığın son sınıfında. Eğer hakkında hüküm verilerse okuldan atılabilir. Onun bir an önce okulunu bitirerek işinin başına geçmesi lazım."

Arzu kararsız bir şekilde;

"Esin bu tipleri sen de bilirsin. Hani ne bileyim... Bunların topluma faydasından çok zararı dokunur."

"Arzu zamanında biz de aynı yollardan geçmedik mi? Şerife yanlış yerlerde, yanlış arkadaşlıklar yapmış. Bugün sen, ben elinden tutmazsak yanlışta devam edip gidecek. Ben bir gün onun doğru yolda emin adımlarla ilerleyeceğine inanıyorum. Ona bir omuz desteği de biz verelim."

"Siz böyle diyorsanız ben elimden geleni yaparım Esin Hanım." dedi Nadi Bey. Asiye annenin sağlığının iyiye gittiğini ve Şerife'nin de bir avukatının olacağını bilmek beni mutlu etti.

Görüş saati bitmek üzereydi ama Haluk ve yavrularım hâlâ görünmüyorlardı. Sonra Nadi Bey, biraz da çekingen bir tavırla;

"Haluk abinin bugün çok işi varmış. Çocuklar da şu an onun sorumluluğu altında gözüktüğü için o olmadan getiremedik. Üzgünüm..."

O üzgün, bu üzgün, ben üzgün, çocuklarım üzgün... Acaba Haluk da üzgün müydü? On beş günde bir olan açık görüşe bu defa gelmediği için bir dahaki açık görüş gününe kadar tam bir ay beni görmeden durmayı nasıl göze almıştı? Özlemeyecek miydi? Benim onu özlemeden geçirdiğim bir saatim bile yokken o koskoca bir ayı nasıl geçirecekti?

Ah... Hayatımın anlamı, yürek parçam! Cancağızım! Hangi işlerin çok önemliydi de, beni hayatının ötesine atabildin?

Boynu bükük döndüğüm koğuşta, bu defa mahpusluğumun esareti daha belirgindi. Kendime en kuytu köşeyi bulup ağlamak istiyordum. Sadece ağlamak... Ama yoo, ağlamayacağım. Geçecek bugünler de...

Onlar benim çocuklarım. Kim bu gerçeği değiştirebilir ki? Elbet kavuşacağım onlara. Haluk, benim eşim. Evliyiz biz. Ama ya Haluk bu gerçeği değiştirecekse! Ya buradan çıktığımda ona kavuşamayacaksam!

Canım acıyor, kalbim ağrıyor. Düşünceler yumak oldu, boğazıma düğümlendi. Kimseyle konuşamıyorum. Belki birilerine yaşadığım hezeyanı anlatabilsem, yürek sıkıntım hafifleyecek. Fakat herkes kendi derdiyle öyle çok meşgul ki; beni kim dinleyecek, anlayacak? Susmalıyım...

Yüreğimi yakıp kavuran fırtınalar olsa da içimde, Mekteb-i Yusufîye olan koğuşumda, yeni sürgün filizler bir yanımı mutlu etmeye yetti.

Şerife avukat konusunda biraz nazlanıyor havası sergilese de aslında çok mutlu oldu. Berikova ve Mihare bir saat bile beni yalnız bırakmıyorlar. O çok hoşuma giden Türkçe aksanıyla Berikova

"Allah bana hesap sorsun istemiyor ben. Ama soracaksa ben yanmak istemiyor. Esin yardım et bana! Ben ne yapacak söyle..."

Mihare'nin ise o çok korkak tavırlarıyla; "Demek hepimiz imtihan için yaratıldık. Esin abla söyle bana; ben bu imtihanı nasıl vereceğim?" demeleriyle bütün günlerimiz Kur'an'ı anlamak ve anlatmakla geçmeye başlamıştı. Genellikle bizi uzaktan sessizce dinleyen Şerife'nin varlığıyla da altı-yedi kişilik bir gurup oluşturuyorduk. Mehtap ve ondan korktuğu için yanımıza gelemeyen diğer kadınlar koğuşun öbür tarafında toplanıp kâğıt oyunu oynuyorlar ve göz ucuyla da bizi eleştiriyorlardı.

İnsanın içine bir kere Allah sevgisi düşmeye görsün; inananı da sarar bu ateş inanmayanı da. Berikova'da aşk ateşi yalımlanmaya başladı. Verdiğim kitapları çok kısa sürede okuyup bitiriyordu. O sabah daha ezan okunmamıştı, sıcak bir elin bana dokunmasıyla uyandığımda. Yatağımın ayakucuna oturmuş ağlarken buldum onu. Uyku sersemi çok şaşırdım. Hemen kalktım.

"Hayırdır Berikova! Ne oldu sana? Neden ağlıyorsun?"

"Esin ben çok acı çekiyor!"

"Ne oldu? Anlatsana?"

"Benim kutsal kitapta Allah ikinci, üçüncü kişilerin ağzıyla konuşuyor. Belli ki benim kitaba insan eli karışmış. Ama senin kitap öyle değil. Allah doğrudan kendisi konuşuyor. Ben okudu senin kitabı ve orada Allah sanki bana diyor."

"Doğru söylüyorsun. Kur'an-ı Kerim seni, beni, hepimizi örnek alıyor ve o değiştirilmedi."

"Esin ben, sen gibi yaşamak istiyor."

"Müslüman mı olmak istiyorsun?"

"Evet. Ben senin peygamberi çok sevdi."

Berikova'nın sözleriyle anlatılmaz bir mutluluk yaşadım. Nasıl mutlu olmam ki! Daha dün Allah'a isyan eden bir baş, bugün İslam'ın bağrına sığınmak ve sadece Yaradan'a baş eğmek istiyordu.

Sımsıkı sarıldım ona. Tek tek, Müslümanlığın oyuncak olmadığını, canı sıkılınca ben vazgeçtim dememesi gerektiğini, İslam'ın sorumluluklarını yapması gerektiğini anlattım. Zaten günlerdir okuduğu kitaplardan anlattıklarımı öğrenmişti. O, Berikova değil, Betül'dü artık.

Rabbim sana sonsuz şükürler olsun ki bir kulunun kalbini de İslam'a ısındırdın. Sana sonsuz hamdolsun. Rabbim Betül'ü yeni çıktığı bu yolda yalnız bırakma, anlayışını kuvvetlendir, yüreğini aç...

İçimde incinmiş bir çocuk ağıdı,
Avuç avuç cam kırıkları gözbebeklerimde,
Düşmemek için kendime tutunuyorum.

Şükrü Erbaş

BETÜL'ÜN KALBİYDİ...

Daha öncesi de Rusya'dan Türkiye'ye gayrimeşru yollardan çok kez döviz taşımıştım. O yıllarda bankaların haricinde ülkeye döviz sokmak yasaktı. Ve ben bunu havaalanından, bazen de gümrükten hiç fark ettirmeden yapıyordum. Bu benim işimdi. Yirmi yaşımdan beri bu yollarla birçok ülkeleri dolaştım ve üst düzey adı duyulmuş çok insanlarla dostluğum oldu. Onlar beni çıkarları için kullanıyorlardı. Ben de yüksek meblağlarda paralar kazandığım için bu kullanılmışlığa göz yumuyordum. "Sarı kız Berikova" denildiğinde birçok iş adamı beni tanırdı. Varlıklı bir aileden gelmiyor olmak ve üniversiteyi okumamışlığımın acısını bu yolla hayattan çıkartıyordum. Hristiyan gibi gözüksem de savunduğum belli bir inancım yoktu. Neye inandığımı sorgulayacak kadar kendime bile zaman ayırmıyordum.

Otuz sekiz yaşıma gelmeme rağmen ne bir yuva kurabilmiş, ne de çocuk sahibi olabilmiştim. Zengin iş adamlarının hediye ettiği kürkler pahalı mücevherler arasında mutlu olduğumu zannederek bedenimin zina bataklığında çürüyüşünü seyrediyordum aslında. İnsanların sadece bedenime ve gizlice onlara temin ettiğim dövize vurgun olduklarını ve onların bir saatlik eğlenceleri olduğumdan sonra adımı bile hatırlamadıklarını biliyordum. Mutlu muydum? Buna mutluluk denilirse mutluydum. Mutluymuşum gibi yaşıyordum... Düşüncesizmişim işte...

O güne kadar ömrümde iki kez ağladım. İlkinde cezaevine gireceğimi duyduğum anda. İkincisi ise o geceydi...

Esin net bir insan. O günlerde sebebini henüz bilemediğimi bir sıcaklık duyuyordum onda. Lafı dolandırmadan açıkça söylemesi, benim Türkçe'yi anlama ve kullanma eksikliğime rağmen yine de çok kolay anlamamı sağlıyordu.

Uzun cezaevi gecelerinde yaşamamı sorgulama fırsatım çok oldu. Zaten sahte mutluluklar uğruna kendimi heba ettiğimi anlamam da çok sürmedi. Esin hiç aralıksız okuyordu. Ne okuyordu acaba? Yorulmuyor muydu? Merakımı yenemedim. Onun okuduklarını bende okumak istedim. İslamiyet'i tanıma yolunda adım adım ilerliyordum işte. Kur'an'ı okuduğum o geceyse bir ateş yalazı bütün vücudumu sarıverdi. Daha önceleri de birkaç kez İncil'i okumuştum. Orada Allah, sanki ikinci üçüncü kişilerin ağzıyla konuşuyordu. Söylenildiği gibi belli ki insanlar İncil'de kendi çıkarları uğruna dezenformasyon yapmışlardı. Ama Kur'an öyle değildi. Arada başka kişiler yoktu. Allah doğrudan kullarıyla konuşuyordu.

Yüzyıllar öncesi inen ayetler bana o gece ulaşıyordu. Bu ne saadettir! Bu kadar serkeş bir hayatı yaşarken bile Rabbim bana merhamet ediyor ve temizlenmem için cezaevini, Esin'i bana sebep yapıyordu. Şükürler olsun ki, kul olarak beni muhatap almıştı. Ne de uzun bir geceydi. Her yer karanlık ama bana taze bir aydınlık vuruyordu. Sabahın olmasını bekleyemedim. Zaten bunca yıl cehalette beklememiş miydim? Yetti gayri durmayacağım. Yolum belli, yönüm belli, kıblem belli artık. Gözyaşlarımı dindiremiyorum. Pas tutmuş, hatta kangren olmuş kalbimin irinlerini akıtıyor gözlerim âdeta...

Esin'i uyandırdığımda önce benim hastalandığımı düşünerek çok telaşlandı. Sonra çok sürmedi. O alacakaranlıkta, benim ne aradığımı, ne istediğimi, neden yanına geldiğimi anladı. Gözlerini kapattı, derin derin nefes aldı. Ellerini semaya kaldırdı, Rabbe şükretti ve bana dua etti.

"Benim söylediğimi hem dilinle hem de kalbinle tekrar et." dedi.

"Eşhedü en lâ ilâhe illallah ve eşhedü enne Muhammeden abdühû ve resûlüh..."

Manası: Şehadet ederim ki Allahtan başka ilah yoktur. Hazreti Muhammed (s.a.v) onun kulu ve elçisidir.

Şu an yıllar geçmiş olsa da o günü çok iyi hatırlıyorum. Bu sözleri içim titreyerek, gönlüm coşarak onlarca kez tekrarlamıştım. Her defasında yeniden doğuyor ve kendimi günahsız bir bebek gibi hissediyordum. İşte gerçek mutluluk bu olsa gerekti. Ömrümce ruhumun böyle ferahladığını hiç hatırlamıyorum. Kalbim açılmış, gönlüm kuş gibi uçacak olmuştu. Esin'den utanarak gözyaşlarımı saklamaya çalıştım. Bana sarıldı.

"Bırak da İslam'la yeniden hayat bulan kalbinden coşan gözyaşların aksın. Kendini tutma, ağlayabildiğin kadar ağla. Çünkü ağlamak en içli duadır. Allah sana hidayet nasip etti. Rabbim utandırmasın.

İnşallah ömrün boyunca bu saadeti yüce dinimize bağlı kalarak yaşarsın. Müslümanlığın kutlu ve hayırlı olsun. Şimdi sana Müslüman'a yakışan bir isimle hitap edelim. Bunu ister misin?"

"Evet, ben bunu çok istiyor Esin. Sen isim ver bana." dedim. O yıllarda Türkçeyi çok düzgün kullanamıyordum. Ama Esin benim eksik konuştuğum Türkçe ile beni iyi anlayan kişiydi.

“Bundan sonra senin adın Berikova değil Betül olsun.” dedi.

“Betül çok güzel!”

“Anlamı da çok güzeldir. El değmemiş, tertemiz, namuslu kadın anlamına gelir. Aynı zamanda Meryem validemizin de lakabıdır.”

“İsa annesi Meryem mi?” diye sordum. “Evet, İsa Peygamberin annesinin lakabıdır.” dedi Esin.

Yıllardır kiliselerde gördüğüm o temiz yaradılışlı validemizin lakabını bana isim olarak vermesine çok sevindim. Ama ona gerçekten el değmemişti. Tertemizdi. Ya ben? Bedenime değen onca elden sonra Betül adını hak ediyor muydum? Düşündükçe iyice ağlamalara boğuldum. Ama Esin;

“Bir insan şehadet getirip Müslüman olduktan sonra tertemiz başlar yoluna. Şu an sen de öylesin. Tekrar kendini eski günlerinin esiri yapmadığın müddetçe, sen artık İslam’ın bir neferi, mümine ve Betül’sün.” dedi.

Ben Betül’düm artık...

Paraya, mala, mülke, insanlara eğdiğim başımı o dakikadan sonra sadece Yaratıcı’ma eğdim. Zincirlerimi sürümekten yorulmuş olan bedenim şimdi özgürdü. O günün sabah namazında Rabbe eğilen başımla başladı benim serüvenim... Ve bir daha ne bedenen, nede ruhen kimseye eğilmedi başım. Secdeden gayrı eğildiğimi de gören olmadı. Zaten Allah’a kul olmayı seçtiğim o günden sonra Rab, ona eğilen başımı, çok şükür kimseye eğdirmedi.

***

"Sana bir şiirler olmuş sevdiğim.
Yüzün gözün söz içinde...
Hangi imla kitabına baksam, benden ayrı yazılıyorsun."

KOĞUŞ...

Beş gün sonrası, elinde ilaç poşetiyle Asiye anne koğuşa geri döndü. İlaçlarını alım saatleri, yemesi, içmesi, giyinmesi dâhil Şerife ona gönüllü doktorluk yapıyordu. Bir saniye bile yanından ayrılmıyordu. Koğuştakiler Şerife gibi dik başlı bir kızın Asiye annenin yanında nasılda mülayim, şefkat dolu olduğuna şaşırıyorlardı. İlk önceleri ben de şaşırmıştım ama şimdi biliyordum. Şerife onda kaybettiği annesinin sıcaklığını buluyordu. Çünkü Asiye anne de tıpkı onun kendi annesi gibi tam bir Anadolu kadınıydı. İnsanlara yaranmak ve kendini beğendirmek için uğraşmamış; şivesini, doğallığını, giyimini kimse için değiştirmemiş ve sadece kendisi olmuştu.

Şerife'ye baktıkça insanın hangi yaşta olursa olsun, başını yaslayacak şefkat dolu bir kucağa ihtiyacı olduğunu görüyordum. Asiye anne de, koğuşta ötekileştirilmiş, itelenmiş, örselenmiş olan Şerife'ye, kendi kızı olsa ancak bu kadar kucak açabilirdi. İslamiyet'e göre yaşaması için ona çok dua ediyordu Asiye anne. Biliyorum hiçbir dua boşlukta kalmaz. İnsan yüreğinin en içli bestesi değil midir dua? Allah; "Dualarınız olmasa sizin ne ehemmiyetiz var?" diyordu...

Şerife'nin haberi olmasa da, sessiz sedasız onun için yapılan dualar elbet bir gün meyvesini verecekti. Ben duaya olan güvencimi hiç yitirmedim. Betül'ün Müslüman olması ilk etapta diğer kadınlar tarafından dışlanmasına sebep oldu. Ne ilginç değil mi? Müslüman bir ülkede kendilerine; "Elhamdülillah biz de Müslüman'ız..." diyen insanların, İslam'ı yeni kabul etmiş birini Hristiyanlıktan döndü diye dışlamaları...

Aslında ben en çok tepkiyi Şerife'nin vereceğini sanıyordum. Ama o şaşırmadı, tepki vermedi ve dışlamadı da. Sadece bir ara bana.

"Hacım senin dilin çok kuvvetli. Seni bizim tarafa çeksek, sen bütün dünyayı sosyalist yaparsın. Baksana yılların kaşarlanmış Berikova'sını Müslüman yaptın! Senin dilinde çok iş var." dedi.

"Şerife onu ben Müslüman yapmadım ki, Rabbim nasip etti. Gerçekten yürekten isteyen kullarına Allah o kapıyı açar. Betül'ün de nasibi bu zamanaymış." dedim.

Koğuşta namaz kılanlar olarak Asiye anne ve ben artık yalnız değildik. Betül ile birlikte üç kişi kıbleye dönüyorduk. Bir kaç gün sonrası Mihare de namaza başladı. Onunla birlikte dört kişi olduk. Müthiş bir mutluluktu bu!..

Bir gün ikindi namazına tam yeni başladığı sırada Mehtap, Mihare'nin omzunu dürterek;

"Yürü bir çay koy!" dedi. Ben de;

"Çayı ben hazırlarım. Mihare namaz kılıyor." diye karşılık verdim.

"Ben sana değil, ona diyorum. Bugün temizlik ve yemek sırası onda olduğuna göre çayı da o demleyecek." dedi ve Mihare'yi daha sert bir şekilde dürttü.

Ah Şerife biraz daha sakin olsan belki az hırpalanacaksın. Ama Şerife namaza karşı olsa da, yapılan haksızlığa göz yuman biri değil. Ben çayı koymak için kalktığım anda Şerife'de kükremiş bir aslan gibi yerinden fırladı ve Mihare ile Mehtap'ın arasına girdi. Mihare'yi korurcasına kollarını açarak;

"Kadın namaz kılıyor görmüyor musun? Git çayını kendin koy. Ya da bekle namazı bitince Mihare koysun. Ama ne diye gelip kadının namazını bozmaya çalışıyorsun?" deyince Mehtap alışık olduğumuz o sert tavrıyla;

"İki de bir karşıma çıkıp durma. Bak, demedi deme elimde kalacaksın, gebertirim seni!"

"Kadının namazını bozma dedim diye mi gebertecek-sin? Hadi gebert de görelim!" demesiyle birlikte Mehtap Şerife'nin boğazını bir eliyle sıkıca tuttu ve diğer eliyle de cebinden bir şeyler çıkartıyordu. Çıkarttığı şeyi gördüğüm an elimden çaydanlığı düşürdüm. Sivri uçlu bir falçataydı. Şerife'nin bacağına saplayacağı anda Asiye anne Mehtap'ın elini tuttu. Artık ne denli şiddetli tuttuysa... Birlikte Mihare'nin üzerine düştüler. Mehtap bir tekmeyle Asiye anneyi üzerinden attı ve hızlıca kalkıp Şerife'nin üzerine yürüdü. Mihare ve ben Mehtap'ı tuttuk. Elinden falçatayı aldım zorla. Asılarak yatağına götürdüm. Mehtap deli gibi bağırıyordu. Bir anda ben de sinirime hâkim olamadım ve onu yatağına iterek attım.

"Sus artık. Sus bir kere! Böyle kaba kuvvetle ne kazanacağını sanıyorsun? Bilmiyor musun sen? Toprakları yeşerten gök gürültüleri değil, yağmurlardır. Sen böyle bağırarak sadece insanları korkutabilirsin. Ama gün gelecek sen de takatten düşeceksin ve insanlar o zaman senden korkmayacak ve sözünü dinlemeyecek. İşte o vakit yalnız kalacaksın. Kaba kuvvet yerine daha ılımlı olarak insanların korkmaları yerine seni sevmelerini sağlarsan daha iyi edersin." dedim. Mehtap öfkesini o gün zor yendi. Ama diğer günler ne bana ne de Şerife'ye, hatta koğuştaki diğer kadınlara pek sataşmadı.

Mahkeme gününe daha bir buçuk ay vardı ve günler uzadıkça uzuyordu. Saniyeler gözlerimde bir can oluyor ve ben her saniyede bin can veriyordum. Bu görüş gününü beklemekte çok zarar olmuştu. Çocuklarım ve sevdiğim gelecekti. Ama öyle olmadı. Haluk yalnız geldi. Hakan ve Sümeyye'nin beni görmeye gelecekleri için okulları aksayacağını ve o nedenle onları getirmediğini söyledi. Kübra da hastaymış. Yalnızdı Haluk, ama ben ondan daha yalnızdım. Yavrularım da babaları gibi mi düşünüyorlardı acaba? "Haluk getir onları bana, çocuklarımı görmeye hakkım var." dediğimde Haluk, aylardan sonra ilk defa mahzunlaştı. Başını öne eğdi. Usulca elini ellerime uzattı.

"Affet beni! Affet Esin! Ben senin mutluluğunu çok istiyorum ama beni ne olursun affet." dedi...

Anlayamıyorum. Neden Haluk'u affetmem gerekiyor ki? Niye mahcup bir hâli var? Susuyoruz ikimiz de. Elimi tutan elleri sıcacık ama yüreğinin bana karşı buz gibi olduğunu hissediyordum. Ben ona, gözlerine, gözbebeklerinden yüreğine bakıyorum. Onunsa başı önde, bir suçlu gibi! Kaç dakika öylece kaldık bilmiyorum. Neden sonra daldığı hayal âleminden kendini sıyırıp çekiyor ve yavaş yavaş başını kaldırıp gözlerime bakıyor. Sanki zaman saniyelik duruyor. Uzaklardan gelen acı bir müzik eşliğinde onun gözlerindeki ayrılığı okuyorum. O susuyor, ben susuyorum. Sonra yavaşça ellerimi bırakıyor. Görüşün bittiği an eğilip çantasını eline alıyor. Her zaman yanımda taşıdığım not defterimden bir parça koparıp aklıma ilk gelen Özdemir Asaf'ın o çok sevdiğim bir dizesini yazıyorum;

"Sana bir şiirler olmuş sevdiğim.

Yüzün gözün söz içinde...

Hangi imla kitabına baksam, benden ayrı yazılıyorsun."

Eline verdiğim kâğıdı okuyor ve sanki kulağıma bir şey söyleyecekmiş gibi yaklaşarak başörtümün altındaki saçlarımı kokluyor ve hiçbir şey demeden, arkasına bakmadan salondan çekip gidiyor. Öylece kalakalıyorum ayakta. Tutuklular ve ziyaretçiler görüş salonunu terk ederken bana çarpılıyorlar. Ama ben olduğum yerde çivilendim kaldım... Tutmuyor dizlerim... Yürüyemiyorum. Kalbim pervasızca parçalanıyor, o meşhur giden sevgilinin ardından... Bugün sol yanım kanıyor artık. Üstüm, başım kan revan... Faili meçhul bir cinayete kurban gidiyorum. Aşkmış cinayetimin sebebi ve fail ise çoktan suç mahallini terk etti.

Olay yerinde bir ben; canlı cenaze duruyor! Cinayetimin suçlusu henüz dosyaya işlenmemiş ve ben bile bilmiyorum. Gözlerimde kalmış son bakışlarla bir dizi duygu göçlerindeyim şimdi. Haluk'un ardından bakışlarım bile yaralıydı artık. Yetersiz anlatımlar ve eksik kitap sayfaları gibi yarım, yaralıydı bakışlarım. Herkesin bildiği ve kimselerin anlatamadığı bakışlarımdaydı ayrılığın şifresi. Belli ki içimdeki o aşk müebbet yiyordu. Her dokunuş yasak, her aşk sözcüğü benim için dışlanmıştı artık. Sustum içime gömdüm acılarımı. Anlayanlar anlıyordu ama kimse sormaya cesaret edemiyordu. Ben bile kendime soramıyordum "Affet beni..." cümlesinin mealini...

Bir sonraki görüş gününde gözlerim sadece çocuklarımı aradı. Yârimin gelmeyeceğini biliyordum. Ama çocuklarımı göndermeyecek kadar vicdansız olamazdı. Nadi Bey'e vekâletini vererek çocukları görüşe gönderecekti. Öyle olmalıydı... Sizce de en doğru olan bu değil mi?

Fakat olmadı... Nadi Bey ve Arzu'nun sebebini önceden bildikleri suskunluklarını ben yeni öğrenecektim o an. Haluk'un el yazısıyla mektubu uzattı Nadi Bey.

Esin...

Seninle başlangıçta güzel bir yola beraber girdik. Mutlu da sayılırdık. Ama sen çok değiştin ve ben bu olanları kaldıramıyorum. Çevreme neden senin cezaevinde olduğunu açıklayamamanın sıkıntısını yaşıyorum. Böyle olmasını ben değil, sen istedin. Üzgünüm Esin!.. Yollarımızı ayırmamız gerektiğini düşünüyorum ben. Boşanma dilekçesini imzalarsan sevinirim.

Haluk...

Nasıl bir gidişse bu! Onca yılı da aldın götürdün giderken... Onca yaşanmışlık, onca anıya da senin gidişinle beraber verdik toprağa...

Bedenim amansız zelzelelere tutulmuş gibi titriyor. Gayriihtiyari iki kelime dökülüyor dilimden;

"Haluk... Çocuklarım..."

Arzu hüznüme ortak olmak için sımsıkı ellerimi tutuyor; "Sabırlı ol arkadaşım. Tevekkülü elden bırakma..." diyordu. Nadi Bey elimde tuttuğum kâğıda bakarak konuşmaya başlıyor;

"Bu durumda boşanmayı kabul ederseniz eğer, şu an tutuklu olduğunuz için çocuklarınızın vekâletini size vermezler. Ama yine de bu sizin vereceğiniz bir karar. Ben sizin isteğiniz doğrultusunda mahkeme açacağım."

Ömrüm boyunca ilk kez mahkeme adını tutuklandığımda duymuştum, bir de şimdi duyuyorum. Son iki aydır ne de çok bu kelimeyle yüz göz oluyordum. Elimde buruşturduğum kâğıdın kelimeleri yüreğime tonlarca ağırlık olup oturdu...

"Çocuklarımdan ayrı kalmaya dayanamam ben. Bu yazılanları Haluk'la yüz yüze konuşmak istiyorum. Nadi Bey, söyle ona, bana mektubu değil, kendisi gelsin."

"Iıı... Şey! Ee..."

"Ne oldu Nadi Bey? Açık konuşun lütfen."

"Geçen haftaki görüş gününün akşamı Haluk abi, çocukları da alarak Almanya'ya gitmiş. Sekreterime bu mektubu bırakmış. Ben de Almanya'daki fabrikanın telefonuna ulaştım. Kendisiyle konuştum. Bir daha Türkiye'ye dönmek istemediğini ve kesinlikle boşanmak istediğini söyledi."

"Çocuklarım... Çocuklarım olmadan olmaz..."

"İşte ben de bu yüzden diyorum ya, şimdi boşanmayın diye..."

Koğuşa dönünce, yüzümdeki hüznü kimse görmesin diye hemen tuvalete gittim. Üç parçaya ayrılmış kırık aynadaki gördüğüm yüz benim miydi? Tek yalan söylemeyen dostun aynalar olduğunu o gün anladım. Çünkü ben ağlarken aynalar da ağlıyordu. Dilim lal oldu. Yüreğim lal oldu. Tek konuşan şimdi, gözlerim... Ne sıkıntılarda, acılarda ağlamayan gözlerim şimdi hüznünü, ayrılığın acısını boşaltıyordu... İnsan bir anda her şeyi kaybetmiş olduğu düşüncesine kapılıyor. Hayatta en çok değer verdiğiniz varlıkların avuçlarınızdan kayıp gittiği düşüncesi çok kötü... O anda gözümde hiçbir şeyin ehemmiyeti kalmadı.

Haluk'tan, çocuklarımdan ayrı kalma düşüncesi, yaşamla olan bağımı kopartma noktasına geldiği andı o an. Acaba nasıl dayanacaktım bu acıya? Elim kolum bağlı. Mahpustayım. Gidemiyorum bir yere. Dışarıda olsam, vursam kendimi yollara yollar dikenli olsa da, ayaklarım kanasa da yine de koşsam, gitsem çocuklarımın yanına...

Belki Haluk'un kalbimde yerim yoktu artık. Ama çocuklarım... Onlar bensiz yapamaz. Sümeyye son görüşmemizde nasıl da ağlamıştı. "Sen beni sevmiyorsun anne. Neden beni sevmiyorsun anne? Neden beni bırakıyorsun?" demişti.

Tıpkı altı yıl öncesi onu aldırmaya niyetlendiğim gece de söylediği gibi; "Beni bırakma anne..." diye yalvarmıştı. Altı yaşındaki çocuk ne bilir ki annesinin çaresizliğini. Ya onu bıraktığımı sanıyorsa! Kübra küçücük bir bebek! Annesinden mahrum, başka ellerde mi büyüyecekti. Ah Hakan'ım. Sen daha büyük ve bilinçlisin. "Gitmeyeceğim. Ben annemsiz yapamam." diyemedin mi? Yavrularım ben cezaevinden çıkana kadar bütün düşünceler muamma artık.

Tuvaletten çıkınca kimseyle konuşmadan (zaten konuşacak mecalim de kalmamıştı) yatağıma gittim. Arzu'nun kullanmam için gönderdiği mektup kâğıtlarından üç beşini elime aldım ve Haluk'a yazmaya başladım. Ellerim titriyordu, kalbim sıkışıyor, sanki nefes alamıyordum. Yazdıkça içimdeki yangın daha bir arttı. Benden sıkılmış olabileceğini anlayışıyla karşıladığımı, ama çocuklarım olmadan yapamayacağımı, ancak onları bana gönderirse boşanmayı kabul edeceğimi söyledim. Mektubu Nadi Bey'e gönderdim. Acele posta servisiyle onu Haluk'un Almanya'daki yeni adresine posta etmesini rica ettim.

Yazmanın haricinde hiçbir şey yapmadan beklemek... Allah'ım, ne zor... Rabbim sen benim vekilimsin. Kul darda kalınca, açılan ellere, yapılan dualara; "Yettim kulum, ben yanındayım..." diyen sensin. İmtihanımı kolaylaştır. Beni namerde muhtaç etme. Ben beni bıraktığımda en beni bırakma Rabbim... Âmin...

Haluk'tan cevap gelmeden bir gün, bir gün daha geçiyor... Haftalar yıl olup uzuyor. Gözlerim her açılan demir kapının, bana bir haber getireceğinde mimli duruyor. Beklediğim haber hiç gelmiyor. Çaresizliğin son demlerindeyim. Tufansa tufan işte, ağlıyorum. Ben her gün ona uyanırken meğer o başkalarıyla uyuyormuş.

Öbür taraftan güzel şeyler de olmuyor değil. Şerife ilk duruşmada serbest kaldı. Ondan bir hafta sonrasında Asiye anne evine, kocasına kavuştu.

Sonradan öğrendiğime göre Asiye anneyi cezaevi çıkışında ilk karşılayan Şerife'ymiş. Onu evine götürmüş. O geceyi beraber geçirmişler. Daha sonraki günlerde Şerife sık sık bazen arkadaşlarıyla, bazen de kendi onu ziyarete gitmiş.

Betül, İslam'ı yaşama yolunda çok sağlam ilerliyor. Mihare ise sanki dünya ile bütün bağını koparmışçasına daha dün öğrendiği Kur'an'ı ezberleme yolunda...

Mehtap ve iki yandaşı haricinde koğuşun tüm kadınlarıyla ders yapıyoruz artık. Benim mahkeme günüm geldiğinde namaz kılanlar olarak safımız oldukça çoğalmıştı. Koğuşta sanki daha bir sükûnet vardı. En azından her günkü saçma kavgaların yerini kitap okuma alışkanlığı almıştı. Benim kendi mahkememin yapılacağı tarihten bir hafta öncesi de Haluk'un açtığı boşanma davası vardı. Kendi gelmedi, ben de gitmedim. Onun avukatı "Şiddetli geçimsizlikten dolayı boşanmak ve çocukların velayetini almak istediğini" söylemiş. Nadi Bey ise, benim boşanmak istemediğimi ve cezaevinden çıktıktan sonra bizzat kendimin duruşmaya katılacağımdan, mahkemenin ileriki bir tarihe ertelenmesini istemiş. İki ay sonraki bir tarihe boşanma mahkemem ertelendi. Her şey ne kadar çabuk oluyordu...

Kendimle ilgili olan mahkemede ise, benim tutuksuz yargılanmam ve son kararın çıkacağı güne kadar da yurt dışına çıkış yasağı kararı verilerek beni serbest bıraktılar.

***

Ne zaman kaybedersin elindekini,

O zaman sevmeye başlarsın.

İnsan hayatta iki şeyi sever zaten;
kaybettiklerini ve kazanmak istediklerini

Cezaevi esareti bitirmişti. Özgürdüm. Ama özgürlüğün içinde sevdiğinden, çocuklarından ayrı kalmanın müebbetindeydim. Ne çok hayalimi kurmuştum; özgürlüğüme kavuştuğum gün kapıda beni çocuklarımın ve kocamın karşılamasının...

Onlar yoktu. Üç aydır görüş günlerine gelmeyen, bir mektup bile yazmayan annem ve Nadi Bey ile Arzu bekliyorlardı beni kapıda. Benim suskunluğuma, Arzu'nun sevinci ve annemin isyankâr konuşmaları eşlik ediyordu.

Nadi Bey'in kullandığı arabada gidiyorduk. Gidiyorduk ama nereye? Benim gidecek bir evim var mıydı? Üç ay öncesi bıraktığım sıcacık yuvamda pudra kokulu çocuklarım duruyor muydu? Arzu'nun ve annemin ısrarına rağmen kendi başıma kalmak istedim. Arabadan inerken Nadi Bey elime bir anahtar uzattı; "Esin Hanım, bu evinizin anahtarı..." dedi. Evim... Yalnız başıma yaşayacağım evimin anahtarı. Yıllardır tanıdık olduğum o anahtarı alırken ellerim titredi.

"Nadi Bey, bana Haluk'un numarasını verir misiniz?"

"Ben sadece fabrikanın telefonunu biliyorum." dedi ve bir kâğıt parçasına numarayı yazarken;

"Esin Hanım, haddim olmayarak tekrar hatırlatmak istiyorum; yurt dışına çıkış yasağınız var. Hani şey... Mahkemenin güvenini kaybedecek bir girişimde bulunmayalım."

"Biliyorum Nadi Bey." dedim ve uzattığı telefon numarasını cebime koydum.

Üç ay öncesi gördüğüm bu sokaklar şimdi çok yabancı bana. Sanki koca İstanbul dört kişilikmiş de Haluk ve çocuklarım gidince şimdi bomboş kalmış sokaklar. Eylül'ün tüm güzelliğiyle bıraktığım İstanbul şimdi aralığın yirmi dördünde bir kış yaşıyor. Tıpkı benim gibi. Sokaklar üşüyor. Sokaklardaki kediler, güvercinlerle birlikte ben de üşüyorum. Onlar lapa lapa yağan karın altında doyuracakları azıklarını arıyorlar. Ben de yüreğimi doyuracak yavrularımı arıyorum. Deli gibi içimdeki Haluk ile konuşuyordum; "Yıllar mı seni benden uzaklaştıran yoksa yollar mı? Anlamadım gitti. Bende olmadığın kadar var oldukça, nedir seni benden uzaklaştıran? Sevmenin sadece acı olduğunu bilip, her sabah kendine uyanmayı isteyip, sana uyanmak ne zormuş. Senin gözlerin başkasının gözlerinde boğulurken, gözlerini yollarda beklemek ne zormuş!..Ne zormuş sevmek, ne zormuş. Ne zormuş aşk, ne zormuş... Kendimi vitrinlerde seyrederken, bir aşk tüccarının rafında kalmış alelade bir çerçeve olduğumu anlayamamışım. Ne zormuş insanın sevildiğini sanması. Tırnaklarıyla kazıdığı bir aşkta, tırnak kadar değerinin olmaması..."

Bahariye Caddesi'nden, Eyüp Sultan Bulvarı'na çıkan Sofular Yokuşu'nda, eylülden kalma bir ayakkabı ve pardösüyle buz tutmuş sokakları adımlıyorum. Ayakkabılarımdan içeri sızan karlar, su olup ayaklarımı ıslatıyor. Gözlerimden akan yaşlarsa yanaklarımda donuyor. Köşedeki PTT şubesinden on tane büyük jeton alıyorum ve dışarıdaki telefon kulübesinden Almanya'yı arıyorum. Kalbim yerinden çıkacak gibi. Sanki Haluk hemen telefona bakacak ve "Sevdiğim, yaptığım hataydı. Bekle bizi geliyoruz." diyecek... Yüreğim öyle istiyor...

Çalan telefonu bekledikçe, Haluk'u hâlâ sevdiğim için kendime çok kızdım. Almanca konuşan bir sekreter telefona baktı. Bende İngilizce bilip bilmediğini sordum. Sonra beraber İngilizce konuşmaya başladık. Haluk'u bağlamasını istedim. Sekreter ısrarla kim olduğumu sorunca, ben de adımı söylemek zorunda kaldım. Kadın bir müddet sonra telefonda bana dönerek;

"Haluk Bey şu an yurt dışında, ben notunuz varsa ileteyim." dedi. Ne zaman döneceğini bilmediğini de söyledi. İçimden telefonu kapatmak gelmiyordu. Çünkü hissediyordum; Haluk oradaydı ve benden kaçıyordu.

Ah Haluk... Bu kadarını hak edecek ne yaptım ben? Sekretere önemli bir meseleyi konuşmak için onu yarın tekrar arayacağımı ve kesinlikle telefona bakması gerektiğini söyledim.

Ne yapacaktım şimdi? Yolları, insanları bana yabancı gelen bu koca şehirde, ben bile kendime yabancıydım artık. Bence bir kadına dünyada yaşatılabilecek en büyük acı, çocuklarından ayrılması...

Hangi yöne gittiğimi bilmeden deli gibi dolanıyorum sokaklarda. Her adımımda bastığım karların ezilme sesi, yüreğime işliyor. Yüreğimi eziyorum. Haluk'la son görüşmemizde; "Senin mutluluğunu istiyorum..." demişti. Dediğini de yaptı işte. Benim mutluluğumu alıp götürdü. Şimdi kendisi mutlu mu acaba? Başkalarının mutsuzluğunun üzerine kurulan mutluluklar ne kadar gerçek olabilir ki? Yarım kaldı her şey... Ben yaralı, ben yarımım şimdi...

Bundan sonrasının ne olacağını bilmediğim için paramı idareli kullanmalıyım. O gün hayatımda ilk kez eve gitmek için otobüse bindim. Akşam karanlığı çökmüştü İstanbul'a. Kar olanca güzelliğiyle hâlâ yağıyordu. Anahtarı bende olan, ama içinde benim parçalarım olmayan eve yürüyorum şimdi. Bahçe kapısını açtığımda belli ki üç aydır hiç yerinden kıpırdatılmamış olan, Haluk'un iki yıl öncesi bana aldığı siyah cip hâlâ yerinde. Evin kapısını açarken ellerim titriyor...

Evim, evimiz... Aynı kokusuyla duruyor. Eşyalara sinen çocuklarımın ve Haluk'un kokusu... Benim gibi onlar da küskün, kırgın bekliyorlar. Sokak lambasını aydınlattığı çocuk odasına oturdum. Elim ışığı yakmaya varmadı. Sanki aydınlık olunca yalnız kaldığımı daha çok hissedeceğim. Gözyaşlarıma hâkim olamadım. Yavrularımdan kalan kıyafetlere sarıldım, ağladım...

Hasbun -Allahü ve nim'el -Vekil

Allah'ım Sen'sin vekilim... Bana emanet verdiğin, hediye ettiğin reyhan güllerime beni kavuştur. Sabrımı arttır. Evlat özlemiyle yanlış kararlar verip senin yolundan ayrılanlardan eyleme beni... Âmin...

Abdest almak için banyoya geçtiğimde yeni bir şok daha yaşadım. Haluk'un traş bıçağı, losyonu, kolonyası aynı yerindeydi.

Ya sabır... Ya sabır... Sana sığınıyorum Allah'ım...

Namazdan sonra en güzel dostla buluşmuş olmanın, O'na içimi açmışlığın sıcaklığı yayıldı kalbime. Buz tutmuş sokaklara soğuktan donmuş odalara inat...

Üzerime kalın bir şal almak için elbise dolabını açtım. Yıllar öncesi Haluk, elbise dolabının içinden gizli bir bölmeye ayrılan, dolapla duvar arasında bir kasa yaptırmıştı. O gizli bölmenin üzerinde yine kendi yazısıyla yazdığı "Buradakilerin hepsi senin. Beni affet..." notu duruyordu. Kasayı açtım. O güne kadar bana aldığı tüm mücevherler, oldukça yüklü bir miktar para ve ilk evlendiğimizde benim üzerime yaptığı şu an oturduğum evin tapusu duruyordu. Ben ne yapayım mücevheri, altını? Bana kendisi ve çocuklarım lazımdı. O sinirle kasanın içindeki her şeyi alıp odaya fırlattım. Dolabın önüne yıkılıp kaldım. Gözyaşlarımı ve burnumu silecek kadar bile dermanım yoktu. Orada ne kadar oturdum, ağladım bilmiyorum. Gözüm karyolanın altına gitmiş olan ve o alacakaranlıkta parlayan bir nesneye takıldı, eğilip aldım.

Ah Haluk... Meğer sen ne acımasızmışsın. İçinde 'Esinim' yazan alyansını da bırakmış. Elimde yüzüğünü sıktıkça ona karşı olan o müthiş sevginin yerini öfke aldı. Ağzıma geleni saydım Haluk'a. Soğuk duvarlarda sesim yankılandı.

İçimde Züleyha'dan miras bir yangın.

Ben seni Yusuf sanmıştım...

Hiçbir söz yetmiyor beni bana anlatmaya. Dinleyemiyorum kendimi! Dokunsalar, ağlayacağım bir ömür boyu... Ve değseler hüznüme, döküleceğim parça parça! Bir anlık değil sanki sonsuza kadar boğulacağım bu bilinmezlikte. Oysa ben iyiyim (!) görünürde...

Sabah uyandığımda Hakan'ın yatağındaydım. Ne zaman, nasıl o yatağa gittiğimi hatırlamıyorum. Aylardan sonra ilk defa evimde gözlerimi açıyordum ve her şeyin rüya olmasını istiyordum. Az sonra ben mutfakta kahvaltı hazırlarken çocuklarım bir bir yanıma gelerek, yanağımdan öpecekler ve "Anne hadi çok acıktım, reçelli ekmek yap bana, domates de istiyorum..." gibi cümleler söyleyeceklerdi. Sonra Haluk gelecek mutfağa ve dikeldiği yerden masanın üzerindekilerden atıştıracak telaşla. Sarılacak bana, "Akşam görüşürüz." diyecek. Ben onu kapıdan yolcu edeceğim. Öyle olmalı...

Mutfağa gittim ve saatlerce çocuklarım ile Haluk'un gelmesini bekledim. Gelen yok, sarılan yok ama giden çok...

Başım ellerimin arasında bekledim. Ağlayarak, severek, özleyerek... Öylece gelmelerini bekledim. Duvarlar üstüme üstüme geliyor. Yaradan'ıma duyduğum güven ve teslimiyet olmasa, o anda çıldırabilirdim. Elimi şah damarıma koydum. Yalnız değilim çok şükür...

***

Hayatın uzun bir yolculuk olduğunu söyleyenler

Senin beni ilk durakta indirdiğinden habersiz...

Evlada duyulan özlem kor gibi yakıyordu Esin'in içini. Sanki dünyanın bütün ateşleri içine dolmuştu. Devasa acı ve hasret dalgalarının ucunda bir tüy gibi savruluyordu. Esin acıdan iki büklümdü... Gözünden akan ırmaklar içindeki alevi söndürmeye yetmiyordu. Vurgun yemiş yaralı bir ceylan gibi, köze dönmüş bağrında ayrılık acısını yudumlarken; kor alevle kaplı yüreğini teslimiyet sularıyla serinletti. Peygamberimizi düşündü. Hani küçük oğlu Kasım vefat ettiğindeki metanet ve rıza içinde boyun eğişini; Yüce Kudret'in önünde el pençe divan duruşunu, hamd dolu susuşunu hatırladı. Ciltler dolusu hikmet, sayfalar dolusu ders aldı peygamberimizin örnek hayatından...

Dünya sevgilerinin en lezzetlisi olan evlat sevgisini, Allah üç çocuk vererek tattırdıysa eğer, "Bundan sonrası için de vardır bir hikmeti Rabbimin..." diyerek Allah önünde el pençe divan durması gerektiğini anladı Esin. Varsın ayrılık olsun adı. Hüzünlü olsa da kaygılı olmayacaktı. Tevekkül ve teslimiyet yüklü gönlünde kaderin adaletine saygısı tam olacaktı. Çocuklarına hasretinin buhranları yüreğini dağladıkça, anlıyordu ki bu buhranlar kavuşmanın lezzetini arttırmak içindi...

En güzel sığınak ve koruyucu olan Allah'a emanet etti çocuklarını. "Rabbim kaderime bu ayrılı yazmışsan, senden gelene razıyım. Sabrımı arttır. Hüzünlere ve gözyaşlarına kapılarak sana asi gelen kullardan eyleme beni..." dualarında buluşuyordu çocuklarıyla... Değil mi ki, renkli baharların künhüne karakışın çilesi çekildikten sonra kavuşulur!

Onun kederi saf ve isyansızdı. Artık tevekkülü kuşanmıştı. Usul usul ağladı, derinden hüzünlendi fakat aşırılığa kaçmadı. Musibete sabır ibadetini yaptı. Mümine keder yoktur. Acı büyük olsa da umut hep vardır. Müslüman umutsuz olamaz. Bir anne olarak yüreği ne kadar yansa da isyana yönelip hataya düşmemeliydi. Allah'a güvenmesi gerektiğini biliyordu.

Allah'a güvenmek; kulluk görevini yaptıktan sonra başarıyı Allah'tan beklemek ve insan gücünün yetişemediği şeyleri Yüce Allah'a bırakıp ümitsizliğe ve keder içine düşmemektir. Tevekkülden yoksun olmak büyük bir noksanlıktır. Bir mümin bilir ki, herhangi bir işin elde edilmesi için sadece sebeplerin varlığı yeterli değildir. Allah'ın dilemediği bir iş, hiçbir zaman meydana gelemez. O'nun dilediği bir şeyi de hiç kimse engelleyemez. Bununla beraber tevekkül, sebeplere sarılmaya engel değildir. Yüce Allah olayları birer sebebe bağlamıştır. Bu konuda ilahî kanunlara uymak gerekir. Peygamber Efendimiz, devesini bir şeye bağlamaksızın dışarıda bırakıp kendisinin huzuruna gelen Amr ibni Umeyye'ye şöyle buyurmuştur: "Deveni bağla da tevekkül et." Şimdi Esin'de sebepleri deniyordu bir bir.

Esin'in gözlerini on gün boyunca Haluk'a ulaşmanın yollarını denemek ve düşünmekten gecelerini uyku tutmuyordu. Sonunda kayınpederinden ev telefon numarasını aldı. Büyük bir özlemle aradığı telefonda ilk Hakan'la konuştu.

"Anne sen hiç üzülme. Ben seni bırakmayacağım. Geleceğim yanına." dedi. Sümeyye ise çocuk aklıyla;

"Anne buraya sen de gel. Ben bu Nicole anneyi ve yeni kardeşi istemiyorum. Seni istiyorum." demesiyle Haluk'un telefonu alması bir oldu.

"Kübra şu an uyuyor. Onun sesini sonra duyarsın. Şimdi kapatıyorum."

"Haluk dur, kapatma, konuşmamız gereken şeyler var."

"Konuşacak bir şey yok."

"Haluk çocuklarımı benden kaçıramazsın, ben onların annesiyim."

"Esin, daha fazla uzatma. Çocuklar burada çok iyiler. Sık sık arayarak onların da huzurunu kaçırma!" deyip telefonu kapattı.

Esin elinde telefon öylece kalakaldı. Bedeni odalara sığmıyordu. Çocuklarıyla bile özlem giderememişken, Sümeyye'nin söyledikleri kalbini dağladı. "Daha gideli bir ay oldu. Ne çabuk evlenmiş? Nasıl hemen çocuğu olmuş?" Sorularla geçirdi o geceyi. Nadi Bey'den tüm gerçeği öğrenince pazılın eksik parçalarını tamamladı.

Haluk yaklaşık üç yıl öncesi Almanya'daki iş görüşmelerinin birinde Nicole ile tanışmış ve birlikte yaşamaya başlamışlardı. Nicole genç yaşına rağmen babasından gelen zenginliğiyle Batı Almanya medyasının patronuydu. Haluk'un omuzlarına dökülen saçları, uzun boyu, geniş omuzları ve beyaz teni onu ilk tanıştıklarında çok etkilemişti. Nicole, Haluk'u Nazi askerlerine benzetiyordu. Aradığı tüm niteliklere uyan birisiydi Haluk. Kariyer sahibi, zengin ve yakışıklı!.. Beraberliklerinin ikinci yılında Nisi adında bir de kızları olmuştu. Hani Esin, Kübra'ya hamile olduğunu öğrendiği gün, bunu söylemek için Haluk'u aradığında ortağı Ercan Bey'den onun acilen Almanya'ya gittiğini duymuştu ya; işte o gün Nisi dünyaya gelmişti.

Haluk Almanya dönüşü gerek Nicole ile yaşadığı yasak aşktan ve gerekse Mason locasının baskısından dolayı Esin'den ayrılmayı planladı. Ama Kübra'nın doğacak olması onun planlarını bir müddet daha ertelemesine neden oldu.

Kübra'nın doğumuna kadar geçen sürede Nicole ile birçok anlaşmazlıklar yaşadı. Her tartışmanın sonunda Nicole'nin; "Şimdi karına telefon açıp her şeyi anlatacağım. Seni Alman medyasında çarşaf çarşaf sergileyeceğim. Ünlü iş adamı Haluk Ladin'in ne işler karıştırdığını herkes görecek!" demesi Haluk'u hemen tıstırıyordu. Esin'in aldatıldığı düşüncesine kapılmadan ve çocukları gönüllü ona vererek boşanmayı kabul edeceği bir durum olmalıydı. Çünkü Haluk, Esin'in ona karşı olan "dürüstlük abidesi Haluk" imajının yıkılmasını istemiyor ve bu nedenle de Esin'in bir şeyden dolayı suçluluk duygusu duyarak kendiliğinden boşanmayı istemesini planladı. Bir de Esin'in babasından çekiniyordu. Ama işte o bir şey ne olacaktı? 80 darbesinin olması, sıkıyönetim ilan edilmesi Haluk'un istediği şartların olgunlaşmasını sağladı. Ülkenin karışık durumundan faydalanarak karısını kendi açtığı telefonla güvenlik güçlerine ihbar etti. Tam da düşündüğü gibi Esin'i sorgusuz sualsiz cezaevine koyuvermişlerdi. O cezaevinden çıkmadan boşanmayı hallederse, kanunların da çocuklarını kendisine vereceğinden işleri kolay olacaktı. Ama düşündüğü gibi olmadı. Esin, boşanmayı kabul etmedi. Onun içeriden çıkmasına da az bir zaman kalınca Haluk çareyi çocukları da alarak Almanya'ya kaçmakta buldu.

Aslında bu kaçış onu üzmüyor değildi de. Esin'i seviyordu. Nicole'in hiçbir zaman Esin gibi kendisine saygılı, sadakatli, hoşgörülü olmayacağını biliyordu. En önemlisi de bu dünyada Esin kadar onu kimse sevemezdi. Bunları bile bile onu terk etmek içini çok huzursuz ediyordu. Ama para hırsı ve locanın sağladığı imkânlardan faydalanma isteği onun gözünü kamaştırdı.

Her bir odası banyolu olan 12 odalı, tıpkı bir şato görüntüsü veren yeni evinde Haluk istediği mutluluğu arasa da çocuklarının anne özlemini dindiremiyordu. Hakan yeni okuluna hiç gitmedi. İstanbul'a dönmek ve annesiyle yaşamak istediğini her fırsatta söylüyordu. Evde sık sık Nicole'ya bağırdığı bile oluyordu. Kübra ise bir yaşına girmiş olmasına rağmen ne yürüyor, ne konuşuyor ne de yemek yiyordu. Günden güne eriyen kızını doktora götürdüğünde Haluk şok olacağı bir cümleyle karşılaştı;

"Haluk Bey, çocuğunuzun hiçbir şeyi yok. O sadece annesizlik hastalığına yakalanmış..."

Nicole'nın kendi kızı Nisi iki yaşındaydı ve ona bile annelik yapmıyor ve bakıcıyla büyümesine göz yumuyordu. Şimdi kocasının küçük kızına mı annelik yapacaktı? Haluk ise işe sabah erken gidip akşam geç saatlerde dönüyordu eve. Yeni bir yaşam tarzında annesiz olan çocuk, babasız da olmasının etkisiyle sevgi yoksunluğunu susarak, yemeyerek tepkiliyordu. Sümeyye de ilk başlarda aynıydı. Ama onun ara bir yaşta olması yani Hakan kadar büyük ve bilinci olmadığından, Kübra kadar da küçük ve her ihtiyacını annesinin karşılayacağı yaşta olmadığından, yaşananların ağırlığını bin bir türlü pahalı oyuncaklar ve kıyafetler ile unutabiliyordu. Ablalık moduna girerek kısa zamanda Nisi'yi de sevmiş, koruyup kollar hâle gelmişti. İlk zamanlar sık sık babasına sorduğu "Annem nerede?" sorularına aldığı cevaplar; "Annen sizi istemiyor, sizi terk etti. Artık Nicole annen ve Nisi kardeşinle yaşayacağız." olduğundan, Sümeyye annesine karşı bazen öfke duyar olmuştu.

Haluk tam bir babalık donanımına sahip olmasa da toplumun ona yüklediği babalık misyonunu oynamayı seviyordu. "Koskoca iş adamı Haluk Ladin çocuklarına bakamadı!' dedirtmem ben." diyordu. Ama işte küçük kızı konusunda çaresizdi. Kübra'nın annesizlik hastalığına vitamin ilaçlarından başka tek tedavi annesiydi.

Öbür tarafta Esin çocuklarına kavuşmak için bütün yoları deniyordu. Her gün Haluk'a telgraf çekiyor, bazen de uzun uzun mektuplar yazıyordu. Kocasının ondan habersiz çocuklarını kaçırdığını Alman konsolosluğuna bildirdi. "Hanımefendi dilekçenizi değerlendireceğiz ve hemen Alman makamlarına çocuklarınızın bulunması ile ilgili haber vereceğiz." dediler. Umut işte...

Günlerce konsolosluğun önünde bekleyişi boşa çıktı Esin'in. Hiçbir haber gelmedi. Devlet büyüklerine, cumhurbaşkanına, başbakana mektuplar yazdı. Ankara'ya gidip meclisin girişinde yakalayabildiği milletvekillerinden yardım istedi. Birkaç yayın organına durumunu haber yapmaları için yazı gönderdi. Fakat hiçbir yerden en küçük bir ışık yanmadı. Yurt dışına çıkış yasağı olmasa gidip kendisi bulacak çocuklarını ama o da olmuyor...

Hasret ve çaresizlik birleşince her an ağlayan birisi hâline geldi. Tam umutlarını yitirdiği bir gün kayınpederi kucağında Kübra ile geldi. Haluk ufaklığın biraz iyileşmesi için babasıyla Kübra'yı Esin'e göndermek zorunda kalmıştı. Sarıldı kızına Esin. Diğer yavrularının kokularını da onda aradı. Meğerse küçük çocuk gerçekten annesizlik hastalığına yakalanmış. Bir kaç gün içinde ana kucağı onu iyileştirdi. Düzenli yiyip içen, yürüyen, konuşan bir çocuk oluverdi.

Esin'in dilinde hep aynı dua; "Allah'ım, Sen benim vekilimsin. Derdimi, hüznümü en iyi sen biliyorsun. Beni içinde bulunduğum sıkıntıdan kurtar..."

Kübra'nın gelişinden yirmi gün sonrası bu defa kayınpederinin yanında Hakan vardı. Kübra'nın gidişinden cesaret bulan Hakan İstanbul'a dönme isteğinde daha baskın olmuştu. Bir nevi açlık grevi yaparak babasını cezalandırdı. Haluk ikinci kez Esin'e yenildiğini hissetti. Çocuklarına sunduğu bu kadar çok imkânlara rağmen onlar imkânları tepip gidiyorlardı. Sanki Esin'le aralarında çocuk savaşı vardı ve Esin bu savaşı kazanmak üzereydi! Bu nedenle Haluk üçüncü bir yenilgi istemiyordu. Sümeyye'yi yanında tutmak istedi. Aslında bu Esin'e karşı kazandığı tek galibiyet gibi geldi ona. Hakan'ın ardından Sümeyye de biraz sorun çıkarttı. Ama babasından korktuğu için ve çocuk aklında ortamın güzelliğinden etkilendiği için onun anne isteği çok sürmedi. Tabi bunda Nicole'un payı çok büyük oldu.

On dört yaşındaki genç bir delikanlı olan Hakan'ı başından beri sevmemişti Nicole. Evde de sık sık sorun çıkartınca onu annesine göndermesi gerektiğini zaten ilk Nicole söylemişti Haluk'a... Kübra için ise; bazen bakıcının olmadığı gecelerde, onunla ilgilenmek Nicole'ye kaldığından, küçük bir bebeğe bakmak, kendi kızıyla bile ilgilenmemişken, Kübra'nın altını değiştirmek, kusmuğunu silmek ona göre bir şey değildi. Ama Sümeyye öyle değildi. Altı yaşında her dediğini yapan, suskun, zararsız ve en önemlisi de Nisi'ye abla olan bir çocuktu. Haluk'un da gönlünün olması için Sümeyye'nin onlarla kalmasına göz yumdu Nicole.

Hakan'ın gelişiyle gözyaşları bir zamanlığına sakinledi Esin'in. Ama bu sakinleme ne kadar sürerdi ki? Bir kolu kesikti. Sürekli kan sızdırıyordu. Acıyor, acıtıyordu... Eli-ni nereye atsa diğer elin yokluğu vuruyordu en derinden. Haluk ev telefonu numarasını değiştirdiğinden aylardır kızının sesini duyamıyordu. Hakan konuşmalarıyla teselli ediyordu annesini, sarılıyordu hep ona.

Haluk bir gün telefonda, evini değiştirdiğini bu nedenle ona ve Sümeyye'ye gönderdiği mektupların ona ulaşmayacağını söyledi. Esin yalvardı ama Haluk çok keskin ve kısa konuşuyordu. Hiçbir zaman Sümeyye'yi görmeyeceğini, onları rahat bırakması gerektiğini; Hakan ve Kübra'nın bakımını sağlamak için bankaya her ay belli bir miktar yatıracağını söyledi. Esin, para istemediğini sadece Sümeyye'nin sesini duymak istediğini yalvararak, ağlayarak söyledi. Haluk en sonunda bir posta kutusu numarası verdi. O adrese mektup gönderebileceğini ve kendisinin de o posta kutusundan mektupları alıp Sümeyye'ye vereceğini söyledi.

Esin hiç durmadan mektup yazmaya başladı. Bu arada ikinci boşanma davaları da görüldü. Mahkemede, çocukların üçünün de velayetini verdiği ve Sümeyye'yi de yanına gönderdiği takdirde boşanacağını belirtti Esin. Tabi aldığı talimatlar karşısında Haluk'un avukatı bu teklifi kabul etmedi ve mahkeme bir sonraki tarihe ertelendi.

Esin'in cezaevinden çıktığından beri geçen bir yılda maddi birikimi bitti. Haluk'un Hakan ve Kübra için bankaya düzenli olarak yatırdığı yüklü miktardaki paranın bir kuruşuna bile dokunmadı. O parayı kullanmaya içi el vermiyordu. Çünkü Afrika' daki çocukların ölümü pahasına denenen ilaçlardan kazanılan paranın kendisinin ve çocuklarının boğazından geçmesine gönlü razı değildi. Zaten Peygamber Efendimiz dememiş miydi; "Şüphesiz helal da bellidir, haram da bellidir. Fakat bunlar arasında (helal mi, haram mı olduğu belli olmayan birtakım) şüpheli şeyler vardır. Ben bu konuda size bir örnek vereceğim: Şüphesiz Allah (c.c) (girilmesi yasak olan) bir koru kurmuştur. Biliniz ki, Allah'ın korusu haram kıldığı şeylerdir. Şüphesiz hayvanlarını korunun etrafında otlatan kişi, her an oraya dalabilir ve şüphesiz, şüpheli şeylere dalan kişi de harama her an esir olabilir."(Buhari, İman 39)

Öyle ki; harama asla el uzatılmayacağı gibi, şüpheli olan şeylerden de faydalanılmaması gerekirdi. O nedenle Esin geçimini kendisi sağlamayı istiyordu ama nasıl olacaktı bu?

Kur'an öğrettiği bir bayanın eşi gazete ve adı duyulmuş bir yayınevinin sahibiydi. Kadın, Esin'e kocasının iyi İngilizce bilen birini aradığını söyleyince Esin bu iş teklifini hemen kabul etti. O günün şartlarında İstanbul'da onun kadar iyi İngilizce konuşabilen insan çok azdı. Önce yayınevinde Türkçe'den İngilizce'ye, İngilizce'den Türkçe'ye tercüme edilecek olan kitapların çevirisini üstlendi. Aldığı ücret yüksek olmasa da çocukların masraflarını karşılamaya yetiyordu. En önemlisi de Esin ilk defa kendi alın teriyle kazandığı parayı kullanmanın zevkini tadıyordu. Yayın evinin sahibi onun işini iyi yaptığını görünce müdürü olduğu gazetede günlük yazılar hazırlamasını istedi. Gazeteden de aldığı parayla maddi durumu biraz rahatladı. Sümeyye'ye iki güne bir yazdığı mektupların arasına bir miktar da para koyuyordu. Her mektup ayrı bir hüzündü, gözyaşlarıyla yıkanıyordu yazılanlar.

Öte taraftan hep hüzünlü olsa da Esin'in hayatında güzel şeyler de oluyordu. Öğleden sonraları Kur'an öğrettiği birkaç kadın vardı. Onlarla olan dersi bitince hemen daktilosunun başına geçiyordu. O yıllarda şimdiki gibi bilgisayar, mail vs. yoktu. Gece yarısına kadar yazdığı yazıları sabah erkenden Kübra'yı da yanına alarak yayınevine götürüyordu. İşte böyle bir günde, işten eve döndüğünde kapıda bir not buldu.

"Hacım seni Asiye annenin evine de bekliyorum, gelirsen sevinirim." yazıyordu. Ona "Hacım" diye hitap eden tek kişi Şerife olduğundan, onun beklediğini bildiğinden hemen Asiye anneye gitti. Cezaevinden sonra bir kez daha Şerife'yi Asiye anne de görmüştü. Ama bu defa her zamanki Şerife'den farklı birini gördü. Asi Şerife, Asiye annenin ve Esin'in tüm öğütlerini sessizce dinledi. Düşünceli bir hâli vardı. Yalnız kaldıkları bir sırada Esin'e yaklaşarak, yurt dışında bir iş bulduğunu hemen gitmesi gerektiğini ama pasaport parasının olmadığını, işe başladığında parasını hemen göndereceğini söyleyerek Esin'den para istedi Şerife.

Çalışacağı işin mahiyetini sorsa da cevap alamayan Esin, o gün gazeteden aldığı bütün parasını Şerife'ye verdi. Parayı alan Şerife çok aceleci bir tavırla onlarla vedalaştı ve çıktı. Bu görüşmenin ardından yaklaşık bir hafta sonra bir akşam Esin'in telefonu çaldı. Arayan Şerife'ydi.

"Hacım, Esin abla, ben Şerife. Seni Almanya'dan arıyorum. Birazdan İstanbul uçağına bineceğim. Beni havaalanından alır mısın?"

"Tabi alırım Şerife, yalnız neden ağlıyorsun? Bir sorun mu var?"

"Gelince anlatırım abla."

Esin Üsküdar'dan Atatürk Havaalanı'na gidene kadar Şerife'nin de uçağı gelmişti. Elinde bir kol çantasıyla Şerife koşarak Esin'e sarıldı, ağlıyordu.

"Abla ben ne yaptım böyle!.. Ben ne akılsızmışım, ne düşüncesizmişim..." Temmuz ayının sıcaklığına rağmen Şerife'nin vücudu buz gibiydi, üşüyordu. Esin onu bedeniyle sardı, sıcak bir şeyler içirdi. Şerife biraz sakinleyince her şeyi anlattı. Meğerse yurt dışında iş bulduğu yalanmış. Cezaevinden çıktıktan sonra Toygar'la aynı evde yaşamaya başlamışlar. Evlilik tarihini belirlemişler ve bu tarihten önce Toygar hacı olmak istemiş. Esin bunu duyunca çok şaşırdı.

"Ne yani? Şimdi sen Toygar'la Kâbe'ye mi gittin?"

"Hayır abla, Toygar'ın Kâbe'sine gittik!"

"...?"

"Neden şaşırdın abla? Sana daha önce anlatmıştım Toygar'ın Budist olduğunu. Evlenmeden önce ikimizin de Buda'nın önünde eğilerek evlilik yemini etmemiz gerektiğini söyledi. Ben de kabul ettim. Oralarda parasız Toygar'a mahcup düşmemek için de sana yalan söyleyip para istedim. Buradan önce Moğolistan'a gittik. Orada hacılık için ziyaret edilmesi gereken yerler varmış. Oraları gezerken ilk defa içim huzursuz olmaya başladı. Sonra Tibet'e geçtik. Asiye annenin her görüşmemizde söylediği; "Allah katında hak din İslam'dır. Kim başka din edinirse kendisinden kabul edilmeyecektir." dediği ayet kulağımda çınladı durdu. Yaşadığım huzursuzluğu ve yaptığımızın yanlış olduğunu Toygar'a anlatmaya çalıştım. Çok sert tepki verdi. Buda'ya itaat etmezsem, onun önünde eğilmezsem benimle evlenmeyeceğini söyledi.

Büyük Buda'yı ziyarete gittiğimiz gün daha tapınaktan içeri yeni girmiştik ki deprem oldu. Budist rahipler dâhil Toygar ve herkes dışarı kaçtı. Tapınağın içerisinde bir ben kaldım. Küçük Buda heykelleri yerlere düşüp kırıldı; büyük heykel ise yan devrildi. Dilimde sadece şehadet kelimesi oldu o anda. Büyülenmiş gibiydim. Aklıma senin anlattığın İbrahim (a.s)'ın putları kırışı geldi. Deprem geçince herkes içeri koştu ve yan yatan büyük heykelin önünde secde ettiler. Onlar secde ederken tapınağın etrafında dilenen onlarca insan kırılan heykellerin üzerindeki zümrütleri, elmasları çalıyorlardı. O kadar koşuşturmanın arasında bir bendim olduğu yerde dikili duran. Budist rahipler bir yandan heykelleri topluyor, bir yandan da hırsızları kovmaya çalışıyorlardı. Toygar da bana; "İlahlarımızın mücevheratlarını çalmaya çalışıyorlar. Yardım et, durma öyle!" diye bağırdı. Ben de hiçbir tepki olmayınca omzumdan sarsarak aynı cümleyi tekrar söyledi. Ben de ona; "Küçük bir depremde bile yerinde durmayı başaramayan heykellerden ilah olmaz. Görmüyor musun? Bu taş parçaları sizin korumanıza muhtaç. Kendini koruyamayan, savunamayan şu taş parçaları size ne yapsın?" deyince Toygar çılgına döndü.

"Çabuk Buda'dan af dile, yoksa seni perişan edecek." dedi.

"Yamulduğu yerden doğrulamayan taş parçası, bir de beni mi perişan edecek? Kimseden af dilemeyeceğim!" dedim.

"Dinden çıktın!.." diye bağırdı Toygar.

Abla sen bilirsin ya benim asi yönümü. "Bu benim dinim değil. Sen istediğin kadar şu zavallı taşlara tap; ben, beni Yaradan'a tapacağım bundan sonra. Ben gidiyorum."

dedim. Tabi "Şu zavallı taşlara tap" derken de önümde duran, çatlamış bir Buda heykelinin kafasına tekmeyi savurdum. Heykel benim vurduğum tekmeyle parçalara ayrıldı. Toygar'ın gözleri kocaman oldu. Ben de gülerek;

"Ne mutlu bana! Senin tanrını kırma şerefine ulaştım." dedim ve son hız arkama bile bakmadan kapıya yöneldim. Toygar da hâlâ arkamdan "Buda seni affetmeyecek!" diye bağırıyordu. Eğer orada biraz daha duraklasaydım Toygar ile rahipler kesin beni linç edeceklerdi. Kıyafetlerimi almak için kaldığımız otele bile dönmedim. Doğruca havaalanına gittim. Doğrudan İstanbul'a uçak yoktu. Ben de aktarma yaparak önce Almanya'ya indim, oradan da İstanbul uçağına bindim. İki gündür yollardayım. Uykusuzluk ve yollar beni yormadı da, onca yıllık cehaletimin hesabı beni bitirdi abla. Binlerce yıl öncesi İbrahim (a.s) putları kırmıştı. Sonra benim peygamberim... Benim peygamberim kırdı..."

Son kelimeyi o kadar içten söylüyordu ki Esin onun İslam'la müşerref olduğunu, artık Muhammedî şuurla yaşamak istediğini anladı. Şerife burnunu çeke çeke;

"Abla bilirsin işte, bazen büyük yanlışlar yaparız. Başkasının doğruları ile yaşarız hayatımızı. En değer verdiğimizin karşısında, 'sakınan göze çöp batar' misali yanlış kelimeler kullanır, yanlış cümleler kurarız. Sırf sevdiğimiz kırılmasın diye sevmediğimiz yemekleri yeriz, sevmediğimiz işleri yaparız. Bazen doğru kapı gibi görünen yanlış kapıları çalarız. Bazen yanlış vurgular yapar, kendimizi yanlış ifade ederiz. Eksik yanlarımızı başkası ile tamamlayacağımız yanılgısına kapılırız. Zayıflıklarımızı kimse görmesin diye kendimizi üstün gösterme derdine düşeriz. Bazen, yanlış insanları severiz..."

Esin gülerek; "Demek ki sevmelerin de yanlışı oluyormuş değil mi?" dedi.

"Sevmek hayatında enkazlar yaratıyorsa, ıstıraplar doğuruyorsa, seni kendi merkezinden koparıyorsa, inançlarından uzaklaştırıyorsa, o tarz sevgililer büyük yanlışlardan biri olabilir. Sevda demişiz, kıymet vermişiz, alttan almışız... Meğer yanlışın en dibine çöreklenmişiz. Sahiden de biz yaşamımızın her bir yerinde ne çok yanlış yapmışız... Yani ben yapmışım. Bunu iki gündür çok düşündüm. Sahi abla, neydi benim kendimle zorum?"

***

Gecelerin ıssız sessizliğinde,

Vakur duruşunun iç sesi kendinden bile gizlediği

mahrem sırlarını dile getiriyordu

Şerife yaklaşık bir ay kadar onun evinde kaldı. Şerife'nin değişimine en çok sevinen Asiye anneydi. Her gün onu görmeye geliyordu. Esin kendisinin ve Asiye annenin dualarının karşılığını bulmasına çok sevindi. Şerife'nin eczane açacak kadar parası olmadığından çok işlere başvurdu. Olumlu sonuç alamıyordu hiçbirinden. Bu kadar zeki bir insanın heba edilmemesi gerektiğini düşünen Esin, kocasının eski iş ortağı Ercan Bey ile görüştü. Şerife'nin durumunu anlattı, eczacılığı birincilikle bitirdiğini söyledi.

Ercan Bey inançlı ve iyi bir insandı. Haluk'un ortaklığı bitirmesinden sonra, kendi başına ilaç sanayisinde yer edinmesi zor olmuştu. Çünkü Haluk giderken çok iyi olan iki farmakoluğu da yanında götürdüğünden, ilaç bileşenlerini ayarlayacak bilgili birilerini bulamamıştı. Şerife, Ercan Bey'in yanında işe başladığı ilk günden, işini çok benimsediğinden kısa zamanda laboratuarın başına geçirdi onu Ercan Bey. İlk maaşını aldığında da Asiye annenin evinin alt katındaki boş daireyi kiraladı. Kardeşlerini yanına getirdi.

Betül ile de sık sık mektuplaşıyordu Esin. Onun da cezasının bitmesine birkaç hafta kalmıştı. Esin, bir mektubunda cezası bitince hemen sınır dışı edileceğini, Türkiye'de kalmasının tek şartının Türk vatandaşlığına geçmesi ve bunun için de Türk biriyle evlenmesi gerektiğinden, bunu isteyip istemediğini sordu. Gelen mektup takdire şayandı.

"Abla İstanbul'da kalmak ve sizlerin yanında olmak beni çok mutlu eder. Lakin bu davranışım sadece beni kurtarır. Ben ülkeme, ailemin yanına dönmeliyim. Dinimi onlara da anlatmak istiyorum. Bundan sonraki ömrümü İslam'dan bihaber yaşayan ailemi, çevremi Müslümanlığa davetle geçirmek istiyorum." diye yazıyordu.

Esin mektubu bitirdiğinde gözyaşlarını tutamadı. Daha dün kurumaya yüz tutmuş bir dal, şimdi kökleri yere sağlam yapışan bir ağaç olmuştu. İslam'ın bağrında bir nefer daha çiçek açmıştı.

Yıllar acımadan, acımasızca geçerken üçüncü boşanma duruşmasına taraflardan kimse katılmadığı için dava iptal edildi. Esin'in örgüt elebaşlığından yargılandığı dava ise dördüncü mahkemede; "Hakkında elebaşı olduğunu kanıtlayan hiçbir delil bulunmadığından beraatına karar verildi." denilerek sonlandı. Yurt dışına çıkış yasağı kaldırıldığına göre şimdi kızını bulmaya gidebilirdi. Pasaport, vize işlemleri tamamlanana kadar Esin dayanamayıp Haluk'a mektup yazdı. Sümeyye'yi görmeye geleceğini söyledi. Acele gelen telgrafla yine heyecanı kursağında kaldı Esin'in.

Sümeyye'nin Nicole ile yurt dışına tatile gittiğini, kendisinin de iş görüşmesi için Amerika'ya gideceği yazılıydı telgrafta. Bundan sonraki zamanlarda da Haluk ara ara mektup gönderdi. Hepsinde Sümeyye'nin İngiltere'de, Amerika'da olduğunu bildiren mektuplardı.

Artık ne Esin'in ne de Hakan'ın dayanacak gücü kalmamıştı. Hakan o yıllarda üniversite ikiye gidiyordu. Sınıftan sevdiği bir arkadaşının ailesi de Almanya'daydı. Arkadaşı tatillerde ailesinin yanına gidiyordu. Ondan rica ettiler. Haluk'un fabrika adresini ve eski ev adresini verdiler. İki ay sonra delikanlı onlara dair hiçbir iz bulamadığını bildirdi. Haluk fabrikayı başka bir şehre taşımıştı. Yeni adresi de kimse bilmiyordu. Eski oturdukları semtte Sümeyye'yi tanıyan hiç kimse çıkmadı.

Mektup gönderdiği bir posta kutusu adresinden başka Sümeyye'ye ulaşacak bütün yollar kapanmış mıydı? Şimdi nasıl bulacaktı onu? Ya bir daha hiç göremezse... Esin, yorgun, acılı, hüzünlü... Kuzucuğunun bir tanesi yanında olmayan bir anne...

Son zamanlardaki mektuplarında yalvararak; "Haluk, bir kez Sümeyye'nin sesini duyur bana..." diye defalarca yazıyordu. İnsafa mı geldi Haluk nedir bilinmez. Bir gün çalan telefonun ucunda Sümeyye vardı.

Esin, ardı arkası kesilmeyen özlem, sevgi sözcüklerini sıralarken Sümeyye; evet, hayır, bilmem ki, gibi kelimelerle cevap verdi. Annesinin onu bıraktığını düşündüğü için ne sorguluyor, ne de doğru düzgün konuşuyordu. Susuyordu sadece. Şimdilerde arada bir de olsa sesini duyabildiği için seviniyordu Esin.

Yıllar Esin'in saçlarına aklar, yüzüne derin çizgiler yerleştirirken Sümeyye de on yedi yaşında bir genç kız olmuştu. Genç kızdı ama edepten, duygudan, sevgiden yoksun bir kızdı. Telefonda Esin'e 'anne' demediği gibi sadece 'Esin' diye adıyla hitap ediyordu. Yüreği paramparça olsa da Esin buna razıydı. Çünkü onun sesini duyabiliyordu. Ama geçenki telefonlarında Sümeyye sert çıkarak;

"Bana Sümeyye deyip durma! Babam ve arkadaşlarım çocukluğumdan beri bana Suzi diyorlar. Benim adım Suzi..."

"Suzi de ne oluyor kızım? Ben sana Sümeyye adını verdim. Hz. Sümeyye gibi inançlı, güçlü bir kadın ol diye."

"Ben o eski ismi sevmiyorum. Bundan sonra bana Suzi diye hitap edeceksen konuşmaya devam edelim." dedi.

Esin'in hiç değişmeden dilinde hep aynı dua; ***Hasbun -Allahü ve nim'el –Vekil.*** İnsan öz kimliğinden utanır mı? Çocuklar suçlu doğmaz. Toplum onu suça alıştırır. Sümeyye de suçsuz. Yaşadığı ortam gereğince dilinden, dininden, vatanından ve isminden utanır hâle gelmiş. Başından beri Türk kültürünü, İslami yaşamı sevmeyen babanın elinde, bir kız çocuğu ancak bu kadar olabiliyor demek ki...

"Gel kızım. İstanbul'a gel. Ya da yerini söyle ben geleyim yanına. Seni çok özledim. Bu ayrılık bitsin artık..

Ben böyle olmasını istemedim kızım... Hepimiz, kaderimizin bize biçtiği rolleri oynuyoruz. Ama büyüdün artık. Her şeyi anlayabilecek yaştasın. Gel Sümeyye'm, ne olursun gel de seni bir kez göreyim."

"Suzi diyorum, benim adım Suzi!"

Yıllar... Yıllar hiç kolay geçmedi... Esin bu ayrılık yıllarında sabır ile durulmuş, şükür ile toparlanmasını bilmişti. Kendisine odaklanan erkeklerin kem gözlerinden beden dilini lal keserek kurtuldu. Yaşadığı bütün acılar güçlü bir kadın, koruyucu bir anne şahsiyetinde görünüm verse de ona, içinde kimselerin görmediği, keşfedemediği kocaman bir dağ vardı sanki. Gecelerin ıssız sessizliğinde, vakur duruşunun iç sesi kendinden bile gizlediği mahrem sırlarını dile getiriyordu. Gelecek ne getirirdi bilen yoktu ama o Rab'den Sümeyye'sini ve bazen de eşini istiyordu. Haluk'un ona dönmesini istediği anlarda hasreti daha bir büyüyordu. Her yer avuç içi kadar dar geliyor, ne yana dönse kocaman bir boşluk çıkıyordu karşısına. Dönsün istiyordu ama Yaradan'a yâr olmayan bir Haluk da istemiyordu. Dualar dilinde zikir oluyordu. "Rabbim, ona da hidayet nasip eyle. Ondaki aşk sıradan sevgiler üstüne kurulu, ucuz bir alış veriş mezadı. Aşk-ı hakiki'yi tattır ona Rabbim!.." diye dua ediyordu.

Dönüp duran devranda, dünün gerçekleri bugüne taşınırken garip hâllerle karşılaşıyordu. Bütün bu oluşlar içerisinde yaşadığı terk edilmişlik her durakta karşısındaydı. Ruhunda dinmeyen yarım kalmışlık hissi hep bir yanını acıtıyordu. Sonunu tam kestiremediği soluksuz bir bekleyiş içindeydi. Bazı gecelerde o his daha da derinleşir, ürpertici bir hal alırdı. Sözün çattığı yerde suskunluk elbisesini giymişti Esin. O elbisenin içinde hiçbir dünyalığın düzeltemeyeceği hayal kırıklıkları, kalp buruklukları, ihtimamla derlenip toparlanmış, susturulmuş, yarım bırakılmış kadınlık hâlleri vardı. Balmumuyla sıkıca mühürlenmiş bir mektup asılıydı Esin'in içinde. Esin, nice yarayla kapatılmış mektubun kendisiydi aslında...

***

Ya Rabbi!
Yüreğimdeki boşluğu sevdiğin baki şeylerle doldur.
Ben ne koydumsa çürüdü gitti

Kayınpederimin, yani Haluk'un babasının ölüm haberi çok çabuk duyuldu her tarafta. Seksen bir yaşında olmasına rağmen çok dinç bir adamdı. Ama üç yıldır kalp problemleri yaşıyordu. Son zamanlarda biricik oğlunun işlerinin bozulması onun da sinirlerinin yıpranmasına ve kalp krizi geçirerek hayatını kaybetmesine neden oldu. Esin haberi duyunca çocuklarıyla cenazeye katıldı. Ne de olsa evliliğin ilk kuruluşunda maddi açıdan çok desteği olmuştu ve çocuklar onun torunlarıydı.

Acaba Haluk Sümeyye'yi de getirecek mi, diye gözleri hep onu aradı Esin'in. Sümeyye de torunuydu, o da gelmeliydi! Fakat Haluk kızına bile haber vermeden hatta yeni gelin Nicole'yı da yanına almadan geldi. Esin on yıldan sonra ilk defa kocasını görüyordu. Haluk'un onu görmemesi için kalabalığın en arkasına geçti. Küçük bir çocukken Almanya'dan gönderdiği Hakan şimdi koca adam olmuş ve babasının yanında saf tutuyordu. Esin uzaktan ikisini seyretti. Fizikleri, yüz hatları ne de çok birbirine benziyordu. Cenaze mezarlığa gidince Esin, Hakan'a babasını yalnız bırakmamasını, dedesine son görevlerini yapmasını tembihledi. Kendisi de Kübra'yla eve döndü.

Geceye kadar Haluk gözünün önünden hiç gitmedi. Ne de olsa o, onun kocasıydı, sevdiğiydi. Yıllardır küllendiğini zannettiği aşk acısı, ayrılık yarası yeniden depreşti. Kadınlığın verdiği kıskançlık duygusu yakasını bırakmadı. "Ah Haluk, şimdi sana başka kadınlar mı dokunuyor? Hani beni çok seviyordun? Hiç bırakmayacaktın? Aynı sözleri şimdi o kadına mı söylüyorsun? Yalancısın sen... Her rüzgârdan faydalanıyorsun. Bakalım bu rüzgârlar seni nereye götürecek? Bir dönsen, en güzel yerinde biten o rüya yeniden yaşanır istersen. Olur mu? Hayır olmaz, sana yeniden aldanamam. Dönme Haluk, bana dönme... Sen beni hak etmedin..." Kendi kendine konuştukça rahatlamak yerine, daha bir özlem doldu Esin.

Bundan sonraki bir ay boyunca da mecnun gibi oldu. Eski günlerin hasreti, yaşanmışlıkların hayali... Toparlayamıyordu kendini. O gün yine Haluk'u gördü rüyasında. Kahvaltıyı hazırlarken hâlâ gördüğü rüyanın etkisindeydi. Kendi kendine;

"Aklımdan çıkmıyorsun, aklım çıkıyor, sen çıkmıyorsun. Olmuyor işte... Bugün yine seni özlerken yakaladım kendimi. Demek ki içimde hâlâ sana rastlayan duraklar var. Takvimler değişti, hasret yine aynı... Oysa ikimiz de aynı şeyi düşünüyoruz, ben seni, sen kendini! Bazı günler hiç aklıma gelmiyorsun. İşte o günler iyiyim. Ama bugün o günlerden biri değil. Anlaşılan yarın yine devam edeceğim gözlerinden... Dudağımın kenarında kabuk bağlamayan yara gibi oldun. Azıcık gülsem kan, hiç gülmesem koca bir hüzünsün. Canımın içi, çok acıyorsun, acıtıyorsun..."

Sessiz konuşması sürdükçe gözleri doldu Esin'in. İki damla yaş hazırladığı kahvaltı tabağına düştü. Gerçekten Haluk, Esin'in aklını bir aydır çok meşgul etmişti. Duygulara gem vurulmaz deniliyor ya; ama bazen de vurulması gerekiyor. Esin'in de bunu anlaması çok sürmedi. Öğleyin zile basıldı. Gelen Haluk'un tek kız kardeşiydi. Yani görümcesi... Esin onu severdi, ara sıra da görüşürlerdi. O gün görümce çok öfkeliydi. Babasının ölümünden hemen sonra mirasın çoğunu, Haluk işlerini düzeltmek bahanesiyle kendi üzerine geçirmişti. Buna sinirlenen kız kardeş, abisinden öfkesini çıkarmak istiyordu.

"Yenge, senin bilmediğin şeyler var. Yıllar öncesi senin cezaevine girmene sebep olacak o ihbarı abim yaptı. Sana yaptığı o haksızlıkları şimdi bana yapıyor." dedi.

Esin'i en çok acıtan gerçek bu oldu. "Demek ki her şeyi çok önceden planlamış. Beni ihbar edeceğin o telefona ellerin nasıl gitti Haluk? Hainsin, yalancısın... Keşke gözümden binlerce yaş düşseydi de, sen düşmeseydin..." Daha birçok şey söyledi durdu kendi kendine...

Hakan eve geldiğinde halası da kalkmak üzereydi. Ayaküstü hala yeğen biraz sohbet ettiler. Halanın kapıdan çıkışıyla Esin olduğu yere yığıldı kaldı. Konuşmuyordu. Hakan annesinin babasına dair yeni şeyler duyduğunu anladı. Ne kadar üstelese de Esin bir şey demedi. Çünkü ne olursa olsun Hakan'ın babasına karşı kindar bir tutum içinde olmasını istemiyordu. Hakan bir şeyler olduğunu sezinledi ama annesini konuşturamadı. Belki Sümeyye'nin sesini duymak ona iyi gelir düşüncesiyle kardeşini aradı. Esin her zaman ki gibi korkak ve heyecan doluydu. Aslında şu an ona tek iyi gelecek şey Sümeyye'nin sesiydi. Ama olmadı. Sümeyye abisine; "Şimdi müsait değilim." diyerek telefonu kapattı. Görümcesinden duyduklarından sonra kızı da konuşmak istemeyince Esin'in acısı şimdi daha bir katmerlendi.

Hakan'ın odasına geçmesiyle Esin de mutfağa geçip bugüne kadar yüzlerce kez baktığı, çoğu siyah beyaz eski fotoğrafları tekrardan incelemeye koyuldu. Bazılarının yanlarına iliştirdiği notlardaki hüzün hâlâ aynı sıcaklığıyla yüreğini deldi okudukça...

Hani o gelincik tarlasındaki çekilen son fotoğraf vardı ya, onu aldı eline. Sümeyye'nin coşkuyla koşuşunu seyretti bir kez daha.

"Olur da gelmezsen;
Bil ki ben seni hep bekleyeceğim.
Ölür de karşılaşamazsak;
Bil ki seni çok sevdim, hep seveceğim.
Canım kızım..."

Yazdı ve fotoğrafın kenarına yapıştırdı. Baktı, ağladı. Ağladıkça özlemi daha da arttı. Fotoğraflar mutlu günlerin yalan olan tanıkları olmuştu sanki.

O günlere gitti tekrar...

Hakan akşama kadar sık sık çaktırmadan annesini gözlemledi. Hiç iyi görünmeyen annesinin geceleyin de yatak odası yerine Sümeyye'nin yatağında yattığını görünce, gece boyunca birçok plan yaptı. Diğer gün Hakan okula gitmedi. Öğleyine doğru yanına iki arkadaşını da alarak eve geldi. Ellerinde boya kovaları vardı. Esin neler olduğunu anlamaya çalışırken kapıya bir kamyonet geldi. Hakan;

"Anne şu an bu evin erkeği benim ve ben yatak odasını değiştirmeye karar verdim. Eşyaları ihtiyaç sahibi bir aileye göndereceğim. Sonra da arkadaşlarımla yatak odasını boyayacağız." dedi. Esin razı olmadı ama oğluna da direnemedi. Haluk'la beraber beğenerek aldıkları eşyaların evden gidişini izlerken gözlerinden iki damla yaş süzüldü. Hakan gece yarısına kadar arkadaşlarıyla odayı boyadı. Sabah olunca da annesiyle beraber ucuz ama şık bir yatak odası takımı almaya gittiler.

***

Ve kar taneleri gibi yaşıyoruz şu sıra.

Birbirimize değmeden ayrı ayrı eriyerek...

HALUK'UN DİLİNDEN...

Gecenin olanca soğuğu çöreklendi bedenime. Doğduğum, büyüdüğüm bu şehre ne kadar da yabancıyım şimdi. Karlar altında kalmış köpek yavruları gibiyim. Üşüyorum. Gidecek hiçbir yerim olmadığı için on yıldan sonra bu kapının önünde olmaktan utanıyorum. Fakat peşimdeki o canilerin beni burada aramak akıllarına gelmez. Esin'e ne diyeceğim şimdi? Çocukları özledim de geldim desem; "Bunca yıl hiç özlemedin de şimdi mi özledin?" derse... Ama başka çarem yok... En iyisi kendimle konuşmayı bırakmalıyım. Olacakları görmekten başka çarem yok. Yıllardan sonra elim ilk kez o zile dokundu. Titriyordum. Üşümekten midir, yediğim dayaktan mıdır, yoksa kapıda beni kimin, nasıl karşılayacağının korkusundan mıdır, bilmiyorum. Ama çok titriyordum.

Zilin çalmasıyla birlikte Kübra kapıyı açtı. Utancımdan hiçbir şey konuşamadım. Çocuk bana baktı, ben ona baktım... Ne kadar da büyümüş benim küçük kızım. Dilim tutuldu. "Kızım!.." diyemedim ona. Baktım sadece... Sonra Hakan geldi. Ben kapı eşiğinde, onlar içeride durduk bir müddet öylece...

"Baba!.. Baba ne oldu sana?"

Oğlumun aldığı terbiye de payım olmasa da yine de gurur duydum onunla. Hemen koluma girdi.

"Gel içeri, tutun bana." dedi. Onun yardımıyla içeri girdim. Eğilip ayakkabımın bağlarını çözdü.

"Kübra babama terlik getir." dedi. Kübra olduğu yerde hiç kıpırdamadan duruyordu. İlk defa beni gören kızımın hayallerini süsleyen kahraman baba kavramından çok uzak olduğumu onun bana bakışıyla anladım. Hakan ona bağırarak tekrar seslenince onun sesini duyan Esin mutfaktan geldi. Aslında şu anki perişan hâlimi görmesini istediğim en son kişi Esin'di. Üç beş saniye bana baktı. Hâlimden iyi olmadığımı anladı. Hakan beni salona taşırken, o da sessizce arkamızda yürüdü. Verdikleri battaniyeyi vücuduma iyice doladım. İliklerime kadar üşüyordum. Benimle tek konuşan Hakan'dı.

"Üşüyor musun baba? Tamam, şimdi ısınacaksın. Şu yüzündeki yaraları bir temizleyelim sonra da sıcak bir çorba içersin. İnşallah bir şeyin kalamaz. Konuşmak için yorma kendini. Tamam, sakin ol, sonra anlatırsın..." diyordu.

Neden her yerimin yara bere içinde olduğunu, niye bu eve geldiğimi sorgulamadan sadece sıcak kelimelerle beni ısıtmaya çalışıyordu oğlum. Esin ve Kübra salon kapısının önünde dikelmiş, hiç konuşmadan bakıyorlardı. Onlarla göz göze gelmediğim hâlde, bana acıyan bakışlarla baktıklarını düşünüyordum. Hakan ıslanan çoraplarımı çıkarttı ve Kübra'ya;

"Kübra koş, benim çekmecemden bir çift çorap getir." dedi. Kübra ile işte o anda göz göze geldik. Düşmanca bakışlarını hiç korkmadan gözlerime doğrulttu. Böyle bakmakta haklıydı. Ona hiç kızamadım. Kübra da tıpkı Sümeyye gibi annesine benziyor. Yıllardır Sümeyye'ye her baktığımda Esin'i görürdüm. Mimikleri, göz çukurları, alın ve burun yapıları tıpkı Esin'di. Meğer benim küçük kızım da annesinin kopyasıymış. İki kızım var; aynı annelerinin güzelliğinden. Ben onun güzelliğini seyre dalmışken Kübra hınçlı bir ses tonuyla;

"Bunca yıl bizim de ayaklarımız çok üşüdü. Bu adam bizi hiç düşündü mü? Şimdi ben bu adama çorap falan getirmem." deyince ortalıkta derin bir sessizlik oldu. Üşüyen ayaklarımı kıvırıp battaniyenin altına soktum. Hakan, kızgınca Kübra'ya bakıyordu. Utancımdan öleceğimi zannettim o an. Kızım haklıydı. On yaşında olmasına rağmen bana olan öfkesini çok güzel dillendirmişti. O an Esin'in sesini duydum.

"Kübra saygılı ol, bu adam dediğin senin baban..." dedi ve salondan çıktı. Bir iki dakika içinde de elinde Hakan'a ait çorap ve pijamayla döndü.

"Oğlum al bunları. Babana yardım et üzerini değiştirsin. Sonra da pamuk ve batikonla yaralarını pansuman et. Ben mutfaktayım. Bir şeye ihtiyacın olursa seslen." dedi. Esin beni muhatap alarak değil, Hakan'ı muhatap alarak konuştu. Ama onun tavrından biraz olsun içim rahatlamıştı. Gece yarısına kadar Esin'i bir daha görmedim. Hakan annesinin yaptığı çorbayı getirdi. Bu bol nane kokulu çorbanın tadını meğerse ne çok özlemişim. Esin'in yemek yapmaktaki ustalığını hiç kimseye değişmem. Gerçekten tam benim damak tadıma göre yapardı her şeyi. Şimdi de aynı olmuş. Ben çorbayı içerken Hakan da koltuğa çarşafı serdi. Sonra da;

"Baba şimdi neler olduğunu anlatır mısın?" dedi.

"Bir şey yok oğlum. Üsküdar'da işlerim vardı. Ama kaza geçirdim. Bu karda hastaneye gidecek hâlim yoktu. Burası yakın olunca geldim." dedim. Hakan en az benim kadar zeki bir genç. Dediğime inanmadı ama tekrardan da beni sorgulamadı.

"Tamam baba. Şimdi yat, dinlen. İstersen sabah konuşuruz." dedi. Ellerim ve bütün kemiklerim yediğim dayağın acısını çekiyorlardı. Ne hâllere düştüm, nasıl bu noktaya geldim, aklım almıyordu. Peşimdeki adamların istediği parayı nereden bulacaktım? "Esin'in evine geleceğimi akıl edemezler. Sümeyye'yi de saklamakla iyi yaptım. Nisi'yi de Nicole'nin babası gayet iyi korur. Büyük ihtimalle adamlar Hakan ve Kübra diye iki çocuğum olduğunu da bilmiyorlardır. Yunanistan'a gidene kadar burada saklanabilirsem, bu işten kurtulurum." diye düşünürken odamın kapısı tıklatıldı. Bu Esin olmalıydı. Çünkü aşina olduğum el hassasiyetiyle kapı vuruldu.

"Gel..."

Düşündüğüm gibi Esin'di kapıdaki. Vücudunun yarısı içeride diğer yarısı kapının kanadının arkasında kalarak elindeki krem ve iki hapı hemen yanındaki masaya koydu. Loş ışığın aydınlattığı odada Esin'in yanaklarının al al oluşunu gördüm. Tedirgin, çekingen ama hâlâ âşık bir hâli varmış gibi geldi bana.

"Buraya iki ağrı kesici koydum, kremi de yaralarına sürersin." dedi ve hemen kapıyı çekti. Kapı tam kapanacağı anda;

"Esin..." deyiverdim.

Bir iki saniye duraksadı, sonra duymamış gibi yaparak kapıyı kapattı, gitti. O an bir sığıntı gibi kaldığım bu evde ona ismiyle seslendiğim için hayıflandım. Neden öyle davrandığımı bilmiyorum. Ne yani seslendim diye, onca yıl onu terk edişimi, yıllardır Sümeyye'yi göstermeyişimi unutarak yanıma mı gelecekti?

Esin, Nicole gibi değil. Karakteri çok sağlam bir kadın... Tek başına onca acılara, yalnızlıklara, ihanetlere göğüs gerdi. Yıkılmadı, yılmadı. Bana bütün söylediklerinde haklı olduğunu artık anlıyorum. Gözümü para hırsı bürümemiş olsaydı şimdi bu hâllerde olmayacaktım. Karanlıkta, dışarıdaki rüzgârın savurduğu kar tanelerinin cama çarpan sesi, beni geçmişe götürdü.

Şimdi yattığım bu koltukta daha önceleri Esin ile otururur, yağan karı seyrederdik. Yaptığı sıcak çikolatalarımızı içerken o bana küçük bir çocuğa anlatır gibi İslam'ın güzelliklerini anlatırdı. Sonra; "Evimize haram katmayalım canım. Haram yemek, kalbi katılaştırır. Hem haram kazanç geldiği gibi aynı şekilde harama gider. İnsana bir faydası olmaz." derdi. Söyledikleri gerçekten de doğruymuş. Binlerce insanın canlarını düşünmeden, üzerlerinde deney yapılmasına göz yumdum. İthal ettiğim otuz yedi ilacın on dördünü Dünya Sağlık Örgütü (WHO) ölümcül bulduğundan yasaklanmasına rağmen, ben yine de gizli gizli o ilaçları ürettim. Esin'in dediği haram kazanç buydu herhâlde. Ne kadar cahilim bu konularda... Daha nereden para kazandığımın dinî hükmünü bile ayırt edemiyorum. Velhasıl, kazandığım onca para, kurduğum fabrika, yok yola eridi gitti. Bu evi Esin ile beraber beğenip almıştık. Gerçi Esin evin bulunduğu yeri çok sevmişti ama altı odalı diye biraz da hoşuna gitmemişti.

"Küçük olsun ki seni her saniye bulabileyim. Tek tek odaları aramayayım, gözümün önünde ol..." derdi. Şu an gözünün önündeyim ama başını çevirip bir kez bana bakmadı bile. Belli ki unutmuş artık. Keşke unutmasaydı, beni hâlâ seviyor olsaydı. Çünkü ben onu hiç unutmadım. Bırak Esin'in yerini doldurmayı, onun yokluğunda kendimi oyalamayı bile başaramadım.

Nicole, önceleri benim için sadece bir kaçamaktı ama hamile kalınca işler çığırından çıktı. Bebeği de aldırmadı. O günlerde kafam çok karışıktı. Esin'i kaybetmek istemiyordum. Nisi'nin doğması ve Loca'nın üzerimdeki baskısını her geçen gün daha da arttırınca çareyi onu içeri attırmakta buldum. Nicole'nin, Esin'in boşluğunu asla dolduramayacağını biliyordum.

Esin bana ölümüne sadık.

Nicole param olduğunca sadık!

Esin çok seven; Nicole kariyer sahibi bir erkeği seven, kariyer bitince de çekip gidebilen bir kadın.

Esin edepli, Nicole edep yoksunu...

Esin tam bir kadın; Nicole para ve kariyer uğruna analığını, kadınlığını unutup erkekleşen kadınlardan...

Esin inandığı dava uğruna canı pahasına mücadele eden; Nicole kendi menfaatine olmayan hiçbir şeyi davası kabul etmeyen...

Esin Afrika'daki çocukları düşünecek kadar merhametli; Nicole kendi kızına bile annelik yapmaktan çok uzak...

Daha ne sayayım... Kabul ediyorum, hataydı Esin'e karşı yaptıklarım. Şu an geri dönüşü olmayan bir yoldayım. Canımı kurtarma derdindeyim...

Esin'im, vaktinde senin giyimin beni en ağır küfürlere tahrik ederken, yüzündeki o iplemez gülüşlerin ve bana özel notların benim gelmişimi geçmişimi tamir ediyordu aslında... Şimdi bana ait ne varsa hepsi seni korkutuyor. Sana ait ne varsa hiçbiri benim değil. Anlaşılan bundan sonra sende boğulup kendi içimde öleceğim... Peki ya senin için öldüm mü ben Esin? Ölüler değerlidir. Ölmüş olsaydım değer verirdin. Demek ki ölmemişim. Hâlâ sende varsam, seni yeniden kazanabilir miyim ki? Ne kadar da çok yakışıyordu dudaklarına, benim için ettiğin dualar. Şimdi de dualarına katıyor musun beni? Adımı söyle bari bir anlamım olsun yanında.

Ah Esin... Yüzüm yok yüzüne bakmaya. Oysaki yaşadıklarımı sadece sen anlarsın, dinlersin. Ama ben yaptığım hataları sana nasıl anlatırım?

"Ben sana demiştim, bunların hepsinin olacağını. Hak ettin sen!.." dersen! Demekte de haklısın. Fakat seni unutmadığımı, Nicole'de hep seni aradığımı bir bilsen... Biliyorum inanmazsın bana... Kısılıyor gözlerim, kaçarı yok mutsuzum. Seni çok özledim. Senden kaçtığımda ben hayattan kaçtım aslında. Sen yoktun, dostum yoktu. Bir arkadaşım, bir eşim, bir sevgilim, bir sırdaşım yoktu. Bir kişinin yokluğu tüm insanların varlığını da anlamsızlaştırıyormuş. Ben senden gidince anladım. Senden gittiğimde övgüler, uyarılar, sözler, yakınmalar ve dualar yetim kaldı bende...

Onca zamana rağmen ve olanlardan sonra beni bekliyor, seviyor olduğuna kendimi inandırmaya çalışarak sana haksızlık ediyorum. Ama hep aklıma geliyordun. Bak görüyor musun senin de gidecek bir yerin yok herhâlde... Ah, benimkisi kendimi kandırmaktan başka bir şey değil. Esin... Esin'im ben ne yollardan, yıllardan geçtim. Gittim bir kere, yüzüm olmadığı için dönemedim.

İki ömür değil, iki ayrı ve büyük yalnızlıktır yaşadığımız. Şimdi her şey başka renge büründü. Vernikli eşyalar, vernikli yüzler ama altından sırıtan bir ben ve bir sen var. Yalan üstüne yalan, oyun üstüne oyun... Bakıyorum da, her şey bir yerde anlamsız ve boş. Tek gerçek olan senin yokluğuna kendimi mahkûm edişim... Sen benim öznesi olmayan sevgimdin. Sevgilimdin...

Ah, senden uzaktayken kendi içimle daha az yüzleşiyordum. Belki de gelmemeliydim buraya. Seni görünce on yıldır kabuk bağlamayan yaralarım yeniden depreşti. Ama bilmek istiyorum toprak kokulu sevdiğim; bensiz renklerin mavi miydi senin? Bilmek istiyorum Esin; yüreğin bir başkasına pembe baktı mı? Söyle ömrümün en güzel yanı, söyle de bileyim; yüzüne başka gözler değdi mi? Söyle Esin'im, söyle de bileyim; gönlün kaydı mı başkasına? Söyle de bileyim; sen nasıl acıların üstesinden geldin? Bilmem lazım, bilmem... Çünkü ben senden gittikten sonra tüm sokaklarım kan revandı...

Hak etmiyorum seni, biliyorum. Ama yine de...

Yine de istiyorum...

***

Tek başımayım ama yalnız değilim.

İkisi aynı şey değil...

Sen ayırt edemiyorsun.

Aynı çatı altında, dört farklı odada sabaha kadar uyumayan dört insan... Kübra babasına öfkesini dillendiriyor kendi içinde. Hakan, annesiyle babasını tekrar birleştirmenin yollarını arıyor. Esin, Haluk'un eve gelişinin bir kaza sonucu değil de, daha ciddi bir sorundan kaynaklandığını ve bu sorunun ne olduğunu düşünüyor. Haluk'un ise çoktan yediği dayağı unutmuş ve eski günlerin hatıraları gözünde canlandığı için uyku tutmuyor.

Sabah Esin kendilerine mutfağa; Haluk'a da bir tepsiyle kahvaltı hazırladı. Hakan'a tepsiyi babasına götürmesini söyledi. Hakan tepsiyi eline aldığında Haluk mutfağa geldi.

"Ben de burada sizinle kahvaltı yapabilir miyim?" dedi.

Bu soruya annelerinin cevap vermesi gerektiğini düşünen iki çocuk sustu. Esin, Hakan'ın elindeki tepsiyi geri aldı ve hiçbir şey konuşmadan masaya bir bardak, bir tabak, çatal, kaşık ekledi. Belli ki Haluk'a onlarla kahvaltı yapması için izin vermişti. Yemekte dillerin suskunluğunu Hakan bozdu. Çok eskiden, ailenin birlikte olduğu günlerdeki, Sümeyye ile kendisinin şu an ki oturdukları mutfak masasında yoğurt tabağını paylaşamadıkları için yaptıkları kavgayı muzip bir şekilde anlattı. Kavganın sonunda kazanan Sümeyye'ydi. Küçücük başıyla yoğurt tabağını Hakan'ın başına geçirmişti. O günün güzelliği akıllarda canlanınca Kübra hariç üçü birden gayriihtiyari güldüler. Haluk kaş altından saniyelik Esin'in gülüşünü seyretti. Dün akşamki gibi hâlâ yanakları al aldı. Kübra elindeki çay bardağını sertçe masaya vurarak üçünün de gülmesini bir anda kesti.

"Benim ne ablamla, ne de bu adamla ortak hiçbir anım olmadığı için, üzgünüm size katılamıyorum." dedi.

Bir dakikalık süren sıcak aile yuvasını, soğuk ve sert bir rüzgâr kaplayıverdi. Başlar öne doğru düştü. Kahvaltı mı yapılıyor, zehir mi yeniliyordu, belli değildi. Kübra odasına gidince Hakan babasıyla konuşmaya devam etti. Esin sadece onları dinliyordu. Kapının güm güm vurmasıyla; "Acaba bu kadar erkenden gelen kim ki?" diye Hakan şaşırıp kapıyı açmaya giderken Esin'in yüreği ağzına geldi. Hissediyordu o kapının dışındakilerin Haluk için geldiklerini. Bir Haluk'a baktı bir de oğluna. Göz göze geldikleri o anda Esin, Haluk'un gözlerindeki korkuyu gördü. Her hâlini çok iyi bildiği o adam, korkudan ölecek gibiydi.

"Oğlum dur, kapıyı açma!" diye seslendiyse de Esin, oğlu onu duymadı. İçeri bir anda üç tane iri yarı adam girdi.

"Haluk nerede lan, nerede o üçkâğıtçı?" diye bağırıyorlardı. Oturduğu yerden kalkan Haluk'u yakasından tutup boğazını sıkmaya başladı birisi. Bir diğeri çıkarttığı silahı kafasına doğrulttu.

"Seni bulamayacağımızı mı sandın? Hangi deliğe gidersen buluruz. Yarın akşama kadar dediğimiz parayı vereceksin yoksa kızlarını ölmüş bil!" dedi silahı tutan.

Hakan; "Ne oluyor ya, eşkıya mısınız siz? Bırakın babamı!" diyerek adamların üzerine yürüdü. Geride duran üçüncü adam, Hakan'ı iki yumruk darbesiyle yere indirdi. Esin hemen oğluna sarıldı. Adamlar işin ciddiyetini anlatmak istercesine Haluk'u dövüyorlardı. Masa yere devrildi. Haluk duvar dibinde gelen tekmelerden kendini korumaya çalışıyordu.

Kübra sesleri duyunca odasından geldi. Çok korkmuştu. Ama o korkuya rağmen, hemen babasının yanına koştu. Sarıldı ona.

"Baba... Vurmayın babama!.." diye bağırdı ve koşarak yerdeki babasına sarıldı. Adamların üçü de küçük kıza döndüler. Esin bu defa Kübra'nın kolundan asılıp kendine doğru çekti.

"Bak hele! Senin bayağı bir geniş ailen varmış. Biz iki kızın var derken, bir oğul bir kız daha çıktı. E artık yarın akşama kadar parayı getirmezsen, dördünün de ölümünü seyredersin." dedi. Bir tekme daha vurdular ve evden çıkıp gittiler. Dünden beri kocasının adını bile ağzına almayan Esin, suskunluğunu bozdu.

"Neler oluyor Haluk? Bu adamları buraya kadar getiren meselenin başından sonuna kadar hepsini bilmek istiyorum. Yalansız ve tane tane anlatacaksın!" dedi. Haluk içindeki kendi kendine konuşması bitene kadar bir müddet sustu.

Ne diyeceğini, nerden başlayacağını bilemedi. Ama içinin sıkıntısını, yaralarının acısını tek Esin'in anlayacağını biliyordu. İki çocuk ve karısı onun ağzından çıkacak kelimeleri bekliyorlardı. "Eğer bana bir şey olursa Nisi dâhil tüm çocuklarıma en iyi sahip çıkacak kişi Esin. Her şeyi bilmeli..." diyerek içinden, derin bir nefes aldı ve olanları anlattı.

"İşlerim çok iyiydi. İlaç sanayinde güvenilir bir konumum olduğu için her ülkenin gümrük kapılarından ilaç dolu tırlarım hiç kontrol edilmeden geçiyordu. Bazı çevreler bu durumu çok iyi bildiklerinden bana bir şey teklif ettiler." Haluk sustu... Gerisini getirmedi.

"Sana ne teklif ettiler Haluk? Teklif eden o adamlar eskiden üyesi olduğun gruptanlar mı?"

Haluk, Esin'in sorusuna en uygun cevabı vermeyi planlıyordu. Çünkü karısının tepkisinden korkuyordu.

"Eee... Şey... Tam olarak onlar değil. Onların ortak iş yaptıkları adamlardan birisi!"

"Peki teklif ettikleri iş neydi?"

"Uyuşturucu..."

Odadakiler sustu. Esin ve Hakan bunun olmasının nasıl mümkün olduğunu düşünürken, Kübra babasının söylediklerini anlamaya çalışıyordu. Haluk ise onların, özellikle Esin'in vereceği tepkiden çekindiğinden tedirgindi. Ama anlatmaya devam etti.

"Gümrükten tırlar rahatça geçtiği için, ilaç kolilerinin arasına kendilerinin birkaç kolisini koymamı teklif ettiler. Kabul etmedim. Tehdit etmeye başladılar. Bu işin karşılığında verecekleri para da çok yüksekti. İşlerinin bozulduğu bir sıra, tehditlerinden de korktuğumdan, tekliflerini kabul ettim. Ben bu işin bir defalığına olduğunu zannetmiştim. Ama sonra ardı arkası kesilmedi. Dört ay öncesi Rusya'ya gönderdiğim ilaç tırı gümrükte kontrole takıldı ve uyuşturucular yakalandı. Hakkımda uyuşturucu ticareti yaptığım gerekçesiyle dava açıldı. Adamlarla bir anlaşma yaptık. Onlar tır şoförünün uyuşturucuyu kendi adına taşıdığını söylemesini ve olayı üstlenmesini sağladılar. Ama benim de yakalanan mallarının parasını ödememi istediler. Söyledikleri miktar çok fazlaydı. Fabrikanın hisselerini sattım, yarısından çoğunu ödedim. Fakat onlar kalanını faizi ile "Borcun şu kadar oldu." diyerek ilk ödediğimin iki katını istediler. Vermeyince de fabrikayı yağmaladılar. Bütün makineleri kullanılmaz hâle getirdiler. Geçen ayda okuldan Nisi'yi alıp kaçırdılar. Nicole'nin verdiği para ile Nisi'yi geri aldım."

Esin'in yüreği yangın yeri oldu.

"Şu an Sümeyye nerede?" diye sordu.

"Onu merak etme. Bu olaylar ilk başladığında güvendiğim bir dostumun yanına gönderdim. Suzi'nin izini bulacaklarını sanmam."

"Seni bulanlar onu da bulur."

Esin'in gözleri doldu.

"Senden istedikleri para şu an ne kadar?"

"Onlar için miktarın önemi yok. İstedikleri parayı versem bile, yine, yeniden isteyecekler. Onları doyurmamın imkânı yok."

Bu defa Hakan söze karıştı.

"Peki şimdi ne yapmayı düşünüyorsun baba ?"

"Yarın gece Yunanistan'a gidecek bir tekneye arkadaşım gizlice beni bindirecek. Orada izimi kaybettireceğim. Adamlar beni bulamayınca zamanla peşimi bırakacaklardır."

"Ya bırakmazlarsa Haluk? Diyelim ki sen kaçtın, kayboldun. Ya gerideki dört çocuğuna ulaşamayacaklarını mı düşünüyorsun? Onlar ne olacak?"

Haluk verecek cevap bulamadı. Bir müddet sessizliğin hâkim olduğu odaya Esin ses verdi.

"Adamlara verecek kadar paran var mı?"

"Yok. Ben iflas ettim."

"İstedikleri parayı onlara verecek olsaydın nerede buluşacaktın?"

"Bana bir numara verdiler o numaradan ulaşacaktım."

"Numarayı söyler misin?"

"0216 .... Sen bu numarayı ne yapacaksın?"

"Hiç... Sadece merak ettim."

Esin yatak odasına geçti. Karyolanın kenarına oturdu. Dudağının içini ısırıyor, ellerini ovuşturuyordu. "Bir çare olmalı..." diye bulacağı çareyi düşünüyordu. Haluk kaçacaktı. Ama geride Hakan, Sümeyye, Kübra ve hatta Nisi'nin hayatları söz konusuydu. Sessizce Arzu'yu aradı. Kısaca olanları anlattı. Sonra Nadi Bey'i istedi telefona. Onunla uzun uzun konuştular. Ardından elbise dolabının içindeki gizli kasayı açtı. İçindeki bütün mücevheratı, Haluk'un alyansı hariç hepsini bir çantaya doldurdu. Üzerini giyindi. Kimseye bir şey çaktırmamak içinde yayınevine yazdıklarını teslim edecekmiş gibi eline birkaç kâğıt aldı. Salona girdi.

"Benim bu evrakları yayınevine vermem lazım. Hemen dönerim. Sizde evden çıkmayın. Gelince tekrar konuşuruz." dedi. Hakan annesinin aceleciliğinden bir şeyler sezinlemiş gibi merdivenlerde arkasından yetişti.

"Anne yayınevine ben gideyim."

"Hayır oğlum. Sen evde babanla ve kardeşinle kal. Babanın hiçbir şekilde evden ayrılmasına izin verme."

Hakan şaşırsa da annesine karşı gelemedi. Esin, ilk gözbebeğini de yanında götürerek tehlikeye atmak istemedi. Koşar adım sokağın köşesine geldi. Kararlaştırdıkları gibi Nadi Bey ve Arzu onu oradan arabayla aldılar. Beraber bankaya gittiler. Haluk'un yıllardır gönderdiği ve onun hiç dokunmadığı Markları hesaptan çektiler. Sonra da eski dostları olan ama son yıllarda görüşmedikleri mücevherciye gittiler. Esin yanındaki tüm mücevherleri satarak paraya çevirdi. Artık tek mesele adamlarla buluşmak kalmıştı. Nadi Bey verilen numarayı aradı ve Üsküdar sahilindeki halkın yoğun olduğu bir parkta buluşmaya onları ikna etti. Parkın oldukça uzağında arabadan indiler. Arzu her şeyi kaydetmek için yanına aldığı kamerayla buluşma noktasını iyi görebileceği bir yere gizlendi. Hazırda bekliyordu.

Esin ve Nadi Bey parkın ortasında adamları beklemeye başladılar. Zaten çok da sürmedi onların gelişi. Siyah bir araba yanlarına yanaştı ve içinden sabah eve gelen adamların ikisi indi.

"Haluk nerede?"

"Kendisi gelmedi. Parayı bizimle gönderdi."

"Parayı görelim."

Nadi Bey elindeki çantanın kapağını araladı. Adamlar gördükleri miktara pek sevinmeseler de ellerini hemen çantaya uzattıklarında Nadi Bey, çantayı kapatıp kendine çekti. Cebinden çıkarttığı bir antlaşma kâğıdını adamlara uzattı.

Kâğıtta Nadi Bey'in Haluk Ladin'in avukatı olduğu, onun bu adamlara olan borcunu tarih, gün ve saat belirterek ödediğini ve bu kâğıdında paranın ödendiğine dair delil teşkil ettiğini ve her iki tarafında imzalaması gerektiği yazılıydı. Adamlar kâğıdı okudular, biraz alaycı bir gülümsemeyle bunun mümkün olmadığını, imzalamayacaklarını söylediler. Esin sinirli sesiyle;

"Bu kâğıdı imzalamazsanız, parayı da alamazsınız."

"Biz buradaki paradan daha fazlasını Haluk'tan alırız."

"Bulursanız alırsınız!"

"Ne o! Haluk şerefsizi kaçtı mı yine? Nereye kaçsa buluruz onu!"

"Belki kaçtı, belki öldü. Başına ne geldiğini bilmiyorsunuz. Ama bundan sonra onunla işiniz yok."

"İntihar mı etti?"

Nadi Bey araya girdi ve avukatlığını konuşturdu.

"Bakın size son kez söylüyoruz. Bu parayı aldınız, aldınız. Almazsanız bir daha para da yok, Haluk Ladin de yok."

Adamlardan biri elinde tuttuğu antlaşma kâğıdıyla, az ilerideki arabaya gitti. Patronuna kâğıdı verdi ve olanları anlattı. Pis pis sırıtarak imzalanmış antlaşma kâğıdıyla geri döndü. Nadi Bey, kâğıdı inceledikten sonra cebine koyup parayı onlara uzattı.

"O kâğıdın hiçbir anlamı yok. Haluk'a söyleyin bu iş burada bitmeyecek."

Nadi Bey kendinden emin sesiyle;

"Sizin için bu anlaşmanın önemi olmayabilir. Ama kanunlar için çok önemli. Ayrıca anlaşmayı yaptığımız kamera görüntüleriyle delillendirildi."

"Vay!.. Siz düşündüğümüzden de zekiymişsiniz." derken adam gözleriyle parkın dört bir tarafını taradı. Arzu öyle güzel gizlenmişti ki onu göremediler. Para dolu çantayı alıp arabaya bindiler, gittiler. Onların gidişiyle üç eski dost derin bir nefes aldı. İstanbul'un bir parkında, kendisi için çırpınan bir eş ve iki eski dostun ne yaptığından habersiz olan Haluk evde, Yunanistan'a kaçışının planını kuruyordu. Kübra sabahki gördüğü olayların korkusundan yorgun düşmüş bedenini uykuya teslim ederken Hakan, aklı annesinde bir şekilde ders çalışmaya çalışıyordu.

Ortalığın sessizliği Haluk'a maziyle ilgili anlamlar yüklüyordu. Bir müddet yattığı yerden odayı seyretti. Her şey on yıl öncesi onun bıraktığı gibiydi. Biraz yıpranmış olsalar da krem rengi, küçük papatya desenli koltuklar, duvarda tablolar ve yerdeki halı aynıydı. Hiçbir şeyi değiştirmediğine göre, Esin hâlâ onu seviyor muydu? İçine esen eski günlerin özlemiyle Haluk yerinden kalktı, diğer odaları görmeye, hâlâ kendisinin beklenip beklenmediğini anlamaya çalıştı. Salonun bitişiğindeki yıllar öncesi Sümeyye'ye ait olan odanın kapısını araladı. Gördüğü manzara karşısındaki yaşadığı şok, midesine yumruk yemiş gibi bir his verdi ona. On yıl öncesi, bir gece yarısı Almanya'ya gitmek için uykusundan uyandırıp yola çıkardığı Sümeyye'nin odası, hâlâ o günkü gibiydi. Hiçbir şeyin yeri değiştirilmemişti. Belli ki bu odanın duvarları bile boyanmamıştı.

Çünkü o yıllarda Sümeyye Fil Suresi'ni öğrenirken, daha akılda kalıcı olsun diye, yatağının dayandığı duvara; ortada Kâbe, etrafını saran fil sürüsü ve üzerinde ebabil kuşları olan bir resmi kendisi çizmişti. Resim, zamanın hışmına rağmen, onu çizen elleri bekliyordu hâlâ. Sümeyye'nin her gece sarılıp yattığı ve o gece evden ayrılırken yanına almayı unuttuğu bebeği de yatağın üzerinde onun sarılışına hasret duruyordu. Oda hâlâ Sümeyye kokuyordu. Kim bilir kaç gece Esin bu odada sabahlamıştı... Bir ananın evladına olan düşkünlüğünü Haluk ilk defa o anda anladı. Hâlâ özlemle kızını bekliyordu karısı.

"Sana ne çok acı çektirdim ben Esin! Nasıl dayandın sen bu hasrete? Bu benim için bir savaştı, meğerse kazanan senmişsin. Kızımızı senden kaçırarak, gönderdiğin mektupları ona vermeyerek, senden nefret etmesini sağlayarak aslında onu hem annesizliğe, hem de babasızlığa mahkûm ettim. Ah Esin, beni affedebilecek misin?" Haluk belki de ilk defa kendisi ile yüzleşiyordu. Aklına Nisi geldi. Esin çocukları için bu kadar çok çırpınırken Nicole'nin Nisi ile hiç ilgilenmediği gözünde canlandı. Haluk, Nicole ile ayrı yaşamaya başladığı zamandan beri kızını da çok göremiyordu. Aslında Nicole de Nisi'yi haftada bir görüyordu. Nicole'nin babasının evinde kalan küçük kız aile kavramından, sıcak bir yuvadan, inançtan, sevgiden yoksun kendi başına büyüyordu âdeta. Özenle Sümeyye'yi bekleyen bir oda ve serkeş bir hayat yaşamaya terk edilmiş Nisi! İkisi yan yana ne de çok uzak duruyordu. İçi o odanın hasret yüklü sesini dinlemeye daha fazla dayanmadı. Çıktı. Sümeyye'nin odasının tam karşısındaki odada aynı mıydı? Onu bekliyor muydu? Çekinerek ve sessizce kapıyı açtı. Evdeki her şeyin yerli yerinde olmasına rağmen, yatak odasının baştan aşağı değiştiğini görmek...

Duvarların rengi dâhil, hiçbir şeyde eskinin en ufak bir izi dahi yoktu. Karyolanın kenarında duran koltuğa oturdu, ellerini başının arasına aldı. "Demek ki beni tümüyle silmişsin hayatından, bana ait bir şey koymamışsın yüreğinde. Oysa senin beni hep seveceğini sanıyordum."

Eski günleri, onu cezaevinde eli kolu bağlı bırakıp gittiğini, yalvaran telefonlarına, mektuplarına cevap vermeyişini düşündü Haluk.

"Esin çok haklı. Ne yapmasını bekliyordum ki? Kaçak gibi geldiğim bu evde, her şeyi unutup kollarını açarak mı beni karşılayacaktı? Belli ki beni silmiş artık."

Esin tarafından unutulduğunu düşünmek acıttı onu. Elini masanın üzerinde duran daktiloda gezdirdi. Daktilonun ağzına sıkıştırılmış olan birkaç cümle yazıyı okudu.

"Gülümse ve uzaklaş. Çünkü anlayamazsın.

Bu kopan fırtınayı Yusuf'un yüreğinde...

Koyu bir çaresizlik,

Yalnızlık Züleyha'nın menekşe büyüyen gözlerinde...

Nereden bileceksin sen!

Kayalara tutunan devlerin birer birer vurulup öldüğünü...

Boğulmamak için içimi çekiyorum."

Acaba bu yazı ona mı yazılmıştı? Eskiden kendisine çok güzel notlar yazar, hayatının bir köşesine iliştirirdi Esin. Ama o yazılar bunun gibi hüzün çığlıklarına eşlik etmiyordu. Haluk kâğıdı daktilodan çıkarttı. Katlayıp cebine koydu. Elbise dolabını açtı. Artık kendisine ait hiçbir kıyafetinin olmadığı dolapta Esin'in kıyafetlerine dokundu. Beyaz kazağı alarak kokladı. Elleri titriyordu. Kim bilir hangi pişmanlık evresindeydi ki, Hakan'ın odanın kapısında ona baktığını çok sonra fark etti. Hırsızlık anında yakalanmış hırsız gibi birden olay yerinden kaçmak istedi. Oğlunun yanına gelmesiyle kaçamadı.

Ve gayriihtiyari, "Annen bu odayı değiştirmiş." dedi.

Hakan ne diyeceğini bilemedi. "Normaldir." der gibi gülümseyerek başını salladı. Aslında babasının onlara geri dönmesini çok istiyordu. Ama onun şıpsevdi olduğunu, her çiçekten bal alan arı gibi, gördüğü kadının peşinden koştuğunu bildiği için, babası dönerse annesinin tekrardan üzüleceğini düşünerek sustu. Defalarca içinden; "Dön baba bize! Annem bu odayı sen gelirsin diye, hiç değiştirmedi. Ben değiştirdim. O seni hep bekledi..." dedi sustu. Dillendiremedi düşündüklerini.

Evin giriş kapısına sokulan anahtar sesini duyduklarında, bu defa iki hırsızmışçasına yatak odasının kapısına koştular. Fakat Esin kapıyı açmıştı ve baba ile oğulu yatak odasının kapısında görmüştü bile. Birbirlerine baktılar.

Hakan "Ee! Anne! Hoş geldin. Biz de seni bekliyorduk. Çok geç kaldın." diyerek güya babasının onun odasını girdiğini sakladı. Abisinin sesine uyanan Kübra geldi koridora. Annesi dış kapı tarafında, babasının yatak odası kapısının önünde olmasına kızan küçük kız, abisine; "Babamın, annemin odasına girmesine neden izin verdin?" der gibi kızarak baktı.

Esin, sabahki "Yayınevine vereceğim." diyerek yanında götürdüğü kâğıtları komidinin üzerine koydu. Hakan'a bakarak;

"Çocuklar bizim babanızla konuşmamız gereken şeyler var. Bize biraz zaman verin. Hakan, sen hadi bir çay hazırla. Kübra sen de abine yardım et."

Esin salona girerken peşi sıra Haluk da girdi ve kapıyı kapattılar. Esin işi duygusallığa götürmeden çantasından çıkarttığı videokasetini ve antlaşma kâğıdını uzatarak;

"O adamlar inşallah senden bir daha para istemeyecekler. Bunlar da istemeyeceklerinin kanıtı. Eğer tekrar sıkıntı yaparlarsa bunlarla mahkemeye başvurabilirsin."

Haluk uzatılan kâğıt ve kaseti aldı. Ne olduğunu, karısının ne demek istediğini ancak antlaşma kâğıdını okuyunca anladı. Bu nasıl bir vefaydı? Nasıl bir fedakârlıktı? Utandı Haluk, eridi, yok oldu sanki.

"Artık kaçmana gerek yok. Evine ve çocuğuna dön. Benim yavrumu da bana gönder. Git artık Haluk."

Haluk suskundu. Ama içinden kopan bir kıyamet vardı.

"Benim gidecek bir evim yok. Benim bekleyenim de yok. Görüyorum ki sen de yoksun. Nereye gideyim ben Esin? Aç kapılarını bana. Aç yüreğini bana. Kalıvereyim hayatının bundan sonrasında. Görmüyor musun? Ziyandayım, bitmişim... Yaralarımı bir tek sen sararsın. Git, deme bana... Kal, de... Kal, de... Beni bir tek sen anlarsın, sen adam edersin. Yüreğin çok büyük senin! İstersen on yılı silebilirsin. Uçurumun kenarındayım Esin. Git, deme bana... Gidişim uçuruma olacak. Yüreğinin bir köşesini açıver. Sarıp sarlama. Yeniden yetiştir beni. Çocuklarına verdiğin edepten bana da ver. Öğret ki ben de adam olayım. Baba olayım. Yeter ki git deme bana..."

Haluk'un başı önde, kendi iç sesiyle konuşması sürerken, Esin yeniden;

"Bunca yıl kızımdan ayrı kaldığımın vebalini ödemek istiyorsan, Sümeyye'yi bana gönder."

Esin sustu, Haluk sustu. Tüm sesler sustu, zaman durdu. Kim bilir içlerde ne fırtınalar kopuyordu... Ne kadar susuldu. Öylece ne kadar duruldu, bilinmez.

"Esin... Esin beni unuttun mu?" dedi Haluk. Cevap alamayınca sorusunu yeniledi.

"Beni unuttun mu?"

Ses yok Esin'den. Ama cevabını içinden veriyordu o.

"Hayır, unutmadım! Yokmuşsun gibi davranıyorum."

"Esin, lütfen konuş! Yoksa hayatında biri mi var? Sen benden vazgeçmezdin. Bu kadar katı olduğuna göre mutlaka biri olmalı. Söylesene!"

Esin, Haluk'un hakkında bu karara varmasına üzüldü. Bu konuda susmaya içi el vermedi.

"Yanılıyorsun Haluk! Ben hep tek başımaydım. Ama yalnız değildim."

"Ne demek şimdi bu? Yani hayatında birinin var olduğunu mu anlatmaya çalışıyorsun."

"Tek başımaydım. Ama yalnız değildim. İkisi aynı şey değil. Sen ayırt edemiyorsun."

Bu defa Haluk'un sesi titriyordu. Esin'in ne demek istediğini anlayamadı ama üzerinde de durmadı. Şu an onun tek derdi karısını geri kazanmaktı.

"Bu kötü hayatımın en iyi yanı sendin. Ben basit hesaplar uğruna ikimizi de harcadım. Şimdi yaptığım yanlışları çok iyi görüyorum. Beni, senden iyi kimse anlayamaz, beni senin kadar kimse sevemez. Beni yeniden sarıp sarmalayamaz mısın? Yüreğini açamaz mısın?"

"..."

"Susma Esin, konuş... Küfür et, bağır bana. Ama git deme. Görmüyor musun? Sükûtun çığlıklarında boğuluyorum."

"Sükûtunda bir sesi vardır. Onu duyacak kulak lazım!.."

"Çok hasret kaldım senin sözlerine, kimse senin gibi güzel şeyler demedi bana. Yeniden, yüreğinin sözlerini söyleyemez misin bana?" dedi. Esin içinden;

"Bilirim dokunur sana kelimelerim. Ve ne yazık... Onlar kadar şanslı değilim." diyordu başı önde. Haluk ısrarla;

"Bir şey söyle lütfen.." deyince, Esin de;

"Sana yeni sözler söylesem neye yarar? Şimdiye kadar söylediklerimin hiçbirini duymadın ki... Duymayan kulağa, görmeyen göze, hissetmeyen kalbe, yeni şeyler söylemek zaman kaybıdır. Benim işlerim vaktimden çok. Kaybedecek zamanım yok. Git Haluk. Git ve bir an önce Sümeyye'mi bana gönder."

Buğulanan gözlerini karısının görmesinden utandığı için Haluk, usulca başını öne eğdi. Dudakları titriyordu. Acaba karısının vefalı hâli için mi bir anda böyle olmuştu? Yoksa her kadın tarafından kabul edilmeye alışmış olan kendisinin, şimdi kapı dışı edilmesine miydi bu iç çekişler... Haluk sessizce sokağa açılan kapıdan çıkarken dönüp cama baktı. Esin de ona bakıyordu. Göz göze geldiler.

"Öyle yürekten bakma gözlerime Ey yâr!
Gözlerimin sende kalma ihtimali var...
Gözlerim sende kalırsa neylerim yâr?
Yüreğimin seni sevme ihtimali var...
Yaklaşma bu kadar yürek tenime!
Tenimin yanıp kül olma ihtimali var...
Alıştırma varlığına bu kadar.
Varlığının geleceğim olma ihtimali var..."

Diye sıraladı cümleleri Esin. İçinden ama çığlık çığlığa bağıran bir hüzünle...

Çocuklar annesine hak verseler de, babalarının gitmesine üzüldüler. O gece her ikisinin de geçmişin hesaplarıyla yüzleştikleri, sabahki uykusuz yüzlerinden belliydi.

Çocuklar okullarına gittikten sonra Esin, Arzu'ya gitmek için evden çıktığında Haluk sokak kapısının önünde bekliyordu. İkisi de birbirlerini görünce durdular. Esin başını öne eğerek, kocasını görmemiş gibi yoluna devam etmek istediyse de Haluk önüne geçti.

"Gidemedim Esin. Git demekle gidilmiyor. Benim kelime hazinem çok geniştir sanıyordum. Ama senin bir kelimene yetemedim. "Git" ne demekti sevdiğim?"

Esin duymamışçasına yürüdü. Ardından o da yürüdü.

"Seni seviyorum Esin. Ben yeniden sana âşık oldum. Biliyorum ben çok hata yaptım. Ama ben başka kadınlarda bile hep seni aradım. Kimse de senin sadakatini, hoşgörünü bulamadım."

Esin suskun, önde yürüyor; Haluk konuşarak onu takip ediyor...

"Beni yeniden kabul et, demeye hakkım yok. Fakat seni hiç unutmadığımı anladım. Seni seviyorum ben..."

Haluk konuşuyor. Esin susuyor ve bu şekilde Arzu'nun evine geldiler. Haluk sokakta dikeldi. O eve girdi. Ne karmaşık günlerden geçiyordu bu iki insan. Çıkışta aynı yerde bekliyordu Haluk. Eve kadar defalarca onu sevdiğini söyledi. Esin hiçbir tepki vermeden evine geldi.

"Sana aşığım diyorum. Duymuyor musun beni?" diye biraz da yüksek sesle bağırdı Haluk. Esin tam eve girecekti ki, bir an durdu. Girmekten vazgeçerek onun yanına geldi.

"Geçmişi eşeleyerek seni incitmek istemiyorum. Sadece bilmeni istediğim bir şey var. Eğer sen gerçek aşkı tatmış olsaydın, senin her söylediğine inanırdım. Ama ilahî sevgiyi tatmamış bir insanın her hâlinde yalan olabilir."

"Ben seni gerçekten seviyorum, gerçek bir aşkla..."

Esin kocasının suni sevgilerde ne de çok oyalandığını, Rahman'ı sevmeye hiç vakit ayırmadığını bildiğinden onun ne demek istediğini anlamayacağını da biliyordu. Daha açık konuşmak istedi.

"Bak Haluk, bir insan gerçek aşkı tatmamışsa hayata bakışı farklı olur. Kadınları sadece bir meta ve şehvet aracı olarak görür. Senin de benden istediğin, kadınlığım. Ama gerçek aşkı tatmış olsaydın, o sevgide kaybolsaydın, kadınları senin şehvetini tatmin ettikleri için değil de, cennete giden yolda cennetin olarak, Yaradan'ın bir emaneti olarak, yol arkadaşın, sırdaşın, mahremin olarak görürdün. Zina batağında kaybolmazdın. İki günlük suni sevgilerin aldatmacasına kendini teslim etmezdin. Gerçek sevgilinin sana verdiği temiz olanından, helalinden faydalanman gerektiği anlayışı şu an sende yok. O nedenle bana tonlarca aşk sözleri sarf etsen de benim için hiçbir anlamı yok o kelimelerin..."

Haluk karısının ne demek istediğini hâlâ anlayamamış olduğundan sevgisini kanıtlama yoluna gidiyordu.

"Neden inanmıyorsun? Ben gerçek bir aşkla seviyorum seni..."

"Hangi gerçek aşktan bahsediyorsun sen Haluk? Ben ne diyorum sen ne anlıyorsun? Hayatını o kadar çok maddeye bağımlı hâle getirmişsin ki sevgisiyle seni yaradan sevgiliyi bilmiyorsun, tanımıyorsun. Küçük uğraşlarda takılıp kalmışsın.

Aşk; Hz. Zeyd'in gözlerinde, Hz. Bilal'in titreyen sesinde, Sümeyye'nin parçalanan bedeninde, Ammar'ın yetim kalışında... Aşk O'nun yolunu takip etmekte... Şimdi söyle, sen âşık mısın?

Sen hep Leyla'larda takılıp kalmışsın. Unutma ki, seni de Leyla'yı da yaratan bir Mevla var. Sen önce Mevla'yı bir bul da sonra aşk üzerine tekrar konuşuruz..."

Esin eve girdi. Perdenin arasından sokağa baktığında kocası bıraktığı gibi aynı yerde dikeliyordu.

O akşam çocuklar annesinin suskunluğunu anlamaya çalışsalar da, güldürmek için uğraşsalar da onun hiç keyfi yoktu. Bedeni evde ama düşünceleri çok başka yerlerdeydi. Çocuklar yemeklerini yerken, o çok yorgun olduğunu bahane ederek yatak odasına gitti. Yüzüstü karyolaya uzandığı gibi hüngür hüngür ağladı. Ağlamaktan ve kendi kendisine konuşmaktan iyice tükenmişti. Herhâlde gece yarısı olmuştu. Kalktı namazını kıldı. Uzun uzun çocukları ve Haluk için dua etti. Sonra daktilosunun başına geçip duygularını kâğıda döktü.

"Sahipsiz kalan el yazılı bir haykırış,
Yağmalanmış bir kent görüntüsüydüm yokluğunda...
Islanan kirpiklerimle, kaç şiire dizdim ben seni?
Kaç uçurum var not defterimde...
Kaç ahın nefesi var yüreğimde...
Oysa sen bilmiyorsun.
Hiçbir lügat yetmeyecek bizi anlatmaya.
Git desem, kopamayışıma yanacağım.
Kal desem, seni doya doya yaşayamayışıma...
Ah... Acın bile asil duruyor sol yanımda.

Gönlümün dinmeyen gözyaşları…
Savaşın ortasındayım...
Sol yanım teslim... Diğer yanım direnişte...
Daha nasıl anlatayım sevdamı bilmem ki?
İsrail'de tekbir getirir gibi işte!"

***

Hacer miydi suyu arayan?
Su muydu Hz. İsmail'in topuğunu arayan?

Haluk şaşkın ve düşünmekten çok bitkindi. Esin'in güzelliğinden, asaletinden, duruşundan mı etkilenmişti? Geçici bir duygu muydu bu yaşadıkları? Sorguladı her şeyi. Kaldığı otel odasından üç gün hiç çıkmadan kendisini yokladı, içi yanıyordu. Esin'i ölene kadar hayat arkadaşı olarak yanında istediğini anladı. Ama Esin'in söylediklerini çözümleyemedi.

"Nasıl yani? Esin benim Allah'ı sevmemi istiyor da, onu sevmemi istemiyor mu? Ne anlatmaya çalışıyor? Gerçek aşk ne?" İçindeki karmaşayı çözemeyeceğini anlayınca, Hakan'ın okuduğu üniversite'nin önüne gitti. Oğlu onu anlayabilirdi...

Annesinin söylediklerini Hakan'a tek tek anlattı.

"Annem senin onu sevmeni istemiyor gibi bir durum yok burada baba. Her insan sevilmek ister. Ama annem önce kendisini değil, Allah'ı sevmeni, tanımanı istiyor."

"Önce Allah'ı sevince ne olacak ki? Annenle birleşmemizin ön şartının Allah'ı sevmek olması ne kadar garip bir şey! Oğlum, ben anneni gerçekten seviyorum. Bir erkek olarak düşün, sence bu sevgi bir kadın için yeterli değil mi?"

"Baba bazı kadınlar için bu durum geçerli olabilir, ama annem için değil. Sen de biliyorsun, annem ilk evlendiğiniz yıllardaki kadın değil. Onun parayla, servetle, reklam panosu aşklarla işi olmaz. Onun için sadakat ve saygı önemli."

"Ben bundan sonra zaten ona sadık kalacağım."

"Baba siz ikiniz içinde çok kötü bir tecrübe olan yıllardan geçtiniz. Şimdi senin kelimelerle "Sadık kalacağım." demen güven telkin etmiyor."

"Peki, ne yapmam gerekiyor?"

"Sadık kalman için sadakatin temelini oluşturan Allah inancıyla yaşaman gerekiyor. Allah'tan uzaklaşan insan her türlü yanlışın içine girer. İslam'ın öğrettiklerine göre yaşayan ise zaten eşine sadık olur. Merhametli, dürüst, sevecen olur. Attığı her adımda; "Bu adımlar yarın mahşerde karşıma çıkacak. Öyleyse hesabını veremeyeceğim pis işlerden uzak durmalıyım." dedirtir insana. Annem senin inanç yoksunu, ama geçici bir sevgi abidesi olmanı istemiyor. Allah yolunda can veren kullardan olmanı istiyor."

"Annen beni öyle kabul edecekse, dediğin gibi olurum. Severim Allah'ı..."

"Hayır baba, daha ilk baştan yanlış yapıyorsun. Bir insan kabul etsin, beğensin diye Allah'ı seviyormuş gibi davranılmaz. Bunu müşrikler yapar. Bugün bir insan için seviyor gibi davrandığın Allah'a, yarın da başka bir insan çıkar karşına, o zaman da küfür edersin. Yani Allah'ı biri için değil, kendin için sevmelisin..."

"Oğlum elli yaşına gelmişim. Benim bu yaştan sonra ne tövbem kabul olur, ne yaptığım ibadet!"

"Buna sen karar veremezsin baba, insan korku ve ümit arasında olmalı. Can boğaza dayanmadan yapılan her samimi tövbe, samimi yönelişler inşallah kabul olur. Hem yarın öleceğini de nerden biliyorsun? Rabbim sana otuz, kırk yıl daha ömür verdiyse; 'Bundan önce yapmadım, bundan sonra da yapmam.' diyerek hep aynı yaşantının içinde mi kalacaksın? Her yolun bir sonu vardır. Dönüşümüz Allah'a olacak. O gün ne yüzle çıkacağız karşısına? 'Sen bana her türlü nimeti, sağlığı, parayı, eşi, çocuğu, zevki, dünyayı verdin. Ben de yedim, içtin, gezdim. Üzgünüm Rabbim, sana zaman ayıramadım.' mı diyeceğiz? Bir restaurantta bile yemeği yediğinde çıkışta hesabı ödüyorsun. Bu dünyadaki yenilen, içilen ve yapılan her şeyin de bir hesabı olacak. Hesabını ödeyemeyeceğimiz işlerden kaçınmalıyız ve insan ateşe dayanabileceği kadar günah işlemeli. Ateşe ne kadar dayanabileceksin baba? İslam gibi güzel, mükemmel ve insana değer veren bir din varken, onunla temizlenmek, arınmak durulmak varken, dünyanın keşmekeşine sıkışıp kalmak insanı boğar..."

Hakan babasının karamsar hâlini düşünmeye çevirmek için;

"İslam çok temiz bir din baba. Düşünsene; Orta Çağ'da krallar bile yılda iki kere yıkanırmış. Gerisini sen hesap et. Ama İslam, insanın her hâliyle (düşünme, konuşma, yeme, içme... Her şey...) temiz olmasını ister. Annem kendisinden önce, senin Hz. Zeyd'in Peygamberimiz'e olan sevgisindeki samimiyetini, Hz. Bilal'in ezan okurken titreyen sesindeki sevgiyi tatmanı, Hz Sümeyye'nin şehadete nasıl da gülerek gittiğini öğrenmeni istiyor. Gökteki yıldızlar gibi parlayan ve tarihin akışına örnek şahsiyetler olan Zeyd, Bilal, Sümeyye ve diğerleri... Kimdi bunlar? Ne yapmışlardı? Arap yarım adasında sıkı bir cahiliye âdeti sürerken, çoğu okuma yazma bilmeyen bu insanlar çağlara nasıl örnek olmuşlardı? Hangi duruşlarıydı onları cennetee götüren?" dedi.

Haluk kaldığı otel odasında günlerce sahabelerin ikliminde coştu. Kah hüzünlendi, kah ağladı. Elindeki kitapların biri bitince birine başladı. Bunun yanında arada bir Esin'i görmeye, kapısına gidiyordu. Gidemediği günlerde ise sevgi sözlerini sıraladığı mektuplar gönderdi. İlkbahardan yaza, yazdan sonbahara geçildi. Haluk sabretti, Esin sustu. Gitmeler gelmelerin arasında, her gün yeşeren umutlara bir yenileri de eklendi. Kırgınlıklar geçer miydi bilinmez ama Esin'den alınan onca mutluluğu ve yılları Haluk geri vermek istiyordu. Artık karısını en temiz duygularla sevdiğini hissediyordu. Kendi kendine defalarca; "Acaba yanılıyor muyum?" diye sordu, duygularını yokladı. Fakat sevgisinde yanılmıyordu. Bu duyguyu ne Nicole'de ne de diğer kadınlarda yaşamadığını anladı. Esin'e ilk tanıştıklarında bile böyle saf duygularla bağlanmamıştı. Şimdi ise yüreği ikinci baharı değil, ilkbaharı yaşıyordu. Karısının bedenen ve ruhen olan güzelliğini sanki ilk defa görüyordu. Ama ne söylese de, yapsa da Esin ona dönüp bakmıyordu. Yıllarca aynı yastığa baş koyduğu karısı şimdi gözünde daha bir gizemli hâle gelmişti. Meğerse gerçekten bazı şeylerin değeri kaybedilince anlaşılıyormuş.

Esin'inki gurur değildi aslında. Güvensizlikti belki! Rabbini bilmeyenin kendini de bilmeyeceğinden, yeniden birlikte olsalar bile Haluk'un aynı hataların kıskacında kalacağı korkusuydu onunkisi. Hem aylardır kapısına gelen kocasından, her defasında kızını istemesine rağmen Haluk, Sümeyye'ye dair en küçük bir şey söylememişti...

***

Aşk'ın yüce makamına acziyetle gidilir.

Kişi ne zaman aciz bir varlık olduğunu anlarsa

Aşk'a daha sağlam bağlanır,

Teslimiyeti keskin olur...

AŞK'IN YÜCE MAKAMINDA

İnsanoğlu, gerçek ve sonsuz mutluluğu aradı durdu. Ne hayal dünyasının sahte saraylarında, ne de madde dünyasının geçici hazlarında bulabildi. Aradı, arıyor, arayacak... Ta ki; süslü ambalajlarda sunulan, o şeytani tuzakların farkına varıncaya kadar... Ta ki; ahlakın onay vermediği yollarda, yürümeyi sürdüren toplumların, tarih sayfalarından nasıl silinip yok olduğunu görünceye kadar... Ta ki; bütün musibetlerden ibret payını alıncaya kadar... Ta ki; kendini buluncaya kadar... Kendini bulan Yaratıcısını bulur. Ne mutlu kendini bulanlara...

Kaldığı otel odasında hayatının her bir durağını gözden geçiriyor, o duraklarda yaptığı yanlışlarla ilk kez yüzleşiyordu Haluk.

İnsanın yüreğinde eşsiz hazineler gizlidir. Kimisi yüreğindeki hazineleri avuçlayıp, şefkat, iyilik ve merhamet olarak saçarak büyük bir sevgi sarayı kurabilir. Kimisi de bu hazineyi sımsıkı kapatarak, kilitleyerek ise, pusa, toza ve karanlığa terk eder. Haluk yaradılışında ona yüklenen yürek hazinesini kirlettiğini anladı. Her türlü lüks ve sefa içindeyken, düşkünlerin, yetimlerin hayır kapısı olamamıştı. Taktığı at gözlüğüyle dikine giderken, herkesle arasında kalın duvarlar örmüştü. Merhametten, şefkatten uzak duvarlar...

Haluk şaşkınlık içindeydi. Allah'ın ona verdiği maldan kimseye vermedikçe, sadece kendisine sakladıkça malı da artmamıştı. Âdeta zenginlik kapıları üzerine kapanmıştı. Esin'in yıllar öncesi söyledikleri canlandı aklında; "Sana bu zenginliği veren Allah, malla seni imtihan ediyor. Eğer sen kazandığından yoksulun ihtiyacını ayırmazsan, Allah bu zenginliği verdiği gibi elinden alır." demişti.

O yıllarda ne kadar da çok korkuyordu, malının azalmasından. Oysa şimdi küçümsediği o yoksullar kadar düşkün hâle gelmişti. Nasıl da kayıp gitmişti onca mal elinden! Düşündükçe, yürek hazinesini kullanamamış olmanın pişmanlığı tüm bedenini sardı. İyilikle, hayırla, hatırla ve hakikatle ortaya çıkartamadığı, ortaya koyamadığı yüreğine üzüldü onca yıldan sonra...

Bin bir nedametin uyandırdığı vicdanıyla, bin bir tövbenin hücum ettiği azalarıyla, bin bir tespihin kanat çırpıp havalandığı ruhuyla; "İnsanın her an teklifsizce çalabileceğini bildiği bir kapısının olması ne güzel..." diye düşündü Haluk. İçi hamd, şükür ve tövbe istiğfar hisleriyle allak bullak... İçi dolunay görmüş denizin med ceziri gibi...

Yükseliş yoluna girmişti. Vedud ikramına muhataptı. Yıllardır ki seyrettiği hayat tablosundaki kareler yerine oturuyordu. Okudukça, öğrendikçe, düşündükçe Haluk farklı bir zaman boyutuna taşınmıştı. Mahcup, şaşkın, çaresizdi... Hayatın bitmeyen telaşesi içinde Allah yolunun yolcusu olduğunun farkında değildi.

Nasıl bir şeydi bu yaşadığı?

Bu yeni duyduğu heyecanda neyin nesiydi?

O yollarda yürümezken...

O tarafa dönüp bakmazken...

Dünyasını bir kere sorgulamazken, ne olmuştu böyle?

Değişik, çok değişik bir sırata yürüyordu. O güne dek hiç bilmediği, tanımadığı duygular içindeydi. Yüreğine akın eden nehirlerin çağlayışı artarak devam ediyordu o öğrendikçe...

Aşkın yüce makamında; acziyet içindeydi. Acziyet ise aşktan daha keskindi. Aşka varmadan acziyet yollarından geçmek gerekirdi. Bütün yitirilmişlikler ve güçsüzlükler içinde yükselen tek bir seda elbet güçlü ve etkilidir. İlahî dergâhın kapısını acziyet tokmağıyla çalanlar çabuk cevap alırdı. Haluk her an ilahî bir cazibenin içine biraz daha çekilirken tövbe ile Rabbine döndü yönünü. O daracık odada, son zamanları, yaşadığı yılların kayıplarının hesap karmaşası içinde geçiriyordu. Sevdiği bütün her şeyi düşündü bir bir. Bu tip sevgilerin aldatıcı yönlerini ilk defa fark ediyordu. Eş, iş, evlat, mal, şöhret sevgisiyle gelen yekpare kopuşlar, tuzaklı duraklarla doluydu. Allah hesabına olmayan sevgiler geçici ve bazen de yıpratıcıydı. O nedenle her sevgi Allah adına sevildiği sürece değerliydi. Evladı, eşi, arkadaşı, işi hatta dünyayı O'nun hesabına sevmeli ve her şeyden önce kalbini sonsuz sevgiliye açmalıydı insan.

Ruhlar âleminden ana rahmine, oradan dünyaya ve sonra da kabre, derken haşre ve sırata uzanan yol, iyilerle kötülerin savaşlarıyla doluyken, yollar hep kaygandı. Mesele, kaymadan doğru yolu tutmaktı. İş, o mücadelenin hayır kanadında olmaktı. Haluk bundan sonraki tercihini o yönde yaptı.

Camdan dışarıyı seyretti bir müddet. Evreni sanki ilk kez gönül gözüyle görüyordu. Kâinattaki her şeyin düzenli olması, kusursuzluğu Yaratıcı'nın ne denli güçlü olduğunun deliliydi. O koca evrende ne kadar küçük ve aciz olduğunu hissetti. O an Esin'in; "Tek başımaydım ama yalnız değildim!.." dediği cümlenin anlamını anladı.

Kendisi de şu an bir otel odasında tek başınaydı. Hatta evrende tek başınaydı. Tüm dost zannettikleri, parası varken varmış meğerse. Para olmayınca insan tek kalıyormuş demek ki. Ama ne garip ki, parası varken de onu yalnız bırakmayan ve hep gözeten bir Yaratıcı vardı ve parası olmadığı şu anda da onunla olan ve yalnız bırakmayan aynı Rabdi.

Haluk gözyaşları içinde;

"Rabbim ben geldim. Evet, tek başımayım ama biliyorum yalnız değilim. Sen varsın ve benimlesin." dedi.

"Kapındayım... Kul olarak, kul olamaya geldim. Senden gelecek affa, mağfiret örtüne, korumana ve sevmene öylesine muhtacım ki... Affeyle beni, ört beni, koru beni, sev beni... Nefsimden doğan kusurlarıma binlerce kez pişmanlık duyarak kapına geldim. Sen sana gelenleri, sana teslim olanları boş çevirmezsin. Hâlimi biliyorsun. Zalim oldum, hain oldum, verdiğin güzelliklerin değerini bilemedim, şükredemedim sana. Affeyle Rabbim beni. Yollarımı hayırlara çevir. Ben bilemedim, yapamadım da... İşte hüsran olarak geldim kapına. Beni tekrar nefsimin esiri olduğum eski yaşantıma döndürme. Beni senin esirin yap. Kul olayım, kül olmayayım. Rabbim sen yolumu aydınlat. Ben bulamadım yolumu, Sen yol göster..."

Herkesin Allah'tan isteyeceği bir şeyler vardır. Kul olur da istemeden, kul olur da boyun bükmeden, kul olur da yalvarmadan olur mu?

Göğe duadan yükselirdi yeryüzünün talepleri. Her kulun yaptığı gibi, Haluk da aşk mektubunu yazıyordu şimdi. Kalbi mürekkep dolu bir aşk hokkasıydı. Yazdıkça yazası geliyordu. Duaları teslimiyetle birleşince, çölde çıkan ilk su olup zemzem misali kaynıyordu yüreği. Gözyaşları içerisinde ağlıyordu. Öncesinde duaya sonrasında ise hıçkırıklara dönüşmüştü tüm varlığı...

Kalbinin boşluğunu Yüce Rabbe sermişliğiyle, gündüzü sabırsızlıkla bekleyen geceler basmıştı yüreğini. Her gecenin nasıl ki bir sabahı varsa, o da o sabahı istedi Allah'tan. O an yalnız olmadığını hissetti. Tek başınaydı ama yalnız değildi. İlk kez böyle huzur duydu içi.

Gözleri gülüyordu. Heyecanı dorukta... Allah'ın adıyla başladı. Sanki bir yankı vardı odada. Aşk yankısı...

Kuşların ilk uçuş talimi yaptıkları gün kadar heyecanlı... Kanatlarının uçmak için yaratıldığını keşfedercesine cesur. Rabbin "Ol!" dediğine, "Geldim Rabbim, buyur..." diyerek tabiydi.

Her aşk bir çeşme başında temizlenmeyle başlar ya; ilk aşkını yaşar gibi gülümseyerek baktı, avuçlarını dolduran suya.

Su; arınma...

Uyanma...

Hatırlama...

Dirilme...

Hazır ola geçiş...

Su, ateşi söndürendi. Su, rahmetti...

Şimdi Muhammedî öğretiye göre alınan bir abdestin içindeydi Haluk. Abdestin ardından, dinin direği olan namazda, avuçlarının içini açıp kıbleyi selamladı.

Allahü Ekber!

Kulluğu elleriyle sundu. İşte şimdi tek tutunmak istediği Rabdı. O Rab ki kendisine açılan hiçbir avucu boş çevirmeyendi. Namaz da ilk tekbirle kullarını, ilan-ı aşk hükmüyle karşılayandı...

Kıyamdayken arza bir çivi gibi çakılmıştı Haluk. İlk kez ağzından bu denli anlamlı, güzel çıkıyordu sureler.

Huzurdaydı...

Hazırdaydı...

Emre amade olan omuzları Rabbe açıktı...

Allahü Ekber!

Subhane Rabbiyel Azim'le gelen tazim, hürmet ve temenna olmasa, belli ki hiçbir bel çekemeyecektir bu ağır yükü. Beli kulluğa bükülmüş kişi, ne güzel bir kişidir...

Beli Rabbe bükülen pehlivanın dünyada sırtını yere getirecek başka hiçbir kimse yoktur. Haluk anladı ki yola buradan çıkılır.

Rabbe itaatle eğilmiş boyundan gelen kurban kokusu... Dünyanın en güzel kokusudur. Zira bu aşk kokusu, bu Sevgili kokusudur...

Allahü Ekber!

Nasıl ki geceyle gündüz, doğumla ölüm ardı ardınaysa... Her kıyam bir rükû, her rükû bir kıyamla mukadderdir. Hem doğumu, hem ölümü idrak etmektir namaz. Yanılmaz kalp saatidir. Saatini Rablerine ayarlamış kullara ne mutlu...

Artık Haluk'a ne mutlu! Ayarladı kalp saatini...

Allahü Ekber!

Ve secdeye uzanış...

Topraktan gelenler toprağa iade ediliyordu. Hamuru topraktan karılanların Rablerine selamı toprağa değmekten geçer. Allah'a en yakın olunan yer secde...

Hiçbir yere sığmayıp da mümin kullarının gönlüne sığan Rab, elbette secdeye layık olan tek ilahtı.

Şehit düşer gibi...

Aşka düşer gibi...

Kar tanesi yeryüzüne düşer gibi...

Cemreler suya düşer gibi...

Secdeye düştü Haluk. Allah'ın Allah olduğunu... Bir olduğunu... Tek olduğunu... Eşsiz, benzersiz, ortaksız olduğunu...

Muhtaç olmayan, muhtaç olunan...

Rabbe muhtaçlığını, acziyetini anladığı makamdaydı Haluk.

O namaz kıldı, namaz ise onu kul kıldı. Sağ yanıyla sol yanını gördü gönül gözüyle.

Esselamu Aleyküm ve Rahmetullah

Esselamu Aleyküm ve Rahmetullah

Tarifsiz bir ruh ikliminde Yaratıcı'ya zikrini sundu. Mutlu bir âlemdeydi. Bedeni Üsküdar'da köhne bir otel odasında, ruhu ise Mevla'nın yanındaydı. İç âleminde yeni bir diriliş başlıyordu. Namazla inşa edilen farklı bir yapılanma...

Bir dahaki namaz vaktini sabırsızlıkla bekleyecekti.

***

Gözlerine bakarak konuşmadan söylediğim

Kelimelerimden anla beni!
Onlar ki, kirlenmedi başka kulaklarda

O pazar nefsi duygularına yenilerek erkenden yine Esin'in kapısı önüne geldi. Uzunca bir süre Esin'in evden çıkmasını bekledi. Ama Esin o gün dışarı çıkmayacaktı fakat pencereden Haluk'un geldiğini görünce kapıya indi.

"Esin, affet beni... Ne olursun affet!"

"...."

"Nasıl ihtiyacım var bir bilsen ellerine... Zannedersin ki avucumun ortasında yanıyor yüreğim. Konuş lütfen. Affettiğini söyle."

"Bana Sümeyye'mi gönder. Ya da yerini söyle ben gidip alayım, ben kızımı istiyorum."

Haluk'un beklediği cevap bu değildi.

"Affettim." demesini istiyordu yüreği. Affedilmemişliğin öfkesiyle;

"Vermeyeceğim onu sana. Eğer bana dönersen Sümeyye'ye de kavuşursun." deyince, Esin arkasına bile bakmadan eve girdi.

Haluk, karısının kendisine geri dönmesi için Sümeyye'yi hâlâ son kalesi gibi görüyordu.

"Bana dönerse, onun için döner." diyordu. Belki de öyle olurdu. Bunu zaman gösterecekti hepimize...

Bir gün sonrası Hakan babasının kaldığı otele geldiğinde onu namaz kılarken buldu. Bu duruma çok sevindi oğul. Elinde bir mektup vardı. Hakan mektubu babasına uzattı.

"Haluk...

Israrla bana 'Konuş' diyorsun. Sana ne söylememi bekliyorsun? Beraber başladığımız bir yolda sen beni yalnız bıraktın. 'Konuş' deme bana. Sana öyle sözler söylerim ki; benimleyken akıtamadığın her bir damla yaş için pişman olursun. Sana öyle zamanlar anlatırım ki; değerini bilmediğin o anları hatırlar ve özlemiyle tutuşursun. Sana öyle gerçek olurum ki; hayatın boyunca keşkelere mahkûm edersin kendini. Ama ben öyle bir susacağım ki; benim susuşumda sen bin defa kahrolacaksın.

'Mutlu musun?' diye soruyorsun. Mutlu olduğum için değil, anne olduğum için, inançlı olduğum için ayaktayım. Tabi ki acı çektim senden sonra. Fakat senin hesaba katmadığın bir şey vardı. Çektiğim her acı beni değil, içimdeki seni öldürdü. Her insanın yüreğinde idam ettiği birisi vardır. İşte sen de, gözyaşların, ihanetin, yalanların urganını ilmik edip boynuna doladığım kişisin. Çünkü sen hak etmedin beni.

Biz seninle kendimizi çılgın bir sevdanın ortasında hiç görmedik. Kendimizce sevemedik. Aşkı, mutluluğu, sadakati hiç tatmadık. Oysa benim kalbim ikimiz için de sevmişti. Sen oraya bile yetişemedin.

'Sen değiştiğin için böyle oldu.' diyorsun. Asıl mesele ikimizden birinin değişmesi değildi aslında. Asıl mesele, seni seven bir yüreğin, seni alıp göklere kadar çıkarttığını bildiğin hâlde, o göklerde kalmak yerine, yere çakılmak için her yolu denemendi. Yerler bu kadar mı tekindi? Seven kalbe ihanet bu kadar mı güzeldi? Hatalardan dönmek yerine, dinlememek, kaçmak, sahte mutluluklara sığınmak bu kadar mı güvenliydi? Ben hiç bilemedim... Bana sorular sorup durma. Bende cevaplar en açık hâliyle var. Sen bana sorduğun o soruları kendi içine sor. Yanıt alabilecek misin bakalım!

Eğer kendinle yüzleşmeye cesaretin varsa, sor içine.

Seni sevdiğine emin olduğun bir yüreğe ihanetin bedeli nedir?

Başkalarına savunamadığın birini sevdiğini söylemek ne derece dürüstlüktür?

'Hiç ayrılmayacağız.' derken bin bir yalanla kandırdığından kaçarak 'Mutluluğu şimdi buldum.' demek mutluluk mudur?

Allah seni özgür yaratmışken paranın ve şehvetin kölesi olmak özgürlük müdür?

Senin yaşantına, sırf inancından dolayı saygı gösterene yaptığın tahammülsüzlüğün adı nedir?

Sevdiğini söylediğin insanın her dediğinin tersini yapmak ve zora girince kaçmak, kendinden, bizden kaçmak...

Kaçmak kurtuluş mudur? Ne dersin ha?

Sen bu soruları kendine sorabiliyor musun? Soramazsın. Çünkü sen kendinle bile barışık değilsin.

Krallar gibi yaşadığın bu kalpten, soytarılar gibi gitmek senin seçimindi. Benim iman dolu göğsüm ve örtülü başım ağır geldi senin omuzlarına. Taşıyamadın. Kaçtın. Kaçtığını zannederken, gittiğin her yere kendini de götürüyorsun. Gerçeklerle yüzleşmediğin müddetçe asla huzur bulamayacaksın.

'Üzerimdeki hakkını ödeyemem. Affet...' diyorsun. Ben affetsem ne olacak ki? Mahşerde hesap çok ince! Açtığın her yaradan, hesap soracak Yaradan...

Şimdi sana desem ki;

Gözyaşlarımdan biriktirdiğim hüznümün tanığı olan Eylül'lerden bana ilkbahar, yaz yap. Yapabilir misin?

İhanetin, yalnızlığında kıvrandığım o geceleri gündüz yap bana. Yapabilir misin?

Soğuk odalarda, gecenin körü, kor olan yüreğimden yayılan ağıtlarımı, sevinçler yap. Yapabilir misin? Yapamazsın...

Anlayacağın Haluk, geri dönüp hiçbir şeyi düzeltemezsin. Bir kristalin yere düştüğündeki gibi darmadağınık olduk biz. Sen menfaatlerine ve yeni yaşantına koşarken, kırdığın parçalar yüreğimde yara açtı. Keşke tanımasaydım seni demiyorum. Ama keşke ilk tanıdığım gibi kalsaydın. Bana dürüst olsaydın, bu kadar çok canım acımayacaktı. Ahım büyük olmayacaktı. Sen hiç acıyı bal şerbeti diye yudumladın mı? Ben kana kana içtim. Eğer sen de acılarda yoğrulsaydın 'Beni affet...' diyemezdin.

Ben şimdi susuyorum. Söz hakkımı mahşerde kullanacağım. Kaçarı yok, o büyük randevuya herkes gelecek nasılsa!

Yâr olmanı dilerken, sen yara oldun yüreğime. Artık yeni bir hikâyeye kucak açamayacak kadar yorgunum. Kelimelerin bile gönlünü alamayacak kadar kırgınım. Beni sorma artık. Çünkü ben 1980 senesinin Eylül ayındayım. Senden kalma zamanlarda hâlâ yaprak dökmekteyim...

Senden sadece kızımı istiyorum. Onu görmeden üzerindeki ahım bitmez. Bir kere de olsa Sümeyye'mle uyumak istiyorum. Gönder onu bana...

Bir gün durduk yere bir ağırlık çökerse üzerine, o benim vebalimdir. Unutma! Bana kızımı gönder.

Esin..."

Mektup bittiğinde Haluk gözleri bir noktada kalakaldı. Yanında olan oğlunu bile unutmuştu. Gözleri doldu.

Hakan'ın anlayışlı ve olgun duruşuna içini açtı Haluk. Neredeyse ağlayacaktı. Yıllarca annesinin hüznüne ortak olan Hakan şimdi de babasına yoldaş oluyordu. Uzun uzun konuştular. Haluk bir yıl öncesi Nicole'nin kendisini bıraktığını, kızı Nisi'yi bile göstermediğinden bahsetti.

"Peki şimdi ne yapmayı düşünüyorsun baba?"

"Bilmiyorum oğlum. İçim çok karmaşık, bir o kadar da sevinç dolu. Yaradan'a kul olmayı unutarak yaşadığım yılların altında eziliyorum şuan. Ama merhameti sonsuz olan Allah'ın benim de tövbelerimi kabul edeceği ümidi var içimde. Çok kötü bir tecrübeyle de olmuş olsa, annenin benim gerçeği görmeme sebep olduğu için, Allah'a şükür ediyorum. Hayata nereden başlayacağımı, elimde kalan parayla yeni bir iş tutup tutmayacağımı bilmiyorum. Fakat Allah'ın bize bir yol ayarladığını biliyorum.

Yaşanan acılardan ölmüyoruz. Ya da sevinçlerden kalbimiz çatlamıyor. Demek ki O, bizi ayarlıyor. Elbet bundan sonrası için Rabbim bana da bir yol çizmiştir. Aylardır annene onu çok sevdiğimi kanıtlamaya çalıştım. Ama olmadı, inanmadı bana. Haklı da tabi ki! Bunda da vardır bir hayır. Bütün bu olanlar bana Sümeyye'ye ve Nisi'ye çok haksızlık yaptığımın gerçeğini gösterdi. Tabi Kübra ve sana da aynısını yaptım. Ama siz babasız olsanız da en azından çok akıllı ve merhametli bir annenin yanındaydınız. İslam'ı, edebi, merhameti, sevgiyi öğrendiniz. Sümeyye ve Nisi ise her şeyden habersiz, hem annesizliğe hem de babasızlığa mahkûm olmuşlar. Çok üzgünüm, bunu yeni anlıyorum. Bu durumu düzeltmeyi, geçmişi hepiniz için telafi etmeyi çok isterdim. Sümeyye için hâlâ geç değil, bunu hissediyorum. Ama Nisi'yi ne yaparım, onu nasıl iyi biri olarak yetiştiririm bilmiyorum." dedi.

Çok uzun yıllardan sonra Hakan'ın ağzından Nisi'nin adı çıktı. Aslında onu seviyordu da! Anneleri ayrı olsa da Nisi ile kardeştiler sonuçta. Bunun bilincindeydi.

"Nisi'yi görmeyi çok isterdim. O bizim kardeşimiz." dedi ve sustu. Yine sessizliğin hâkim olduğu odada başlar öne düştü. Haluk derin bir nefes aldı. Hakan'ın elini avucunun içine aldı.

"Senden istediğim; güçlü ve akıllı bir erkek olarak daima annenin yanında olman. O, eşi bulunmaz bir kadın. Onun kıymetini hep bilin. Benim de yapmam gereken son birkaç işim var. Onları da yapınca kendi yoluma gideceğim artık." dedi. Sarıldılar iki erkek. Hakan babasını da yanında eve götürmek istiyordu içinden. Ama olmadı. Olamadı...

Hakan eve döndüğünde, annesine gördüklerini, babasıyla konuştuğu her şeyi anlattı. Nisi için üzüldüğünü de söyledi. Esin de Nisi için üzüldü. Çünkü dünyanın neresinde olursa olsun, ister kendi çocuğu olsun, ister başkasının çocuğu olsun Esin için fark etmiyordu. Muhammedî şuurla yaşamayan, eğitilmeyen her çocuk için üzülürdü. Bir an Nisi'ye de kucak açmak istedi. Esin suskundu. Düşünceleriyle yalnız kalmak için odasına kapattı kendini. Dört gün sonrası Haluk yine kapının önüne geldi. Yağmurdan ıslanmış bedeni tir tir titriyordu. Yağan yağmurun altında, çocukların camdan kendilerini seyrettiğini bilmeden iki insan bir müddet öylece durdular.

Haluk tüm içtenliğiyle itirafını yaptı.

"Aklımdan çıkmıyorsun Esin. Aklım çıkacak, sen çıkmıyorsun..."

Esin bir zamanlar bu cümleyi onun için söylediğini hatırladı. Ama sustu, onu dinliyordu.

"Bana git diyorsun da! Git demekle gidilmiyor. Ben de sana 'Sev' diyorum ama sevebiliyor musun?

"..."

"İnsanın öfkesi özür dilendiğinde değil de, özlediğinde geçermiş. Sen beni hiç özlememişsin. Şimdi bir şeyi çok daha iyi biliyorum; bu dünyada neyi çok istersen o imtihanın oluyormuş. Zamanında ben senin imtihanındım, şimdi sen benim imtihanım oldun. Kurulu bir düzenim olsun, mutlu olayım derken, aslında çok dağılmışım ben Esin. Dün, neyse deyip göz ardı ettiğim şeyler, bugün keşke deyip karşıma dikiliyor.

İki canı bir bedende yaşatmak çok zor be Esin. Yanında olmayı geçtim de biraz umurunda olsaydım o bana yeterdi. Şimdi gidiyorum. Ama gitmeden önce sana bir itirafım var: Senin cezaevine girmene sebep olacak o telefonu ben açtım..."

"..."

"Sana beni affet demeyeceğim artık, affetme beni. Çünkü ben kendimi hiç affetmeyeceğim. Gidiyorum ben Esin. Seni en güzel koruyup kollayacak olan Allah'a emanet ediyorum. Bir gün seninle olmak isterse biri, olur ya hoşlanırsa, konuşmak isterse; lütfen "Ben hâlâ birinin aklındayım!.." de. Çünkü sen benim aklımdan hiç çıkmayacaksın. Beni, birkaç kelimeyle dahi olsa özle. Çocuklarının babası olduğum için bunu hak ettiğime inanıyorum.

Yanımdan geçeceğin yok ama aklına gelebilmeyi umuyorum. Anladım artık; ben güzel bir aşkı, çirkin bir ayrılığa bağışlamışım. Yazık ettim hem sana, hem bize. Pişmanım gülüm... Artık seninle konuşabilecek kadar heybetli değil belki kelimelerim. Ama senin ruhunu sallayacak kadar derin hissettiklerim. Kırgınlıklarımı, üzüntülerimi, umutlarımı ve payıma düşen sessiz cümlelerimi doldurdum heybeme... Gidiyorum... Hoşça kal ömrümün en temiz, en güzel yanı..."

Haluk, Mevla'yı bulunca Leyla'dan vazgeçtiği makamda, hüzün dolu bir yüreği yanına alıp sokağı adımladı. Yanına aldığı bir şey daha vardı: Ardına dönüp bakmadığı için o görmedi ama Esin'in yüreğini de yanında götürüyordu.

"Benden ilk gittiğinde Eylül'dü. Yapraklarımı döktüm ve bir daha tomurcuklarım filizlenmez diyordum. Ama geldin. Geldin ve benim en kuru dallarım yeniden yeşerdi. Şimdi yine bir Eylül'de gidiyorsun. Dur, gitme... Bir daha gidişlere dayanacak kadar gücüm yok. Beni kırdığın yerde seni saklıyorum hâlâ. İşte kapı; çalmana gerek yok... Gel, gir içeri..." demek istediyse de diyemedi Esin. Uzun uzun baktı giden sevgilinin ardından. Hâlini kendinden bile saklamaya çalıştı. Lakin kâğıt üzerine ilk aşk yazısını yazan Yusuf'un destanı kadar içliydi bakışları. Çoğu kez dilin söyleyemediğini bakışlar ele verir.

Eve girdiğinde çocuklarla konuşmamak için doğruca odasına gitti. Yalnızlığının tek ortağı olan karyolasında ağlamalara gark etti kendini.

Haluk giderken bir nebze de olsa içi rahat ayrıldı sevdiğinden. Çünkü dört gün öncesi oğluna; "Yapmam gereken şeyler var." dediğini yapmış olmanın huzuru vardı içinde. Gecikmiş bir şeydi ama artık olması gerekiyordu.

Kavuşmaya ramak kala yağmurda yürüyen bir adam, gözyaşlarına boğulan bir kadın, salonda sus pus olmuş iki çocuk... Bütün bunların arasında tek mutlu olan biri vardı... O geliyordu az sonra... Paramparçaları birleştirmek için, solup giden hayatları yeşertmek için, coşarak, koşarak geliyordu.

Eylül'ün son günleriydi. Ama Ladin ailesinin konağına bahar geliyordu. Beklenen bahar, müjdelerle geliyordu. Özlemi, hasreti dindirmek için, ayrılanları kavuşturmak için geliyordu...

***

Hayat bu,
Bir bakarsın her şey bir anda son bulur...

Hayat bu,
Son dediğin anda her şey yeniden can bulur...

SÜMEYYE

Uzun zamandır babamın sesini duymuyordum. Dört gün öncesi aradığında sesindeki bitmişlik, ağlamaklı hâli beni çok şaşırttı. Anlayamıyordum. O hiç böyle olmazdı.

"On yedi yıl sonra söyleyeceğim şeyi, daha ilk başta söylemeliydim sana kızım."

"Baba ne oluyor? Sana ne oldu? Hasta falan mısın?"

"Hayır kızım, çok iyiyim. Hayatımda hiç olmadığım kadar iyiyim. Ben aradığımı buldum yavrum. Bunca yıl kendime de sana da yazık ettim. Meğerse insanın gönlü Allah'la olunca huzur duyuyormuş. Şu an çok huzurluyum. Ben elli yıldan sonra buldum ama senin daha fazla vakit kaybetmeni istemiyorum. Gençliğinin en güzel yıllarını geçici hevesler uğruna yok etmemelisin yavrum. Bunun için sana bütün her şeyi anlatacağım. Çünkü bu yolda seni en iyi eğitecek kişi annen. Dinle beni kızım."

Babam, ne anlatıyordu, ne söylüyordu önce anlayamadım. Benim anlayacağım sadelikte, ta en başından başladı. Annemle nasıl evlendiklerini, onu çok sevdiğini ama sonra Nicole ile tanıştığını, annemden her şeyi gizlediğini, onu yok yere cezaevine kattırdığını, iflas ettiğini, annemin onu mafya adamlarından kurtardığını ve şimdi de annemle birleşmek istediğini ve annemin kabul etmediğini, sadece beni istediğini anlattı. O anlattıkça "Sus anlatma, beni bırakan kadını dinlemek istemiyorum senin ağzından!" demek istedim defalarca. Diyemedim. Her cümle bir sonraki söylenecek olana merak uyandırıyordu. Bu anlatılanlar doğru muydu?

Babam küçücük bir çocuğu kendi savaşına nasıl katmıştı? Oysaki yıllarca bir anneye olan açlığımı en iyi o görmüştü. Şimdi nasıl telafi edecekti: Okuldan geldiğimde, anne kucağına sokulmak isteyişlerimi...

Her anneler gününde odama kapanarak ağlayışlarımı...

Her düştüğümde kanayan yanlarımı sarmasını istediğim o sıcak ele hasretliğimi...

Genç kızlık günlerimin en zor anlarda akıl danışacak bir yürekten yoksunluğumu...

Nasıl yaptın sen bunları baba? Anlattıkça o ağladı, ben ağladım.

"Ama beni hiç arayıp sormadı." dediğimde ise;

"Annen sana ulaşmanın her yolunu denedi kızım. Ama ben bütün kapıları kapattığım için ulaşamadı."

Sonra bana, odasındaki kasayı açmamı ve yıllardır benden gizlediği mektupları almamı söyledi. İki saate yakın telefon konuşmamızın sonunda;

"Ben çok pişmanım. Annen beni affetmiyor. Bense onu çok seviyorum. Beni kabul etmeyeceğini bildiğim için onun hayatından temelli uzaklaşıyorum artık. Ben bir meçhule doğru gidiyorum. Sonum nereye varır, bilmiyorum. Ama sen annesiz kalmamalısın artık. Şimdi bütün gerçeği biliyorsun. Bir an önce gel buraya. Anne kucağı tüm yaraların ilacıdır. Göreceksin, annen seni öyle çok sarıp sarmalayacak ki bütün acıların dinecek. Yılları bir çırpıda unutuvereceksin. Hemen gel kızım..." dedi.

Evdeki kasayı açtığımda, yıllardır saklı olan bir hazineyi bulmuşluğun şaşkınlığı içindeydim. İçlerinde çoğunun tarihi geçmiş olan paralar ve mektuplarla dolu bine yakın zarf vardı. Zarflar açık olduğuna göre belli ki babam bunların hepsini okumuştu. Aceleyle on yıl öncesi tarihli bir mektubu elime aldım. Küçük bir çocuğun anlayacağı dilden yazılmıştı. Sonra bir diğeri, diğeri ve öteki...

İki gece ve gündüz durmadan okuyordum. Hasret, sevgi, gözyaşı koyuyordu yazılanlar.

Annem, günü gününe kendisinin ve kardeşlerimin neler yaptıklarını anlatıyordu. Çok sürükleyici bir romanın içindeydim âdeta ve başkahraman bendim. Özlemin yanında, inancımın nasıl olması gerektiği, her vakit namazların nasıl kılacağımı, okumam gereken sureleri; hatta bir tanesinde abdest alma şekillerini bile anlatmıştı. Hemen hemen her mektupta iki üç ayet de vardı.

On iki, on üç yaşlı yıllarımda yazılarının yönü daha farklıydı. Beni genç kızlığa, kadınlığa, anneliğe hazırlayan cümlelerle doluydu. O yıllarda yaşadığım sıkıntıları şimdi düşünüyordum da; ne çok çaresiz kalmıştım. Meğerse annem benim yaşadığım çaresizliklere, sorunlarıma ilaç olacak reçeteleri yazmış ama ben bunlardan yoksun bırakılmıştım.

Çocukluk kıyafetlerime sarılarak benim yatağımda uyuduğunu, kardeşlerime hep benim sevdiğim yemekleri yaptığını, dönüşümü beklediğini yalvaran kelimelerle yazıyordu. Benim Hz. Sümeyye gibi inancında sağlam duran biri olmamı istiyordu. Hz. Sümeyye'nin hayatını da yazmış bir mektubunda. Son yıllardaki mektuplarında ise bana; "Sümeyye'm, benim Sümeyye'm. Dönüşümün şahitliğini yapan kızım! Gel de kaldığı yerden yaşayalım her şeyi. Kuyulardayım yavrum. Sen tutarsan elimden çıkacağım bu ayrılık kuyusundan. Zamanında tuttuğun gibi şimdi de tutamaz mısın elimden? 'Beni bırakma!' demiştin. Ben seni hiç bırakmadım yavrum. Rüyalarım bile senin üstüneydi hep. Sümeyye'm ne olursun gel!.." diye yalvaran cümlelerle doluydu.

Beyaz bir suliet gibi aklımda annemin hayali canlandı. Uzun, beyaz parmaklarıyla ellerimi tutuşu, babamın eve gelmediği günlerde bana sarılıp koynunda uyutuşu geldi aklıma. Oysaki yıllardır anıları hiç düşünmemiştim. Kaçmıştım. Kaçmaya, düşünmemeye itilmiştim.

Her okuduğunuz romanda kahraman siz olursunuz ya; benim de kahramanı olduğum o romanı okumam uçakta da sürdü. Kolay değil, on yılı dört güne sığdırmaya çalışıyordum. Arada Şerife adlı birinden yazılmış beş tane ayrı mektup vardı. Annemin arkadaşlarından biriymiş ve beni kendine kardeş görüyormuş. O nedenle de bana kızma hakkı varmış.

İlk iki mektubunda annemi anlatmış ve "Sen, anne ne demektir, düşünmek bile istemiyorsun. Çünkü çok uzaklarda da olsa bir annenin var olduğunu biliyorsun. Bunu bildiğin için nankörsün ya zaten! Benim gibi annen ölmüş olsaydı, işte o zaman annesizlik nedir anlardın. Ama sen böyle nankörlüğe devam ettikçe, korkarım ki bir gün gerçekten annesiz kalacaksın. Zaman geçtikçe insanlar her an ölüme bir adım daha yaklaşıyor. Ölüm ikinizden birinin kapısını çalmadan, annenin yanına gel güzel kardeşim." diye yazıyordu. Diğer üç mektupta ise onun ve annemin mektuplarına cevap vermediğim, İstanbul'a dönmediğim için kızgın hatta küfüre varan cümleler kullanmıştı. Şerife'nin mektuplarındaki samimiyetle onu daha görmeden sevdim. Meğerse Şerife ve annem onların gönderdiği mektupları benim okuduğumu zannediyorlarmış.

Uçaktan indiğimde, uzun yıllardan sonra ilk defa memleketimin havasını soluyor olmak beni çok heyecanlandırmıştı. Çağırdığım taksiyle doğduğum mahalleye, eve gidiyordum.

Akşamın alaca karanlığında geçtiğim her sokak, köşe başları gülümsüyordu bana. Mahallemize geldiğimde eve uzak bir sokakta indim arabadan. Çocukluğumun en güzel yıllarını yaşadığım o mahallede yürümek, sokak duvarlarına dokunmak gözyaşlarına boğdu beni. Evimizin önüne geldiğimde, göğsüm bir körük misaliydi. Sevinç, şaşkınlık, korku, heyecanı bir arada yaşıyordum. Uzun uzun seyrettim doğduğum evi... Bir çizgideyim işte, doğumla gelip ölümle giderken, yaşamımın sevgi sahiline sığınmaya geldim.

Her düştüğümde acıyan yanlarımı saran, öpen bir anneye ihtiyacım hep oldu. Sanaydı ihtiyacım... Seni özlerken, yanımda olmanı isterken, senden nefret etmeye şartlandırılmış olmayı ben seçmedim. Tenha köşelerde kimseler duymasın diye "Anneciğim!..." diyerek ağladım ben. Yaralarımı sen öpüyormuşsun gibi hep kendim öptüm. Hani bir mektubunda; "Sen ta oralardan, içinden de olsa bir kere 'anne' de. İnan, ben hissederim ta buralardan." diye yazmışsın ya! İşte ben, o anne kelimesini çok dedim. Meğerse senin de yazdığın gibi, bizi birbirimize bağlayan bu duygu yoğunluğuymuş.

Aç kollarını anne, beni kundaklar gibi sıkı sıkı sar. Bohçalara koyup bana özel sakladığın anlarınla, acıyan yanlarıma dokun. Merhem ol yaralarıma. Gökkuşağının altından geçmeyi hayal eden çocuksu yanlarınla sev beni anne. Uyut beni yeniden göğsünde. Bakma kocaman kız olduğuma. Ne olursa olsun yalnız olmadığımı bilmek istiyorum artık. Üzerinde durduğum ayaklarım ne kadar güçlü olursa olsun ellerimden senin tutmanı istiyorum. Bir mutluluk fotoğrafı bile çektirmedi bu hayat. Kaybolmuş bir anahtar kadar sahipsizim anne! Sahiplen beni! Ben seni sevmediğimi söylerken bile sen beni çok sevmişsin. Şimdi seni sevdiğimi haykırmaya geldim. Koynunda uyumaya geldim. Annem... Annem ben geldim...

Kapının çalan zili evde değil, yüreğimde çalıyordu sanki.

Abim açtı kapıyı. O uzun boyuyla dağ gibi kuvvetli duruyordu karşımda. Baştan aşağı bana baktı. Az bir duraksamadan sonra;

"Kardeşim!..." diyerek sarıldı. O güçlü kollarıyla, ayaklarımı yerden kesecek şekilde kaldırdı, sıktı. Defalarca; "Kardeşim, kardeşim, canım benim..." diyordu. O kadar yüksek sesle diyordu ki bu kelimeleri evin her bir duvarından yankı yapan ses, akisler hâlinde yine bize geliyordu. Sesi duyan annem odasından çıktı. Aramızdaki uzun koridor ona dünyanın bir ucu olmuştu. Nefesimin kesildiğini hissediyordum. Annem, "Allahü Ekber!..." diyerek bağırdı. Gözlerimin ta içine bakarak, sürünerek mi geldi, yoksa uçarak mı geldi, anlayamadım. Ağlamaktan şişmiş gözlerinden, darmadağınık hâlinden, babamla az önce vedalaştıklarını anladım.

Beni gördüğü için dolmuştu bu defa gözleri.

"Ben geldim anne. Kızın, Sümeyye'n geldi... Öksüz kalan yanlarımı sarman için geldim. Koynunda uyumaya geldim..." dedim.

Gözlerini kapatıp, kollarını kocaman açarak;

"Sümeyye'm! Ah gözümün bebeği, canımın cananı Sümeyye'm..." diyerek sımsıkı sarıldı. Yıllardır ki hasret kaldığım o ana kokusunu çektim içime. Annem de beni kokluyordu. İkimizin de gözyaşları birbirine karıştı. Saçlarımı, ellerimi, yüzümü defalarca öptü. Zaman durmuştu sanki. O kapı önünde bilmiyorum ne kadar sarılarak kaldık. Kalbinin çarpıntısını duyuyordum.

"Seni buraya getiren Rabbime sonsuz şükürler olsun. Seni yaratan Allah'a kurban olurum ben. Rabbim, sen çok büyüksün. Dualara cevap verensin..." diyerek dua ediyordu. Bir yandan da bana sımsıkı sarılıyordu.

"Sümeyye'm, kızım, bebeğim, yavrum. Anasının gül goncası... Gel gir içeri..." dedi ve bana asıldı.

"Hayır anne, içeri girmeyeceğim." dedim.

Geride sevinçle bizi seyreden Kübra'nın, abimin, mutluluktan ne yapacağını bilemeyen annemin yüzleri bir anda değişti. İçeri girmiyor olmam onları korkuttu.

"Neden yavrum? Niye girmiyorsun?"

"Ben yıllarca annesiz yaşadım. Bundan sonra da babasız yaşamak istemiyorum. Kabul edersen eğer, bu kapıdan babamla birlikte gireceğim." dedim. Kübra ve abimin yüzü güldü. "Devam et, annemi ikna et!" der gibi ikisi birden başlarını salladılar.

"Ne yaşanmış olursa olsun. Bu saatten sonra her şeyi geride bırakalım. Yeniden aile olalım. Babamı da kabul et anne. Babam çok pişman ve seni de çok seviyor. Biliyorum ki sen de onu çok seviyorsun. O zaman bu ayrılık niye? Bak, ben geldim işte. Yıllarca yolunu gözlediğin kızın yanında. Şimdi hepimiz bir de babamızın yolunu mu gözleyeceğiz? Babam da bizimle olacak anne!" deyince, annem benim bu emrivaki tavrımı, beni kaybetmek istemediği için mi yoksa babamı da kabul ettiği için midir, tebessüm ederek cevap verdi. Biliyordum onun da babamı sevdiğini, beklediğini...

Annem başını öne eğdi. Derin bir nefes aldı.

"Tamam." dedi.

Üç kardeş çocuklar gibi sevindik. Abim eline arabanın anahtarını aldı.

"Hadi o zaman. Babamı da alıp gelelim." dedi. Annemin de yüzünde utangaç ama mutlu bir hâl vardı.

"Bir dakika bekleyin." dedi ve koşar adım yatak odasına gitti. Geri döndüğünde avucunda "Esinim" yazan bir alyans vardı. Elleri titriyordu. Avucunu bana doğru uzattı ve yüzüğü göstererek;

"Bunsuz olmazdı. Şimdi tamam. Hadi gidelim."

SON